U0066190

一縷續命

上

風 文創 1175

鍾白榆 著

目錄

序文

鍾白榆

我是鍾白榆，《一縷續命》的作者，幼時在鄉間度日，如今在都市工作，嚮往田園生活，喜愛歷史，所以筆下的故事大多發生在古代。

去年年初，春暖花開的時節，我和友人駕車去寺廟賞花、吃齋飯。因前日下雨，山間瀰漫霧氣，一打開車窗，霧氣頓時湧進車內，帶來些許沁涼，整個人都精神了許多。

山裡的空氣很清新，春日又是萬物復甦、奮力生長的季節，樹枝抽出新芽，桃李含苞待放，林間的春筍更是節節高，令人望之欣喜。

林子深處的寺廟遠離紅塵，平日甚少有人打擾，悠悠鐘鳴迴響在群山間，氣氛肅穆且莊嚴。

我們從車裡下來，沿著青石板一步步走到寺廟門口，清冷的風中夾雜淡淡的檀香。跨過門檻，站在寺廟大殿，我們紛紛燃香，跪在蒲團上，無聲訴說各自的祈願。

從大殿出來，友人去爬山，我則留在寺廟中參觀。

寺廟是古建築，榫卯結構，年久未修，梁柱上的朱漆有些剝落，但依然可見上頭精緻的彩繪。沿著長廊，我無意中走到師父誦經的禪房。

太陽已經升起，清風吹散山間的霧氣，陽光穿過雕花的窗牖，疏疏落落地灑在禪房中，落在師父的身上。

師父誦完經，看見我站在門外，招手讓我進去，我踟躕片刻，方走進禪房，坐在案桌前的蒲團上，雙手合十向師父問好。

禪房內，師父泡了壺茶，茶香清淡，檀香裊裊，師父面容慈和，聲音溫柔和藹，身上的海青衣攤在蒲團上，一切是那麼平靜祥和。

從禪房出來，我站在庭院中，閉上雙眼，感受微風吹過竹林的舒適，飛鳥掠過天際的聲響，突然間想寫一個在寺廟中重逢、關於前世今生的古代言情故事。

用過齋飯，我們向師父們道別，回程的路上，我坐在副駕駛的位置，看著車窗外的景色，漸漸由叢林變成房屋，上午的寺廟之行就像一場悠閒的夢境，而我腦海中的構思，則是越來越清晰。

回到家中，我打開電腦，將心中的想法一點一點完善，再敲擊鍵盤，將故事完整地寫出來，成為現在這套書。

諸事有因才有果，前世的遺憾在今世得到彌補。如果遺憾無法彌補時，便放下執念，大步朝前看、往前走。

寫完這套書的時候，已經是冬天，寒冬臘月，初雪飄飛，白雪落在屋簷上，整個世界都變得潔白。

盤腿坐在陽臺上，我透過落地窗看著雪花落下，回想書裡的人物和情節，內心十分寧靜平和。

我已經將我想寫的故事完整地訴諸筆端，希望看到這套書的讀者，能夠喜歡這簡單溫馨的小說，愛上我所創造的世界。

第一章　拉攏盟友

盛夏時節，天亮得極早。華蓮山山腰，青松翠柏間有裊裊香煙瀰漫。卯時二刻，山上崇蓮寺的早課已經結束，安靜一夜的寺廟逐漸熱鬧起來。

崇蓮寺東邊，有座用竹籬笆單獨隔開的小院。院子不大，只有兩間屋子與小廚房，院門口靠牆處搭著葡萄架，葡萄葉鬱鬱蔥蔥，將整個院子襯得越發小了。

天光大亮，「咯吱」一聲輕響，房門由內打開。從裡面走出一位身穿蔥白褙子的少女，二八年華，瓜子臉、杏仁眼，明眸皓齒，亭亭玉立。

顧嬋漪推開院門，沿著記憶走到山頂瞭望臺。

朝霞漫天，一輪紅日緩緩升起。顧嬋漪沐浴在晨光中，眼睛微瞇，嘴角上揚，靜靜感受著日光。

昨日是她的十六歲生辰，亦是她的重生之日。最初的驚慌散去，只留下滿滿驚喜。

前世她過得太憋屈。兩歲失恃，八歲失怙，孤苦無依。嫡親兄長遠在北疆，身邊唯一的丫鬟被惡人生生打死，她卻無力為丫鬟收屍。

視為至親之人的祖母、嬸娘，先以「為父母盡孝，為大軍祈福」為由送她到崇蓮寺苦修，後強逼她落髮為尼，最後甚至殺人滅口。

許是她死時怨氣太重，許是她憋屈得連老天爺都看不下去了，死後她化為一抹孤魂，飄飄蕩蕩竟到了北疆，棲身在她送予阿兄的長命縷上，以靈體之態看盡身後事。

雖遠在北疆，但阿兄日日牽掛她，奈何顧家二房將消息瞞得如鐵桶一般，阿兄直至戰死都不知道他的親妹妹已經死在深秋寒夜中。

阿兄臨死前，將她託付給在北疆的禮親王沈嶸。禮親王信守承諾，歸京之後，不僅將化為一抔黃土的她重新收殮，還讓顧家二房得到應有的報應。

大仇得報，心願已了，她卻遲遲沒有入輪迴，依舊以靈體之姿陪伴在禮親王身邊。看著他一步步成為權傾朝野的攝政王，看著他在燭光下殫精竭慮為民操勞，看著他壽終正寢葬入皇陵。

她原以為自己最後會煙消雲散，化為塵埃，誰知閉眼再睜眼，竟回到了十六歲。

顧嬋漪雙手緊握成拳，眸光冷厲，盯著山腳下升起炊煙的莊子看了許久，才緩緩抬頭，迎著東升紅日，嘴角含笑。

「我回來了。」

那些該報的仇可以親手報了，該還的恩也可以好好還了。

日頭漸高，顧嬋漪轉身下山，走了沒兩步，便看到一位身穿淺紫窄袖衣的少女沿著山路而上，面色焦急。

顧嬋漪眉眼間的狠戾怨恨隨風散去，眸光柔和，提高音量。「小荷，我在這裡。」

小荷是顧嬋漪的貼身丫鬟。她的娘親是顧嬋漪母親的陪嫁，從顧嬋漪會走路起，小荷便陪在她身邊。小荷性子穩重，聰慧機敏，更是忠心耿耿，這麼一位好姑娘，最後竟被嬸娘活活打死了。

顧嬋漪咬了下唇，二房欠下的血債，她要他們一筆一筆還清楚。

小荷聽到喊聲，小跑上前，拉著顧嬋漪上下好一通細瞧，鬆了口氣。「山上晨間霧氣重，姑娘怎的不多穿件衣裳？」

顧嬋漪避而不答，反問道：「今日朝飯吃什麼？」

小荷的注意力被引開，輕輕柔柔地說著準備好的朝飯。主僕二人在日光下，沿著山間石階往回走。

小院廚房，靠門處擺著竹桌與兩張矮竹凳，淡淡竹香中夾雜著米粥清香。小荷揭開鍋蓋，水霧上湧，模糊了視線。

小荷睜大眼睛，快速端起裡面的碟子，小跑到桌前，穩穩放下後，手指在耳垂處搓動，笑著道：「姑娘趁熱吃，多放了些紅糖呢。」

三個紅糖雜糧饅頭，以及兩碗小米粥，便是顧嬋漪主僕二人的朝飯。

用過朝飯，顧嬋漪回到正廳，左側是紫檀製的佛龕，供奉著觀世音菩薩。她在佛前蒲團跪下，恭恭敬敬地上好三炷香，便起身走向裡間。裡間朝南處，有張紫檀供桌，上面擺放著她父母的牌位。

顧嬋漪再度點燃三炷香，在蒲團前跪下，磕頭上香。「爹、娘，女兒有幸重活一遭，必讓二房血債血償。若你們泉下有知，望保佑女兒萬事順遂。」

上好香，換上新鮮供果，顧嬋漪轉身出門。院子不大，顧嬋漪站在屋簷下，環視四周，便能將小院布局盡收眼底。

她被嬸娘花言巧語哄騙上山時，崇蓮寺中便有這間院子。當時她年幼懵懂，將二房眾人視作血親，以為是嬸娘憐惜她獨自在山中苦修，特地修建的小院。

院子確實是嬸娘特地準備的，但不是出於好意，而是為了方便監視她，以及將她隱藏於寺中。

崇蓮寺雖比不上護國寺香火旺盛，但香客居士不少。寺廟西側廂房供居士遊客借宿，東側廂房則是寺中比丘尼的住所。東、西院廂房之間有院門隔開，平日上鎖，兩邊並不相通。嬸娘將她安置在寺廟東邊，另建小院，讓她每日在裡面苦修唸經，為父母與北疆戰士祈福。

在寺中借宿的居士遊人不知寺中有位小姑娘，而寺內比丘尼們不知顧嬋漪的身分，不會隨意打探，更不會往外散播消息。久而久之，京中圈子漸漸淡忘顧家還有位大房嫡出的三姑娘，只知二房的兒女們。

顧嬋漪搬了矮凳在葡萄架下坐著，雙手托腮，仰頭望天。既然回來了，她便要好好打算打算，第一步該怎麼走。

小荷收拾好灶臺，從廚房出來便瞧見自家姑娘坐在院中，而不是如往常一般在屋內唸經禮佛，再聯想姑娘清早獨自上山，小荷眉頭微皺，面露擔憂。「姑娘，可是有煩心事？」

顧嬋漪回神，偏頭看向身側，眸光溫和。「小荷，我要下山。」

小荷愣了一瞬，雙眸逐漸發亮，滿是欣喜。「姑娘終於想通了！」

當初姑娘被二夫人哄著上山，她便覺得不妥，奈何當時她娘親已經被二夫人罰去了鄉下莊子，她孤立無援，只好隨姑娘出京上山。

去歲姑娘十五生辰，二夫人卻沒有接姑娘回家，反而讓姑娘繼續待在寺中。京中官家女眷，雖有不少人十五歲還未許嫁、行笄禮，但長輩們都會帶著她們外出賞花踏青，相看兒郎。

大夫人去得早，二夫人是姑娘的嬸娘，然而二夫人去歲上山，整整一日，卻絕口不提姑娘下山之事，小荷不得不惡意揣測，二夫人哄騙姑娘上山別有所圖，用心險惡。

從那日起，小荷明裡暗裡不知勸了姑娘多少回，姑娘卻一心在寺中唸經。勸了一年，收效甚微，小荷只能自我安慰，姑娘心性單純，在寺中住著也好，等北疆安穩，將軍歸京，自然能風風光光地接姑娘下山，屆時婚事也不成問題。

誰知如今姑娘竟然自己想通了，小荷喜不自勝。「婢子現在就去收拾東西，回府還能趕上午飯。」

說完，小荷便要進屋收拾行李，顧嬋漪快速伸手拉住她。

小荷面露不解。「姑娘？」

顧嬋漪藉著她的力道站起身來，嘴角微彎。「不急，我要讓嬸娘親自來寺裡接我們回去。」

主僕二人沿石階而下，到達華蓮山山腳。

顧嬋漪在一座莊子門前停下，小荷上前叩門，沒過多久院門打開，從裡走出一位身穿蟹青窄袖衣的中年婦人。

薛婆子看清來人，驚了一驚。「三姑娘怎的下山了？」

顧嬋漪低頭，往小荷身後躲了躲，裝出一副膽小怯弱的樣子。

小荷上前半步，擋住薛婆子的視線，笑臉盈盈。「姑娘有事找楚姨娘。」她一邊說著，一邊拿出個荷包，藉著身形遮擋，塞進薛婆子手裡。

薛婆子掂了掂手中荷包，換上帶笑面孔，打開大門。「姑娘快請進，楚姨娘眼下應當在屋裡教二少爺練字。」

半盞茶的工夫，便到了楚姨娘住的院子，顧嬋漪微低著頭，踏進屋子。

屋內光線明亮，上首坐著一位身穿槐黃褙子的婦人，眼角有細紋，眉眼間透著淡淡疲態。

楚姨娘是顧嬋漪嬸娘的陪嫁丫鬟，後為叔叔的妾媵，生育顧二郎，只是顧二郎生來便癡傻，眼下二十二歲，行為舉止卻與三歲孩童無異。顧二郎四歲時，楚姨娘自請離京，帶著兒子在莊子上度日。

「三姑娘今日怎的有空過來？」楚氏偏頭看向門邊，聲音婉轉輕柔，眸光溫和。

顧嬋漪正欲開口，卻有腳步聲由遠及近。

來人二十左右，身穿月季紅丫鬟服，手端茶盤，衣袖滑落些許，露出手腕上的赤金鐲子。

此人進門後並未行禮，而是對著顧嬋漪笑道：「三姑娘怎的下山來了？可是有事，或是需要添置東西？有事讓小荷下山便好，何必辛苦走這一遭。」

顧嬋漪瞧見來人是她，眸光變得意味深長起來，此話恐怕不是心疼她，而是擔心她被生人瞧見，將她在崇蓮寺的消息走漏出去吧。

這是嬸娘心腹的女兒喜鵲，嬸娘哄她上山苦修，派喜鵲在山下看守她。

前世奪她性命的那場風寒，來得實在是蹊蹺。後來沈嶸查出是二房的陰謀，那麼可能動手的人，便只有這莊子上的薛婆子和喜鵲。

顧嬋漪的視線掠過喜鵲的臉頰和雙手，眼底閃過一抹寒光，到底是她，還是薛婆子呢？

喜鵲放好茶盅，回頭便對上顧嬋漪的眸子，心下一凜，無意識地摸了摸自己的臉，聲音都變輕了。「三姑娘，可是婢子臉上有髒東西？」

顧嬋漪淺淺一笑，甚是單純無害，她低頭端茶。「並無。」

喜鵲不明所以地拿起空茶盤，退至一旁，微微低頭，時不時抬頭偷看一眼。不知是不是她的錯覺，她總覺得現在坐在廳中的三姑娘變得有些不一樣了。

沈思良久，喜鵲猛然醒悟過來，以往她去崇蓮寺送東西時，與她說話的向來是三姑娘身邊的小荷。三姑娘生性膽小，何曾抬頭看過她，更遑論與她說笑了！

喜鵲白日裡嚇出一身冷汗，顧不得規矩，抬頭直直地看向顧嬋漪，卻見顧嬋漪與楚氏先後站起身。

楚氏握著顧嬋漪的手，輕輕地拍了拍，神情甚是慈和。「既是佛歡喜日，又是姑娘的孝心，此事便交給妾吧，妾必給您辦得妥妥帖帖，誤不了三姑娘的大事。」

喜鵲一臉疑惑，她剛剛出神時，三姑娘和楚姨娘都說了什麼？怎的眨眼間，兩人便這般親密無間了？

她咬了下唇，自知辦砸了差事，連忙露出笑容走上前。「三姑娘怎的不多坐會兒，難得下山。」

然而，喜鵲還未近身，便被楚氏攔下了。

楚氏抬手扶了扶頭上的玉簪子，聲音依舊溫和，動作卻帶著十足的強勢。「我剛剛聽見薛婆子在後院叫人，叫了好幾聲，應當是有急事，妳快去瞧瞧吧，我送三姑娘出門。」

喜鵲身子微僵。楚姨娘即便不得寵，也是主子，她咬了咬後槽牙，聲音似從喉嚨擠出來般。「既如此，那婢子便先退下了。」

將喜鵲打發走，顧嬋漪與楚氏齊齊吐出口氣，兩人先是一愣，隨即輕笑出聲。

楚氏臉上浮起淡淡的疲憊。「總算能安心地說會兒話了。」

顧嬋漪甚是贊同地點了點頭。「平日真是辛苦姨娘了。」

楚氏愣了片刻，笑出聲。「倒也不算非常難熬。」

她微微低頭，一邊往前走，一邊打量著顧嬋漪的神色，別有深意。「還是三姑娘更辛苦些。」

顧嬋漪盯著身前的青石板，嘴角緊抿。是啊，在這些知情人的眼裡，她這位國公府的大房嫡小姐，如今卻住在崇蓮寺苦修，確實不容易。

阿父用命換來的鄭國公，由阿兄襲爵，如今他遠在北疆保家衛國，而她這位老國公的親閨女、鄭國公一母同胞的親妹妹，竟被祖父繼室所出的二房欺凌至此，不正是可憐、可悲又可嘆嗎？

見顧嬋漪沈默不語，楚氏心思靈敏，立即反應過來自己說錯了話，連忙轉移話題。「三姑娘放心，明日巳時，妾定會上山。」

顧嬋漪深呼吸，勉強將心中的怨氣壓下，揚起笑容。「既如此，阿媛便掃榻相迎了。」

阿媛是顧嬋漪母親給她取的小字，只有親近之人會這般喚她。現今自稱阿媛，既是表達親近之意，也是向楚氏傳達她的信任。

楚氏聞言，眸光越加柔和，嘴角的笑意也多了幾分真心。

將顧嬋漪主僕送至大門口，待人走遠後，楚氏才轉身往回走。回到院子裡，站在桂花樹下，楚氏眉頭緊鎖，面色冷峻。

當初二郎遲遲不會說話，她便懷疑過自己孕期的吃食有問題，但時過境遷，證據幾乎被處理得乾乾淨淨，她即便想為兒子討個公道，也沒有法子。如今倒是有送上門來的機會，只是不知這三姑娘，值不值得她背水一戰。

顧嬋漪站在田間小路上，回望炊煙裊裊的莊子，凝視許久，轉身離開。

小荷緊跟在她的身後，落在顧嬋漪身上的視線，既疑惑又擔憂不已。

顧嬋漪走了幾步，便受不了小荷這般看她了，索性止步轉身。「小荷，有話直說便是。」

小荷顯然沒有預料到自家姑娘會突然轉身，駭了一跳，她捏著衣袖，吞吞吐吐。「姑娘，您剛剛為何要和楚姨娘說那樣的話？」

顧嬋漪故作不解，歪著腦袋。「哪樣的話？」

小荷看她一眼，低頭看向腳邊野草，過了好一會兒才出聲。「就是……就是二少爺之所以會變成這般，是因為楚姨娘孕期所喝的安胎湯有問題。姑娘，您明知二少爺是楚姨娘的心尖肉，怎的這樣騙她？若是夫人還在世，看到姑娘這般……」

她越說聲音越小，最後歸於沈寂。

顧嬋漪仰頭望了眼如洗晴空，語氣平淡無波，似是在說一件稀鬆平常的小事。「妳又怎知，我與楚姨娘說的那些話，皆是信口胡謅？」

小荷呆愣許久後才回過神來，低低道：「是婢子的錯。」

顧嬋漪莞爾，細聲細氣。「還有旁的要問嗎？」

小荷盯著自己的腳尖看了半晌，再抬頭時，眸光透著堅毅與信任。「姑娘做事自有姑娘的緣由，小荷相信姑娘。」

顧嬋漪愣了愣，輕笑出聲。「嗯。」

她轉身繼續向前走，小荷是她的貼身婢女，有些事情確實無法瞞著小荷。「小荷，我要奪回國公府。」

顧嬋漪神色平靜，在田埂小路上依舊走得平穩。「鄭國公這名號是阿父拿命換來的，國公府如今的風光，更是阿兄在北疆奮勇殺敵掙下的。阿兄不在京中，我不能讓旁人奪了阿兄的位置，搶了阿父的國公府。」

此話說完，遲遲不見小荷應聲，顧嬋漪疑惑不解，回頭一看，猛然一驚。「妳怎的哭了？」

小荷來不及找帕子，狼狽地用衣袖擦了擦眼睛，哽咽道：「姑娘，婢子只是高興。」

顧嬋漪無奈失笑，將帕子遞給她。

小荷緩了一會兒，雙頰泛粉，半是羞澀、半是欣喜。「姑娘，並非婢子多舌，只是這些年來婢子冷眼看著，二夫人並非良善之輩，姑娘所想之事恐怕不易。」

大夫人去得早，老國公去北疆時，將年僅六歲的姑娘託付給二夫人，是以姑娘對二夫人甚是親近。以往她說這些話，姑娘完全聽不進去，還說是她多慮了，如今姑娘似乎明白過來，她才敢大著膽子提一句。

顧嬋漪仰頭看著碧空流雲，沈默許久，很是贊同地點了下頭。「以前是我識人不清，才會錯將狼心當真情，日後我若是再犯蠢，妳可得提醒我。」

阿父去北疆之前，將她託付給二房。她雖是女兒家，可阿父畢竟是將軍，二房那些人並不敢虧待她。

然而，她八歲那年的深秋，阿父為先帝以身擋箭，埋骨北疆。聖駕歸京後，追封阿父為鄭國公，由阿兄襲爵，還賜下綾羅綢緞、金銀玉器。

財帛動人心，權勢迷人眼，顧家二房有了不該有的心思。

她這位大房的嫡小姐，成了二房的眼中釘、肉中刺，還不能硬生生地拔除，是以嬸娘才想出那等毒計。

第二章　驚見故人

主僕二人靜悄悄地回到崇蓮寺，卻見寺中大殿外有侍衛把守。

小荷上前半步，將自家姑娘護在身後。「姑娘，前面似乎有人，我們繞去後門吧。」

顧嬋漪點點頭，正欲轉身離開，餘光卻瞥見一人，她頓時瞪大雙眼，定在原處。

大殿門口，站著一位身穿深青窄袖長袍、手持長劍的青年，青年敏銳地覺察到顧嬋漪的注視，眸光凌厲地看了過來。

顧嬋漪不閃不避，直直地對上他的視線，兩人對視幾息，顧嬋漪率先偏過頭，抬腳離開。

走進拐角，顧嬋漪才皺緊眉頭，心生疑惑——湛瀘怎的在這裡？

湛瀘是禮親王沈嶸的貼身侍衛，武藝高強，平日跟在禮親王身邊，近乎寸步不離。既然湛瀘在這裡，那禮親王此時應當也在此處。

顧嬋漪有些不安，前世她直至病逝，都從未見過禮親王，還是死後化為靈體，飄至北疆，棲身在阿兄的長命縷上時才見到他。

眼下既非逢年過節，也不是初一、十五，禮親王怎的會突然來崇蓮寺？

顧嬋漪咬了下唇，思索許久，眼見住的小院就在前方，下定決心道：「小荷，妳剛剛看到大殿外的人了嗎？」

小荷點點頭。「似是從京裡來的貴人。」

「去打聽打聽，他們是何人，為何而來？」顧嬋漪擔心小荷多問，解釋道：「我們離京太久，京中許多人與事皆不甚清楚，既然遲早要回京，現在多打聽些總沒壞處。」

小荷不疑有他，點點頭。「姑娘說得有理，婢子這便去問問！」

約莫半個時辰後，小荷才回到小院。

顧嬋漪已經等得心焦，見她進來，急急出聲。「可打聽清楚了？」

小荷端起茶杯連喝三大杯，長舒一口氣。「慈音師父說，來人是禮親王府的老王妃與王爺。上個月有刺客潛入禮親王府，王爺身受重傷，老王妃在佛前許下宏願，若是王爺身體康健，便為佛祖重塑金身。如今王爺日漸好轉，能下地行走，老王妃今日便帶著王爺來還願了。」

顧嬋漪越聽越心慌。前世她長居崇蓮寺中，有喜鵲和薛婆子看著她，外面的消息入不了她的耳中。

她不知道前世禮親王有沒有遇刺，但她知道他身上有許多傷疤。其中有道陳年舊傷，長箭穿肩而過，因受傷後沒有養好，不能輕易受凍。

西北北疆冬季漫長，狂風肆虐，積雪過膝。禮親王初到北疆時，一時無法適應北疆氣候，每每出行便要穿裘披氅。

北疆有位擅治箭傷的土郎中，阿兄得知禮親王的舊疾後，便將他請了過去。可惜這傷拖的時間太久，只能緩解，無法根治。

顧嬋漪無法確定此時禮親王受的傷，是否就是那道折磨得他夜不能寐、輾轉反側的舊傷。若真是那道舊傷，眼下離禮親王受傷不過幾日，只要用土郎中給的方子好生調養，假以時日便能恢復如初。

前世禮親王幫她許多，她不能眼睜睜地看著他再受舊疾之苦。只是……該怎麼察看禮親王身上的傷口，如何讓他相信一位從未見過面的小姑娘的話呢？

丑時末刻，崇蓮寺響起鐘聲，鐘聲悠遠，回響在群山之間。東院廂房的比丘尼們陸陸續續從睡夢中醒來，穿衣漱洗，緩步前往大殿，準備今日的早課。

身穿海青、頭戴僧伽帽的比丘尼們沿著長廊走向大殿，天色未亮，無人發現隊伍最末多了兩個人。隊伍拐進大殿，最末兩人藉著夜色遮掩，快步走到另一側。

小荷緊跟著自家小姐，膽戰心驚，時不時回頭看一眼四周，她壓低音量。「姑娘，西廂眼下有不少人，不如等天亮後再來？」

顧嬋漪搖頭，靈巧地躲到柱子後面，避開走過來的比丘尼。

禮親王一行人天亮便會離去，不知幾時才會再來崇蓮寺。她計劃過完下月的佛歡喜日才會歸京，如此耽擱，一個月便過去了。

若不是那道穿肩而過的箭傷便罷，要真是此傷，越早用藥越好，拖延不得。

東、西院廂房之間平日落鎖，只有早晚課時會打開一刻鐘，以便西院的香客居士們走近道前往大殿禮佛。禮親王待在西側，顧嬋漪住在東側，只能趁早課時間過去。

顧嬋漪曾以靈體之姿在禮親王身邊待了幾十年，禮親王府的侍衛更換時間、巡邏路線，甚至連影衛平日的藏身之處，她皆知曉。趁天色未明潛入西院，找到禮親王所在，對顧嬋漪來說並非難事。

兩人沿著長廊向西而去，不遠處便是西院廂房，小院門敞開，偶有香客居士從裡面出來，輕手輕腳地前往大殿上早課。

顧嬋漪蹲身躲在院門口的花叢中，低聲囑咐小荷。「妳在外頭等我，若一個時辰後我還沒有回來，便按我們之前說好的做。」

她們出發前在自己的院子空地上架了柴堆，若顧嬋漪發生意外，小荷便會回院子燃起火堆，呼喊眾人前來滅火，顧嬋漪便能趁亂逃走。

小荷握緊顧嬋漪的手，聲音急促。「婢子聽說王爺自幼體弱多病，性情多變、喜怒無常。姑娘，婢子還是陪您一起進去吧。」

顧嬋漪險些輕笑出聲。「哪有那麼嚇人，他明明……」

說著，她不知想到什麼，笑著搖搖頭。「罷了，日後妳見到他，自然明白外面那些話皆是謠言，當不得真。」

顧嬋漪再勸。「妳沒有功夫，也不清楚裡面的情形，跟我進去只會拖累我。再者，妳若跟著我，萬一真的出了事，誰來救我們？」

小荷只好縮成一團，乖巧地蹲在花叢中，很是不捨地看著自家姑娘。「姑娘小心，婢子就在外面等您，哪兒都不去。」

顧嬋漪站起身揉揉小荷的頭，轉身朝西院而去。小院門敞開，長廊上掛著三盞燈籠。對於顧嬋漪這種毫無武功的人來說，這些燈籠只能看清腳下的路，然而禮親王府的那些侍衛們，卻能憑藉這微弱的光線將周邊環境盡收眼底。

顧嬋漪在廊柱後面等了片刻，小院門處傳來落鎖聲。她立即拿出事先準備好的小沙漏，靜靜等待細沙漏完，才貼著牆根快速走向院中唯一點燃燭火的廂房旁邊。

京中傳言禮親王夜間需點燭火方能入睡，但顧嬋漪知道，這是沈嶸讓人故意傳出的話。若在禮親王府中，沈嶸確實偶爾會點燭火入眠，混淆視聽，讓心懷不軌之人難以分辨真假，但在陌生之地，沈嶸往往待在點燃燭火之處的隔壁。

摸到那間廂房外面，顧嬋漪確定四周無人後，才試探性地推動房門，孰料房門並未落門，稍稍用力便推開了。

顧嬋漪動作一頓，直覺有些不妙，在門口等了幾息，周圍仍舊異常安靜，不見旁人，她的膽子便大了些。

躡手躡腳地推開屋門，顧嬋漪靈巧地躥進去，反手關門，一氣呵成。她瞪大雙眼，藉著外面微弱的光線看了好一會兒，小心翼翼地摸索，才找到床榻的位置。

寺廟生活清苦，一應用具簡陋——簡單架子床，青布床帳與同色棉被。床上側身躺著個人，臉朝外，雙眸緊閉、眉頭微蹙，似在睡夢中。

顧嬋漪站在距床榻三尺處，屈膝蹲下，視線平直地看向床榻上的人，只見他面若冠玉，貌比潘安。

前世顧嬋漪以靈體之姿看了這張臉幾十年，如今再瞧，仍舊忍不住在心中讚嘆此人生得著實好看。

禮親王沈嶸，字子攀，大晉朝高宗之孫，先帝姪兒，當今聖上的堂弟。

高宗五十五歲時得八皇子沈斐，沈斐天資聰穎，甚得高宗喜愛。沈斐及冠後，娶周太傅嫡孫女為妻，一年後生子沈嶸。據說高宗甚是喜愛這位幼孫，時常抱著不滿周歲的沈嶸在御書房中批閱奏章。

晚年高宗纏綿病榻，有流言指出他欲傳位於八皇子，再將皇位傳於幼孫，傳聞甚至說高宗駕崩前特地留下一道聖旨，以便沈嶸日後登基，是以宮中貴人對沈嶸甚是忌憚。然而最後登上帝位的是四皇子，如今沈嶸都二十歲了，仍舊老老實實地當著他的禮親王。

顧嬋漪不清楚這些是是非非，她只知道前世沈嶸直到壽終正寢葬入皇陵，最多只當上權傾朝野的攝政王，並未登上九五之尊的寶座。

如此看來，那道聖旨應當不存在，傳此流言者，其心可誅。

顧嬋漪不自覺地咬了咬後槽牙，在心底又罵了一遍散播不實謠言者。

床上的人不知夢到了什麼，緊皺的眉頭微微鬆開，顧嬋漪歪頭瞧著他，嘴角輕揚。「還是頭一次這般看你，感覺有些奇妙。」

沈嶸翻了個身，由側臥改為平躺。

顧嬋漪駭了一跳，下意識屏住呼吸，過了片刻才輕之又輕地呼出氣來。

「果然是傷得重了，我這般潛進來，你卻沒有絲毫反應，還睡得這般沈。」顧嬋漪雙手托腮。「若是以前未受傷，恐怕我剛進這屋子，便被你抓住了。」

因這翻身，沈嶸的衣領微微敞開。顧嬋漪神色一凜，輕手輕腳地站起身來，緩緩傾身，仔細打量了片刻。

沈嶸武功甚高，若不是他眼下身受重傷，顧嬋漪根本不敢離他這般近，還是當靈體時好些，靠多近他都無法察覺，若是一個不小心，顧嬋漪還會被他穿身而過。

剛剛隔著些許距離，她只看到沈嶸模糊的面孔，眼下離得近了，才發現他臉色蒼白，儼然是失血過多的表現。敞開的衣領處，露出左肩用以包紮的白布，以及上面沁出的暗紅血跡。

她抿著唇角，眸光微沈，這正是當初折磨沈嶸的箭傷。

顧嬋漪拿出事先準備好的方子，輕巧地放在腳踏處，待沈嶸醒來便能一眼看到這藥方，只要他派心腹去驗證一二，確定這方子可行，自然會用在身上。

做完這些，顧嬋漪躡手躡腳地轉身離開。房門年久失修，「咯吱」一聲輕響，她嚇得險些跳起來，連忙躲到門後。

等了半炷香，不見侍衛或影衛來捉人，顧嬋漪這才緩緩地踏出屋子，逃也似的奔向院門。

她走得太過匆忙，又被開門聲嚇了個夠嗆，忘記回頭看一眼。若是她回頭，便會發現床榻上的人不知何時睜開了眼，眼底沒有絲毫睡意，面上甚至浮起淡淡笑意。

山下莊子響起雞鳴，天際泛起魚肚白。

顧嬋漪腳步慌亂，眼見前方不遠處便是院門，立即加快了腳步。誰知她經過小花園時，花叢中突然走出一個人來，她趕忙側身，好不容易站穩，頭上的僧伽帽卻歪了，露出些許烏黑秀髮。

來人是位約莫四十歲的夫人，面容和善，她似乎也被顧嬋漪驚到了，在原地停住腳步，但見顧嬋漪這般狼狽，便抬腳走過來。

「這位小師父，沒受傷吧？」聲音輕柔和婉。

顧嬋漪垂首搖頭，餘光卻瞥見那夫人腰間戴著一塊海棠玉珮。

她臉色微變，定睛一瞧，確認自己沒有看錯，頓時對此人的身分有了答案，這應當是沈嶸之母，禮親王府的老王妃周槿。

眼見老王妃要走上前來，顧嬋漪連忙後退半步，側身躲避對方的視線，雙手合掌，支支吾吾道：「多謝檀越，貧尼無礙。」

天色微亮，顧嬋漪身子微側，完全不知道自己的僧伽帽已歪，幾縷秀髮示於人前。

周槿若有所思地看向顧嬋漪的耳後，視線接著落在她的側臉上，看了幾息，才輕輕笑了聲。「既然小師父還有事，那便不打擾小師父了。」

顧嬋漪頷首，匆匆行了個佛禮，轉身便走。

踏出西院正門，顧嬋漪沿著長廊快走幾步，走進拐角，躲在牆邊探頭往後看，確定身後無人，她才靠著牆面，長長地呼出口氣。

可還未等她將這口氣吐完，身前便多出一個人來。「姑娘，您可算是出來了！」

連續嚇了好幾遭，顧嬋漪已不似最初那般慌亂。她輕拍自己胸口，摘下頭上僧伽帽、脫下身上海青衣，變回那個尋常小姑娘。

小荷接過她換下的衣物，用布包好，聲音既小又急切。「姑娘，一切可還順利？」

顧嬋漪打了個呵欠，睡眼矇矓，心情卻極好，頷首道：「雖有小意外，但總體來說非常順利。」

小荷一聽到有意外，頓時著急起來。「姑娘哪裡受傷了？」

顧嬋漪笑著安撫。「沒有受傷。」

小荷頓住腳步，將顧嬋漪從頭到腳看一圈，一顆懸著的心落地，細聲細氣。「姑娘以後去哪兒都得帶著婢子。」

從西院正門回顧嬋漪的小院，沒有其他路，只能沿著長廊到寺廟大殿。早課尚未結束，比丘尼們誦經的聲音遠遠傳來。

顧嬋漪站在殿外，仰視高大觀世音，恭恭敬敬行佛禮，默唸一遍心經，轉身離開。

破曉之際，晨曦初露，山中霧氣瀰漫，林中傳來鳥鳴。小院一派寧靜祥和。

再過幾個時辰，楚氏便會上山，她們得將院中柴堆收拾乾淨。顧嬋漪與小荷顧不得疲倦，蹲身將乾柴疊成小堆。

顧嬋漪抱著乾柴站起身來時垂眸一瞥，看見小荷露出的脖頸處，多了不少紅色小包，她頓時神色一凜，問道：「脖子上怎的有了許多包？」

小荷呆呆地愣了片刻，摸向自己的脖子，面露羞窘。「婢子在西院外的草叢堆裡等姑娘，可能那時被蚊子叮了。」

山中野蚊不比普通蚊子，咬人最是厲害，叮咬後的紅包，沒有四、五天難以消下去。

顧嬋漪直接將手中乾柴扔在地上，拉著小荷往屋子裡走。「妳又不是不知那草叢裡最多蚊蟲，怎的不另尋他處？」

小荷輕笑，眼睛亮亮的。「那個地方可以直接看到西院正門，姑娘若是出來，婢子一眼便能瞧見。」

顧嬋漪無奈，只能無聲長嘆。

為小荷塗抹好藥膏，兩人快速將院子恢復如初。用過朝飯，時辰尚早，又折騰了一夜，主僕便各自回到屋子補眠。

辰時末刻，小荷將顧嬋漪喚起。旭日已然東升，天光大亮，寺中梵音傳至小院。

下月有佛歡喜日，乃佛教盛會，眼下雖是六月中，但有不少京中權貴的奴僕上山，與寺中監院商量布施供奉之事，直至下月十六，崇蓮寺都很熱鬧。

眼見巳時即將到來，顧嬋漪讓小荷將灶房的竹桌、竹椅搬到院中葡萄架下，親自泡了一壺青荷茶。

青荷茶是崇蓮寺獨有的茶，取寺中青荷製成，再用後山山泉沖泡，清茶入喉，苦澀中夾雜淡淡甘甜，回味無窮。

崇蓮寺後山有一池荷花，品種繁多，普通如青毛節，名貴如紅臺。盛夏時節，滿池荷花爭相綻放，煞是好看。有不信佛的遊人，聽聞崇蓮寺的夏日荷塘堪稱平鄴十景之一，在佛歡喜日時，還會特地上山賞荷。

顧嬋漪在崇蓮寺生活多年，每年盛夏都會與小荷去後山賞荷，再摘新鮮荷葉親自製成青荷茶。

茶剛泡好，院外便傳來輕笑聲，只見楚氏提著滿滿一籃子線香蠟燭，笑臉盈盈地站在籬笆邊。

顧嬋漪抬頭，視線隔著竹籬笆與楚氏對個正著，她便起身相迎。

楚氏嘴角含笑走進門來，她掃視整個院子，心中詫異但面上不顯，誰能想到國公府的正經千金，竟住得這般簡陋。

「三姑娘倒是好雅興。」楚氏的視線落在竹桌上，輕聲讚道。

兩人落坐後，顧嬋漪手持茶壺倒了兩杯茶，其中一杯推至楚氏面前。荷葉之香，淡淡地飄出來。「山中簡陋，姨娘莫要嫌棄。」

楚氏端起茶盅輕抿，眼睛一亮，真情實意地嘆道：「好茶。」

顧嬋漪喝了口茶，放下茶杯。「姨娘喜歡便好。」

日頭漸高，穿過層層疊疊的葡萄葉，落在竹桌上，斑斑駁駁。楚氏拉著顧嬋漪說了繡花樣子、衣服款式以及頭上首飾，說到無話可說。院中漸漸安靜，只聞遠處人聲。

見顧嬋漪慢條斯理地品茶，楚氏等了半炷香，忍不住出聲道：「妾服了三姑娘，這般沈得住氣。」

顧嬋漪微微一笑，放下茶盅。「畢竟比起我來，姨娘應當更著急。」

話音落下，楚氏的臉色微變，她挺直脊背，臉上笑意淡去，只剩下滿臉嚴肅與凌厲。

「不知三姑娘從何處得知當年之事？」

第三章　寺院新客

從何得知？當然是死後化為靈體，因緣際會跟在沈嶸身邊，看他查出來的。

當顧嬋漪得知母親早早離世，以及那場奪她性命的風寒，還有阿兄命喪沙場，皆是二房使的毒計後，她恨不得化為怨鬼，日日在那些人的床前索命！

沈嶸受阿兄臨終囑託，歸京之後立即查找她的下落，卻得知她已殞命。好好的國公府千金竟落髮為尼，最後直接沒了……沈嶸直覺她死得蹊蹺，便派人去查，這一查便將那些骯髒事全扯了出來。

顧嬋漪深吸幾口氣，不自覺地撫摸左手腕上的長命縷，勉強將胸口積壓的恨意壓下。她緊繃著唇角，盯著裊裊茶煙，冷聲道：「不必管我從何處得知。姨娘應當疑心過孕期時的吃用被人動了手腳，可當年的安胎藥藥渣已經被人換了吧，妳手中沒有證據，是以不得不隱居於山下莊子。」

「妳！」楚氏氣急，向來雲淡風輕的臉上浮起淡淡殺意。她這些年一直悔恨不已，後悔當初不該對二夫人毫無戒心。

二夫人婚後遲遲未孕，不得已抬她這丫鬟為妾，楚氏深信，即便自己先有孕，二夫人也應當不會疑她、害她，若是誕下男嬰，日後養在二夫人膝下亦無妨。

楚氏自認再真誠不過，他們母子卻慘遭二夫人所害。

她曾私下讓大夫細細查驗藥渣，可安胎藥並無問題，而她生產時的衣物早已被清洗乾淨，查不到蛛絲馬跡。顯然在她懷孕初期，二夫人便步步為營，將她逼進死胡同，伸冤無門。

二郎四歲那年，二夫人生下二姑娘。她不敢與二夫人正面交鋒，只好自請離京，整日縮在莊子上，躲避京中是是非非。

多年過去，日日看著親生兒子那般模樣，楚氏心中怨恨難消，恨不得飲仇人之血、啖仇人之肉。

顧嬋漪絲毫不畏懼楚氏的凶狠殺意，她撫摸腕上的長命縷，慢悠悠地開口。「既找不到物證，我們還有人證。」

楚氏聞言頓時一驚，伸手緊抓顧嬋漪的手臂。「三姑娘手裡有人證?!」

「姨娘當年生產時所用的穩婆，亦是我出生時為我阿娘接生者。不僅妳與我阿娘，就連府中劉姨娘生大姊姊時，也是這位穩婆。」顧嬋漪盯著桌上的茶盅，眸光狠戾，聲音冷然。

顧家已逝老太爺與原配髮妻生有一子，即顧嬋漪的父親顧川。原配去世後，老太爺迎娶繼室王氏，王氏亦生下一子，便是如今國公府裡的二爺，顧硯。

已逝鄭國公顧川與髮妻盛瓊寧鶼鰈情深，從未納妾。盛瓊寧生有一子一女，即顧家大郎顧長策，三姑娘顧嬋漪。

顧硯有一正妻、三妾室，正妻王蘊是他母親王氏的親姪女。王蘊姿色平平，不得顧硯喜愛，顧硯生性風流，婚後也常流連秦樓楚館。

王蘊遲遲無所出，雖是親姪女，卻也時常被婆母挑刺，逼得她不得不將身邊的陪嫁抬為妾媵。

楚氏姿容豔麗、楚楚動人，最初那幾個月，顧硯頗為寵愛她。楚氏懷孕後身形有變，顧硯重回青樓楚館，先後納妾室劉氏與苗氏。

劉氏進門沒多久便懷有身孕，頭胎為女兒，乃顧家的大姑娘，僅比楚氏所生的二郎小幾個月。

苗氏稍晚進門，聽聞二房種種，心生警惕，有孕後倍加小心。臨近生產時，更是離府住在鄉下莊子，用的是她事先找好的穩婆與大夫，這才平安生下顧三郎。然而，便是這般小心，顧三郎仍死於十二歲那年的寒冬臘月。

如今國公府裡的小輩男丁，除王蘊所生的顧五郎外，只剩劉氏所生的顧四郎。有了顧三郎的前車之鑑，劉氏與苗氏合力看守顧四郎，這才護得他平安成長。不同於其他顧家兒郎，顧五郎自幼便被送去江南書院唸書，平日難得見到。

劉氏所出的大姑娘被王蘊許給商賈之家為妻，遠嫁江南，二姑娘是王蘊所生的嫡女，苗氏後來還生有一女，便是四姑娘。

「若非劉姨娘生的是女兒，妳以為大姊姊能平平安安地長大？」顧嬋漪頓了頓，意味深長道：「我記得大姊姊可比二姊姊大三歲。」

楚氏聞言頓時一驚，身子不受控制地打了個寒顫。

劉氏生產時，她站在院子一角，看見管家婆子領著穩婆進去，那確實是曾經為她接生過的人。只不過劉氏生產時並無意外，大姑娘也健健康康，是以她從未懷疑過穩婆有問題，只以為是二夫人在別處下的手。

楚氏面上仍舊半信半疑，但心底已然信了九分，她端起微涼的茶盅抿了一口。「三姑娘憑一張巧嘴說得天花亂墜，妾如何相信您所說為真，而非拿妾當刀使？」

顧嬋漪聞言不惱不怒，對著楚氏勾起嘴角，笑意極淡。「姨娘只需找到當年接生的穩婆，仔細盤問一番，自然明白阿媛今日所言是真是假。」

說罷，顧嬋漪頓了頓，嘴角微挑。「只不過，以姨娘的處境，要找到那位穩婆，再順利地問出話來，並非易事。」

楚氏聞言，眉頭一蹙。她是王家的家生子，雖跟著二夫人到了國公府，後來又成為姨娘，但她的身契還在二夫人手中，身邊更是沒有多少可用之人。

她抿了抿唇，抬起頭來，直直地看向對面的顧嬋漪。「三姑娘既明白妾的難處，想來已有了法子。」

顧嬋漪眸光微冷，頷首道：「阿媛如今被困在崇蓮寺中，身邊僅小荷一人，委實抽不出人來。請姨娘先派人將那穩婆看住，以防某些人聽到風吹草動，提前將她藏起來。」

楚氏抬手將臉側的頭髮撩至耳後。「看著個婆子罷了，算不得難事。只是，日後若那婆子矢口否認……」

話未說完，顧嬋漪便明白了楚氏的意思，她輕笑一聲。「屆時可由不得她了。」

明明顧嬋漪臉上帶笑，聲音亦是溫婉柔和，但楚氏仍舊在盛夏早晨感受到一絲寒意。

楚氏仔細收好顧嬋漪寫的穩婆住址，起身告辭。

日頭漸高，蟬鳴聲起。

顧嬋漪送她到院門外，拿出一封加蓋火漆印的書信，遞至楚氏身前。「煩請姨娘將此信送至我阿兄手中。」

她說得坦坦蕩蕩，面上沒有絲毫窘迫。「阿媛住在山中，諸事不便，只好煩勞姨娘。」

楚氏接過書信，看了眼封面上娟秀的字跡，頷首淺笑。「三姑娘既信得過妾，妾必不負所託。」

她拍拍顧嬋漪的手背，聲音輕柔。「三姑娘留步，妾尋到穩婆後，立即讓人告知三姑娘。」

目送楚氏離去，顧嬋漪在院門口站了片刻，正欲轉身進院，卻見院前不遠處的小竹林無風自動。

顧嬋漪頓時心生警惕，附近只有她和小荷兩個手無縛雞之力的女子，她不敢輕易走上前。

在門口等了半晌，不見小竹林再有異動，顧嬋漪皺眉，遲疑地轉身回院。難道是她想多了？

見顧嬋漪緩緩走進院子，小荷手捧絲瓜站在廚房門口，笑問：「姑娘，今日我們喝絲瓜湯如何？」

顧嬋漪在竹桌前坐下，低頭整理楚氏帶來的一籃子線香蠟燭，隨意道：「妳看著做便好。」

便是此時，她身後幽靜的小竹林內，有一道黑影快速閃過。

顧嬋漪歸置好這些香燭供品，起身回屋。

下月十五便是佛歡喜日，她便是以楚氏幫忙採購供品為由，邀楚氏上山一敘。

佛歡喜日，崇蓮寺一年一度的熱鬧節日，最適合讓世人重新記起她這個人。

顧嬋漪向爹娘上好香，轉身進了臥室。靠近梳妝檯的角落，放著一個紅木箱子，她低頭翻找好一會兒，才翻出壓在箱底的鞭子。

阿父與阿兄皆是武將，在他們出征前，她一直由阿父和阿兄親自教導。

她雖是女兒家，但阿父並未逼著她學習琴棋書畫、女紅針黹，而是要求她須有武藝傍身，這樣即便阿父與阿兄不在身邊，也能自保或護人。

精挑細選之後，阿父為她擇了長鞭，好使且能隨身攜帶。

顧嬋漪撫摸手中的鞭子，無比懊悔當初聽信二房歹人的話。阿父及阿兄去西北後，她便養在二房，王蘊不讓她再碰鞭子，說世家貴女無人會持刀弄棒，皆是嫻靜端莊。

思及此，顧嬋漪不禁冷嗤一聲，她還真是信了王蘊的邪！

走到院中，顧嬋漪右手往外一甩，鞭子破空，「啪」的一聲脆響。

小荷聽到動靜，舉著菜刀就衝了出來，看清自家姑娘手中的鞭子，先是一愣，隨即鼻子微酸。她眼眸濕潤，嘴角帶笑地重新回到廚房。

許久不練，動作便有些生疏，勉強活動開筋骨後，顧嬋漪陷入沈思。

前世她在西北時，曾經看見阿兄特地為她編的一套鞭法，用白宣紙寫就，一招一式畫得甚是精緻。

阿兄將這套鞭法裝訂成冊，打算歸京後親自教她，然而阿兄卻和阿父一樣，永遠留在了西北。

顧嬋漪深吸一口氣，一邊回憶自己看過的鞭法，一邊使出招式，時打時停，直至小荷叫她用午飯，她才堪堪將這套鞭法打完一遍。

歇過午覺，顧嬋漪再次練鞭，直到華燈初上，日落西山。

小荷點燃院中僅有的燈籠，回到廚房燒熱水。顧嬋漪隨手擦乾額上的細汗，正欲轉身回屋，卻聽到稀疏的喧鬧聲。

顧嬋漪定住，細細地聽了片刻，拿著鞭子便往外走。「小荷，竹林那邊好像有聲音，我過去看看。」

小荷聞言，立即從廚房跑了出來。「姑娘，婢子也去！」

顧嬋漪推拒不了，只好帶上小荷，兩人藉著月光，摸索著往竹林裡去。

竹子茂盛，林中並無雜草，卻有蛇蟲鼠蟻，還容易藏人。

小荷將自家姑娘護在身後，拿著燒火棍，走一步便要敲幾下竹子，一步一停，著實謹慎小心。

顧嬋漪忍不住輕笑出聲，只覺小荷甚是可愛，不過她也未放鬆警惕，握緊著鞭子，時不時回頭看看身後。

走了約莫小半盞茶的工夫，穿過竹林，景色豁然開朗——青磚黛瓦的院牆，單獨隔開一個小院，燈火輝煌，隔著院牆還能聽到絡繹不絕的腳步聲，顯然裡面有不少人。

小荷踮起腳尖探頭往裡看，奈何院牆太高，儘管站在略高的竹林小土坡上，也只能勉強看到屋簷下的盞盞燈籠。「前幾日路過，這裡還是荒蕪院子，雜草比人都高，眼下竟然大變樣了，也不知是何人住了進去。」

顧嬋漪皺眉，嘴角緊抿。她與小荷在山上住了多年，一直都知道竹林這邊有個院子，但前世直至她身故，這院子都是荒著的，從未有人將這裡收拾得這般齊整，更遑論搬進去。

發生了與前世不一樣的轉變，顧嬋漪眸光微沈，不自覺地握緊手中鞭子，似乎如此便能稍稍安心。

她定定地看向院子裡的燈火，沈默了好一會兒才道：「應當是京裡過來的貴客吧。」

小荷不疑有他，只低聲嘀咕。「距離佛歡喜日還有一段時間呢，這會兒就住了進來，可見是個誠心禮佛的。」

顧嬋漪領著小荷轉身離開，淡淡道：「左右與我們的院子隔著一片竹林，不論是禮佛，還是有旁的緣由，均與我們毫無瓜葛。」

兩人回到自己的小院，顧嬋漪漱洗好躺在床上，輾轉難眠。

蟲鳴陣陣，小荷坐在燈下縫補衣裳，聽見竹床搖晃的輕響，捏著針停了下來，抬起頭看過去，柔聲道：「姑娘睡不著嗎？」

顧嬋漪側身朝外，猶豫了好一會兒才出聲道：「小荷，明日妳尋個空，去打聽打聽竹林那邊住的是誰。」

她重生回來才幾日，便生出如此大的不同，原本想著遠遠躲開便好，但眼下細細思索，若不打聽清楚，一顆心便總是懸著，七上八下沒個著落。

小荷放下針線笸子起身走過來，微微彎腰為顧嬋漪掖了掖被角。「明日一早婢子便去打探，姑娘安心睡吧。」

說罷，小荷輕拍顧嬋漪的後背，宛如哄孩子入睡。

顧嬋漪微微一笑，閉上眼，一覺睡到翌日清晨。

晨曦漸露，山風清爽。

顧嬋漪漱洗過後走進廚房，未見小荷，但灶上有準備好的朝飯。她往灶膛裡加了一根柴禾，便轉身回屋拿起鞭子，在院中耍了起來。

日頭漸高，小荷才出現在籬笆外面，手上還提著一個竹製小食盒。她一眼瞧見自家姑娘的身影，小跑著走進院子，眉梢眼角都帶著濃濃笑意。

她將食盒高高舉起。「姑娘快看，婢子帶了新鮮吃食回來！」

從山上引來的山泉水，沿著竹子流進水池中。顧嬋漪將鞭子捲好別在腰間，走到水池邊洗淨雙手，小荷則是盛好粥，將食盒中的吃食一一擺在桌上。

走近一瞧，顧嬋漪稍稍有些錯愕——一碟馬蹄糕，剔透軟韌；一碟綠豆糕，印有福、祿、壽、喜、財等吉祥字樣，做得極其精緻；還有一碟荷花酥，花瓣層層疊疊，煞是好看。

「這不是大廚房做的吧?!」顧嬋漪脫口而出。

小荷點點頭，指了指小竹林。「回來的路上，遇到出來散步的老王妃，老王妃得知竹林這邊還住著人，特地讓人準備了食盒。」

顧嬋漪在桌邊坐下，聽到這話更是一驚，杏眼圓睜。「老王妃?!是禮親王府的老王妃？」

小荷答道：「正是呢。老王妃原本打算昨日回府，誰知王爺在山中住了兩日，身子大好，老王妃便說要多住些時日，等過完下月的佛歡喜日後再下山。

「老王妃覺得西院廂房人多吵鬧，不宜靜養，監院便想起東院竹林這邊還有一座空院子，老王妃身邊的嬤嬤過來瞧了，極為滿意。

「左右王爺平日均在小院靜養，不會隨意出來，且竹林與師父們住的廂房還有些距離，不會衝撞了師父們，監院便讓老王妃與王爺搬過來了。」

想到昨日破曉前與老王妃偶然相遇，顧嬋漪心生忐忑。

去西院時，她並未告訴小荷真正的目的，只道前些時日去西院時落下了要緊物品，恐被外男撿拾，日後說不清，是以小荷才陪著她走一趟。

顧嬋漪不自覺地喝了口粥，試探道：「老王妃除了送吃食，還問妳旁的沒有？」

小荷挾了塊荷花酥放在顧嬋漪面前的小碟子上，往四周瞧了瞧才低聲道：「確實問了幾句。像是在山上住了幾年呀、既是香客為何住在東院廂房，諸如此類的話。」

她笑了笑，露出臉頰上的小酒窩。「不過姑娘放心，婢子都含糊過去了，一句實話都沒透。」

顧嬋漪頓時握緊了手中筷子，過了片刻才緩緩吐出口氣。

禮親王乃端方君子，老王妃能養出沈嶸這般好兒郎，想來不是心存惡念之人。即使日後老王妃認出她便是昨天破曉前出現在西院的小師父，只要實話實說，老王妃應當不會為難她。

思及至此，顧嬋漪心下一鬆，笑咪咪地挾了塊馬蹄糕放在小荷的碟子裡。「妳也多吃些。」

用過朝飯，繞著院子走了好幾圈，顧嬋漪再次拿起鞭子練了起來。

距離佛歡喜日還有二十多天，若在回京之前能熟練地使出這套鞭法，即便是虎狼穴，她也能闖一闖。

如此日復一日，顧嬋漪略有些孱弱的身子逐漸變得輕快起來，不似往日般胸口總積著鬱氣，甚是神清氣爽。

竹林那邊的鄰居也很是親和，老王妃隔三差五便會讓身邊的嬤嬤送點心過來。傍晚落霞漫天時，還有裊裊琴音隨風飄來，顧嬋漪與小荷聽著琴聲，連晚飯都能多吃半碗。

小荷閒時在大廚房幫忙，借此打探消息，便曾聽師父們說起竹林這邊的新客。王爺在院中安心靜養，只有老王妃與貼身嬤嬤偶爾外出散步，幾人甚是有禮。

目前雖只是小住了幾日，禮親王府的聲望卻在寺中不聲不響地提高了。

第四章　步步為營

七月初一，破曉之時，顧嬋漪便起身練鞭。朝飯前，先為自家爹娘唸經上香，用過朝飯後，她就繞著小院慢走幾圈。

日頭東升後，顧嬋漪如平日一般轉身回小院，卻見葡萄架外面的籬笆處有道鬼鬼祟祟的身影，甚是可疑。

顧嬋漪當即大步走上前，從身後抽出鞭子，「啪」的一聲脆響，狠狠地砸在那人身前的空地上，帶起一層淡淡的塵土。

「啊！」一聲驚呼，來人手上的竹籃摔落，散了滿地的蠟燭線香，不是別人，正是山下莊子上的喜鵲。

「怎麼了，是誰在外面?!」小荷跑了出來，瞧見驚得臉色發白的喜鵲，「噗哧」笑出聲來，單手扠腰。「原來是喜鵲姊姊啊，今兒怎的有空來我們這小院了？」

喜鵲輕拍胸口，回過神來，忌憚地瞥了眼顧嬋漪手上的鞭子，過了片刻才深吸一口氣，不情不願地蹲身行禮。

「京中貴女可沒人像三姑娘這般玩鞭子的，萬幸今日來的是婢子，若來的是貴客，三姑娘一不小心傷了人家，那可如何是好。」

顧嬋漪冷嗤，並不搭理她，只是慢悠悠地收回鞭子，一圈一圈地纏在手上，時不時抬眉斜睨喜鵲一眼。

喜鵲被她這般瞧著，頓時寒毛直豎，忙不迭地撿起地上的蠟燭線香。

撿好東西，喜鵲定了定心神。以前可從未見過三姑娘使鞭，上月她過來給三姑娘送生辰禮，三姑娘手上拿的可是抄經的筆，這才幾日而已，三姑娘的鞭子練得再多，那也是花架子。

喜鵲摸了摸頭上的金簪子，下巴微抬，垂著眼瞼看顧嬋漪。「今兒初一，王嬤嬤提前過來準備十五的事，原本打算過來瞧瞧三姑娘，奈何王嬤嬤事務纏身，便讓婢子送些線香過來，讓三姑娘誠心禮佛。」

顧嬋漪將鞭子往身後一別，杏仁眼笑成了小月牙，很是柔弱可欺的模樣。「原來如此，多謝妳了。」她邊說邊走上前，雙手接過竹籃。

見狀，喜鵲微微鬆口氣，輕蔑地笑了聲。剛剛她果然看錯了，這位三姑娘膽子最小，怎麼可能用那種眼神看她。況且三姑娘還需她與薛婆子幫忙才能往府裡遞話，不會輕易得罪她。

喜鵲手捏帕子抬至額前，瞥眼看向天上日頭，撇撇嘴道：「時辰不早了，山下莊子還有事呢，婢子先走了。」

想起王嬤嬤的囑咐，喜鵲腳步頓住，又道：「王嬤嬤說，臨近十五，寺中必定會有不少外客，三姑娘是京中貴女，可不好隨意出去，免得被人衝撞，有損閨譽。」

顧嬋漪在心底連連冷笑，這話聽著是為她著想，然而她已經不是前世萬事不知的小姑娘了，那些人讓她老老實實待在院子裡，無非是不想令人們想起鄭國公府的大房還有位嫡小姐。

目送喜鵲走遠，小荷狠狠地「呸」了一聲。「姑娘是國公府的嫡小姐，來寺中是為了祈福，又不是坐牢，她們哪來的臉讓姑娘不要隨意走動?!」

顧嬋漪斂起面上的笑意，眸光深沈道：「現今我們勢單力孤，不宜過早暴露，如此方能降低她們的戒心，方便我們行事。」

小荷恍然大悟，讚道：「還是姑娘聰明。」

顧嬋漪提著籃子，慢悠悠回屋子放好東西，接著如往日般來到院子，正準備練鞭，便聽到有人輕叩院門。

寺裡與她們往來頗多的小師父們素來在籬笆外面喚人，唯有初次來訪或往來甚少的小師父，才會規規矩矩地叩門。

小荷蹲在水池邊，正欲起身，就見顧嬋漪大步走向前。「我去看看。」

院門打開，外面是位身穿黛藍繡藤蘿紋褙子的中年婦人，眸正神清，笑容和藹。

顧嬋漪眨了眨眼，疑惑出聲。「夫人是……」

婦人蹲身行禮，語氣親和。「老奴是隔壁院子的周嬤嬤，方才我們老夫人在山路上遇見一位面生的姑娘，滿嘴污言穢語沒幾句好話，瞧著似是從妳們這個方向過來的，老夫人放心不下，便讓老奴過來瞧瞧。」

顧嬋漪一聽便知道周嬤嬤這話說的是誰，她無聲輕笑，喜鵲到底是被她那一鞭子給嚇著了，只能在背後罵罵咧咧。

她微微屈膝，行了個福禮。「煩勞嬤嬤替我們謝謝老王妃關心，她就是在我們這兒討不到好，才逞口舌之快。」

剛剛周嬤嬤透過籬笆粗粗掃了一眼，院內並無打鬥的痕跡，只有院外的籬笆旁留下一道淺淺的鞭痕，而面前這位姑娘不僅身上乾淨整潔，身後還別著鞭子。

周嬤嬤淺笑，微微頷首，說了兩句吉祥話，便轉身離去了。

夏風穿過竹林，枝葉簌簌作響。鳥啾蟬鳴中，隱隱有利劍破空之聲。

周嬤嬤一推門進來，院中舞劍之人便俐落收劍。

沈嶸身穿月白勁裝，劍眉入鬢，眼若桃花，鼻梁高挺，嘴唇微薄，身形頎長，挺拔俊逸。蕭蕭如林間風，朗朗似雲中月，甚是儀表不凡，風流倜儻。

他注視著周嬤嬤快速走到廊下，對坐在竹椅上的人微微躬身。「老夫人，沒出什麼大事，瞧著似是那位姑娘自個兒解決了。」

禮親王府老王妃周槿聞言微微抬頭，雙眸燦若星子，眉眼含笑。雖說是「老」王妃，但實際上才四十出頭，一頭青絲烏黑濃密，唯有眼角藏著細紋，留下歲月的痕跡。

周槿拿起團扇輕輕搧著，嘴角帶笑地點點頭。「如此便好。」

沈嶸聽了兩句，大步走到廊下，隨手拿了塊帕子，囫圇地抹了把臉。「阿娘和周嬤嬤在說什麼？」

周槿擺擺手，周嬤嬤立即往後退了幾步，恭恭敬敬地站著，宛若木頭樁子。

太陽已然高升，斜斜地照進來，只在廊下留了小片日光。周槿以扇柄點了點小几，沈嶸順勢在另一邊坐下，拿起旁邊備好的鹿皮，仔細地擦拭劍身。

一切似乎與平日並無不同，然而知子莫若母，打從自家兒子受傷後醒來，細微之處便與往日有諸多出入。

雖然傷勢獲得控制，卻讓人往外傳他傷了根基，恐壽數難長，深怕外人不知府裡進了刺客；深夜時，書房中人來人往，整日不知在忙些什麼，問也不說。

在府中窩了大半月之後，說要來崇蓮寺上香，翌日便下山。可一夜過去，卻要留下靜養，住下後也不出門，日日待在這小院子裡，且不時在傍晚撫琴。

周槿慢悠悠地搧著扇子，笑咪咪地看向自家兒子，慢條斯理道：「回來時遇到一位口出惡言的姑娘，似是從竹林那邊的小院出來的。那邊住著兩個小姑娘，看著柔柔弱弱的，我擔心她們被人欺負，便讓周嬤嬤過去瞧了瞧。」

沈嶸拭劍的動作微微一頓，頭都沒抬，只「嗯」了一聲，表示自己聽見了。

周槿停下搖扇子的手，指節叩了下小几。

沈嶸抬起頭來，對上母親含笑的眼眸，莫名有些心虛。「怎麼了？」

只見周槿語調輕緩，聲音柔和，恍若在說一件尋常事。「原定回府那日的破曉，我在崇蓮寺西院外遇到一位小師父，頭戴僧伽帽、身穿海青衣，瞧著確實是寺中的比丘尼。」

沈嶸神色不變，依舊垂首擦拭著長劍，周槿不過輕瞥一眼，卻知他在認真傾聽。

周槿莞爾，繼續道：「她行色匆匆，甚是慌亂，帽緣不小心露出幾縷青絲。我打眼一瞧，這位小師父出來的方向，好像是你住的廂房？」

沈嶸沈思片刻，到底還是選擇隱瞞下來，他放下手中鹿皮，收劍入鞘，正襟危坐，為母親和自己各倒了一盅茶。

裊裊茶煙中，沈嶸漫不經心地說道：「破曉之際，天色不明，阿娘許是看錯了。」

周槿聽到這話，微挑了下眉，抿唇淺笑，意味深長道：「或許吧。」

他們入住西院後，周邊便有王府侍衛把守，閒雜人等無法輕易進去。那位「小師父」前腳踏進院子，後腳便會被侍衛綁住看管起來，可她卻能平安無事地進出，此事到底是誰的安排，毋須多言。

周槿抿了口茶，看向院牆外面的竹林，好似閒聊般道：「我們搬進這院子，與竹林那頭便是鄰居，我讓周嬤嬤去打探了一番，原來那裡住的是鄭國公府裡的三姑娘與她的貼身侍女。」

輕嘆了口氣，周槿連搖扇子的動作都慢了許多，語帶憐惜。「年幼失去父母，嫡親兄長也不在身邊，小小年紀便到這山中寺廟裡祈福，如今京中還有何人記得她？我與周嬤嬤外出散步時，常常看到那位侍婢，倒從未見過顧三姑娘，聽聞這些時日，她都在院裡練鞭子。」

周槿轉過頭來，對著沈嶸眨眨眼，眉眼帶笑。「瞧著今日那口出惡言、憤憤離去的女子，顧三姑娘應當沒有吃虧，到底是將門出來的。」

沈嶸坐在旁邊靜靜地聽著，眸光微閃。

前世他受顧長策所託照護顧嬋漪，奈何他回京時一切早已太遲。儘管查清顧嬋漪慘死真相，幫她報仇雪恨並重新收殮，他仍是有負所託。

今生他「醒來」後便修書送至顧長策手中，在他前世的記憶協助下，北疆戰事很快便能結束。屆時顧長策凱旋入京，以他寵愛妹妹的性子，得知親妹在京中受了這樣的委屈，必定不會輕易放過顧家二房。

不論是顧長策還是顧嬋漪，他們應當更想親自動手復仇，他僅需在顧長策回京之前好好護著他的妹妹即可，只是……

顧嬋漪不知從何處得知他傷到左肩，又是從哪裡得到那張藥方，甚至大著膽子夤夜送至西院。

眼下只推斷出她與自己一樣得了機緣，得以重活一世，不再是當初那個性格軟弱且誤信賊人的顧三姑娘了。

七月初七乞巧日，烈日當空，蟬鳴陣陣，誰知午後卻烏雲遮日，電閃雷鳴，驟雨襲來，雨水沿著屋簷滴落，沖走沈悶暑氣。

顧嬋漪難得犯懶，裹著薄被午眠，醒來時雨已消停，斜陽穿過竹窗，落在地面上。她忍不住在床上打了好幾個滾才起來，推開屋門，雨後初晴，空氣清新。

小荷拿著掃帚清掃院子，抬頭瞧見廊下的人，笑得瞇起了眼。「姑娘既然起來了，那婢子便下山去採買乞巧的果品。」

雖然身處寺廟之中，這座小院也只有她們主僕二人，但仍有隱患。姑娘熟睡時，她自然要守著她，不能輕易離開。

顧嬋漪看了眼天色，搖搖頭。「先等等吧，說不定遲些會有人送來。」

申時過半，院門被叩響，小荷打開門，看見外面站著手提竹籃的楚姨娘，頓時瞪大了雙眼。

楚氏嘴角含笑。「今日乞巧，妾送些用得上的東西過來。」

隨著她的話音落下，小荷越發詫異，心想自家姑娘何時學了這能掐會算的本事?!

下了場雨，庭院中雨水未乾，顧嬋漪便不在外面的竹桌談事情，而是帶著楚氏進了屋子。

屋內擺設簡陋，楚氏粗粗一掃便將整間屋子盡收眼底，面上多了幾分憐惜，卻未多話，只將竹籃放在桌面上，在桌邊坐下。

小荷端來泡好的茶水，輕手輕腳地退出去，仔細地關上屋門，在院子裡守著。

楚氏淺嚐一口茶，放下茶盅，輕聲道：「按照三姑娘給的地址，妾已經找到了那位穩婆。妾實在忍不住，便尋個由頭出去了一趟，遠遠地瞧了眼。」

她頓了頓，咬牙切齒。「雖然事隔多年，但妾一眼便認出來了，那婆子就是當初為妾、劉氏以及大夫人接生過的婆子！」

楚氏攥緊手中的帕子，目露凶光，狠狠地罵了幾句後，才緩了口氣看向顧嬋漪。「三姑娘要給將軍的信，妾當日下山後便讓貼身婢子送了出去，想來眼下將軍已然收到信了，就是不知將軍何時能歸來。」

顧嬋漪放下茶盅，輕輕搖了下頭。「我並未將此事告知阿兄，更未讓阿兄回來。」

戰事緊要，任何一個疏忽都有可能喪命，顧嬋漪不敢讓阿兄分心，在阿兄回京之前，她都不打算將這些骯髒事告訴他。

她上一世成為靈體後，飄至北疆，日夜陪伴在阿兄身邊。

看他閒暇時在營帳中雕刻玉簪，打算送予她作為及笄禮；偶爾與手底下的將士外出狩獵，製好的皮子均仔細地收在箱子裡，旁人問起，只笑言要為妹妹攢嫁妝；看他在燭光下，一字一字認真地寫家書，既有北疆趣事，也有不小心從筆尖流露出來的思念。

然而，阿兄卻不知，那些書信皆被顧家二房扣留，她在寺廟中久住，從未收到阿兄的家書，誤以為他心中沒有她這妹妹，因此怨恨了多年。

阿兄準備得甚是妥帖，只待北疆停戰，好帶著東西歸京贈與她。然而世事難料，阿兄臨死前只能將她託付於沈嶸，而沈嶸則在為她重新收殮時，將阿兄雕刻的簪子與攢下的嫁妝，一併放在她的棺槨邊。

如今重活一世，回想前塵往事，顧嬋漪當然想將一切委屈盡數告訴阿兄，但是她不能……

那封家書上，只寫了她如今在崇蓮寺中祈福，以及藉著前世在沈嶸身邊看到的那些事，反推如今京中的形勢，將日後會發生的事情隱晦地告訴阿兄。至於其他更隱秘的消息，只能等她尋到由頭前往北疆，親自告訴阿兄。

楚氏面露驚詫，猛地站了起來，難以置信地脫口喊道：「將軍不回來，無人為我們做主，又如何行事?!」

顧嬋漪面色不變，並未因楚氏的責問而生氣，僅是語調平淡道：「北疆戰事未停，主帥不可輕易離開。況且，即便阿兄回來，我們目前也只有穩婆這一位人證，沒有其他證據，無法一舉將那些人扳倒，反而打草驚蛇。」

說完，顧嬋漪起身拉住楚氏的手，帶著楚氏重新坐下，順勢拍了拍她的後背。

楚氏漸漸冷靜下來，皺眉思索片刻便想明白了。三姑娘說的並沒有錯，如今她們掌握的東西太少，即便將軍回京，也沒有太大的用處。

她深吸一口氣，回身拉住顧嬋漪的手，柔聲道：「是妾心急了，還望三姑娘莫要怪罪。」

既然楚氏已經找到穩婆，也確認是當初的接生婆子，顧嬋漪心中大定，起身走到裡間，拿出一封加蓋火漆印的書信，回到桌邊坐下。

她將書信遞給楚氏，柔聲道：「還要再麻煩姨娘一次，請姨娘將這封信送出去，越快越好。」

楚氏接過書信，垂首一看，便見此信寄往南方豐慶州別駕處，她不禁面露疑惑。「三姑娘，這……」

淺淺一笑，顧嬋漪緩緩道：「豐慶州別駕是我姨父。阿兄不能歸京，我便寫信讓姨母過來，況且內宅之事，還是姨母更有經驗。」

顧嬋漪的母親盛瓊寧，乃鴻臚寺少卿盛淮之女，盛淮與結髮妻子鶼鰈情深，身邊並無通房、侍妾，兩人育有二子二女，盛瓊寧是老來女，自幼便得父母兄姊的寵愛。

盛瓊寧十八歲時，嫁予顧川為妻，盛家眾人皆回京送嫁，十里紅妝，甚是風光。兩年後，盛瓊寧生下嫡子顧長策，可二十六歲生顧嬋漪時，身子落下病根，兩年後病故。盛淮白髮人送黑髮人，悲傷過度，致仕後南下歸鄉。

顧嬋漪八歲時，顧川戰死沙場的消息傳入江南，盛淮與夫人驟然聽聞女婿戰死，先後一病不起，二老沒有挺過這年冬天。

當初顧川去世後，顧嬋漪的姨母以及兩位舅母皆親自入京，要接顧嬋漪去自家小住。奈何顧家二房不放人，且王蘊巧言如簧，信誓旦旦會好好照料顧嬋漪。顧嬋漪畢竟姓顧，顧家不鬆口，她們也不能搶人，只得作罷。

三位長輩離京之時，悄悄給了顧嬋漪不少銀兩，並再三囑咐她不能將銀兩拿給二房的人，若受了委屈，要及時送信給她們。

最初那兩年，顧家二房的表面工夫做得極好。王蘊要錢、要首飾，顧嬋漪無所不依，甚至連姨母與舅母們給的銀兩，她都送了不少給王蘊。

然而王蘊卻私自攔下姨母與舅母們寄來的書信，不僅如此，還在顧嬋漪的耳邊顛倒黑白，讓她誤以為那些親人不再關心自己，甚至視她為累贅。

經年累月，顧嬋漪與外家日漸疏遠。

第五章 螳螂捕蟬

顧嬋漪十歲時被王蘊誆騙上山，進入崇蓮寺祈福，山下更有監視她的奴僕，徹底隔斷她與外界的聯繫。是以盛家眾人皆不知顧嬋漪被困在崇蓮寺中，她求助無門，只能任由顧家二房欺凌。

前世，顧嬋漪死後，顧家二房並未發喪，直至沈嶸歸京，查清真相後將消息送至盛家。盛家兩位舅舅接到來信，當即上書請旨歸京，盛家姨母更是千里迢迢追到北疆，抵達王蘊與王嬤嬤流放之地。

顧嬋漪那時雖是靈體，卻不知為何不能離沈嶸太遠，只知姨母到達北疆後沒幾日，王蘊便病死了。

既知姨母、舅母與舅舅們並非漠視自己，皆是王蘊從中作梗，顧嬋漪自然不會再如前世那般，將至親之人遠遠推開。這封信不僅將這些年來的委屈盡數道出，還請求姨母入京，助她解此困境。

楚氏捏著厚厚的書信，懸著的心終於落下，神情輕鬆許多。「如此妾便安心了，三姑娘放心，妾必定將這封書信完完整整地送到豐慶州別駕府中。」

顧嬋漪解開貼身的荷包，拿出一張百兩銀票，塞進楚氏的手中。「銀兩不多，姨娘且拿著，待日後回府，我再讓人送過來。」

楚氏忙不迭地起身推拒，顧嬋漪只好按住她的手，溫聲道：「我知姨娘帶著二哥住在莊子上很是不易，除去二哥每日喝的湯藥，姨娘每月的月錢還剩幾何？日後還有麻煩姨娘的時候，怎好讓妳破費。」

短短幾句話，楚氏便紅了眼眶。國公府中有王蘊在，其他姨娘已是自顧不暇，哪裡幫得上她？這些年來縮衣節食地過日子，也僅攢了三、四百兩。

前些時日，為了尋找穩婆與送信，楚氏花了不少銀錢，但她並不心疼，若真能將王蘊繩之以法，這錢便花得值。既知三姑娘在山上過得艱難，自是從未有過讓她補貼的念頭。

楚氏雙頰泛紅，眼淚無聲地往下落，她趕忙用帕子擦了擦，語帶哽咽。「眼下別駕夫人還未入京，將軍更是不知何時才能回來，這銀子還是三姑娘自個兒留著吧。」

顧嬋漪雖身形未變，但好歹練了大半月的鞭子，力氣已然比往日大上許多，只輕輕按著，楚氏便無法輕易掙脫。

推讓幾次後，楚氏只好作罷，羞澀地將銀票收了起來。

目送楚氏走遠，顧嬋漪回身進院，視線掃過竹林時，腳步頓時停下。

青竹茂密，枝葉蔥翠，夕陽西下，唯有霞光穿過竹林，瞧著似乎並無異常，可顧嬋漪微微皺眉，直覺竹林裡藏著人。

上次楚氏過來，竹林無風自動，顧嬋漪便覺得不對，只是當時的她手無縛雞之力，不敢涉險；這一回，她反手向後拿到鞭子，小心謹慎地摸向竹林，站在竹林邊，出其不意地甩鞭，驚起林中飛鳥。

顧嬋漪抬頭，眸光快速掃過顫動的枝葉，然而並未在其間看到人影。她緊抿著唇，還想繼續往裡走，卻在這時聽到小荷高聲喊她。

她定定地看了看竹林深處，收起鞭子，深吸一口氣。「我在這兒。」

顧嬋漪匆匆回到小院，便見小荷抱著匣子，滿臉的眼淚。「姑娘……姑娘，錢匣子被人偷了！」

原來小荷在屋裡準備拜月乞巧的東西，打開箱子時一眼瞧見錢匣子沒上鎖，仔細清點後發現少了張百兩銀票，便急哭了。

顧嬋漪幫她擦乾眼淚，安撫道：「沒少，是我拿去用了。」

小荷愣然。「啊？」

顧嬋漪失笑，將她和楚氏的事說了。「求人幫忙，是不是要拿出誠意？反正等我們返家後，大房的東西遲早都會拿回來。」

小荷抱緊錢匣子，抽抽噎噎道：「可是，在拿回來之前，我們只有這些銀子了。」

顧嬋漪的祖父去世前，已察覺王氏偏愛親生子，苛待原配生的長子，是以在兩個兒子都成婚後，便做主讓他們分了家，各房管各自的帳本，互不相干。不過彼時長輩尚在，便不分府，是以京中之人皆不知顧家兩房已經分家。

當初顧川離京之前，便將大房的東西一分為二，備好兩個孩子的聘禮與嫁妝，只是當時孩子們還小，他就仔細地鎖好這些物品，鑰匙與單子皆送往盛家保管。至於大房的庫房鑰匙，則是交予顧嬋漪的貼身嬤嬤，即小荷的母親。

盛嬤嬤是盛家的家生子，是盛瓊寧的貼身侍婢，後成為陪嫁一道來了顧家。盛嬤嬤嫁予顧川身邊的長隨，生女小荷，戰事起，長隨陪著顧川前往北疆，最後同樣身故他鄉。

有了顧川的授意，盛嬤嬤拿著庫房鑰匙，將整個大房守得有如鐵桶一般。奈何顧嬋漪當時被二房哄騙，錯信歹人，王蘊便以「借來應急」為由，從大房「借走」不少東西。

盛嬤嬤到底多吃了幾年的米鹽，一眼看穿二房的把戲，私下勸了顧嬋漪多次。顧嬋漪倒是聽勸，可王蘊發現「借」東西的難度增加之後，竟使出陰損缺德的手段，慢慢將大房的奴僕打發到城外莊子上。

顧嬋漪與小荷進入崇蓮寺祈福，王蘊卻不讓盛嬤嬤跟著。盛嬤嬤只好用小匣子裝了些散碎銀兩與數張小額銀票給小荷，畢竟過不了多久，盛嬤嬤便會接她們回府，況且兩個小姑娘帶太多銀錢在身上，容易招惹禍事。

孰料，幾天後，盛嬤嬤利用書信要送些銀票前往崇蓮寺，卻被王蘊順勢替換了信封，反咬一口。

王蘊以「聯合外人企圖偷盜主家財產」為由，對盛嬤嬤動了私刑，強逼她交出庫房鑰匙。不料王蘊使了各種法子，盛嬤嬤仍咬緊牙關，王蘊只好將她送往莊子看管起來，不讓她往外傳遞消息。

顧嬋漪前世直至病死都不知道盛嬤嬤為她做的這些事，她與小荷皆以為盛嬤嬤還在國公府，只是無法出來。還是後來沈嶸回京徹查顧家時，才在城外莊子的地牢裡，找到骨瘦如柴的盛嬤嬤。

王蘊只有最初一、兩年會來崇蓮寺見顧嬋漪，每回皆說盛嬤嬤在府中，瑣事纏身不得閒，無法來寺中看她。

盛嬤嬤對顧家大房忠心耿耿，王蘊想要維持和善嬸娘的形象，便不敢當著顧嬋漪的面搬弄是非，惡語中傷盛嬤嬤。

既然如此，顧嬋漪回府後，若是沒有見到盛嬤嬤，自然會問，如果王蘊不想徒增麻煩，必然要將盛嬤嬤好好地送到她面前。

思及此，顧嬋漪嘴角微微勾起，安慰小荷道：「無妨，離府時，我在我們兩人的冬衣夾層裡，悄悄藏了銀票。」

小荷錯愕不已，脫口而出。「姊子怎的不知！」

顧嬋漪揉揉小荷的頭髮，眉眼彎彎，歪了下頭。「舅母和姨母給的私房錢，嬤嬤以為我都給王蘊了，實際上我還留了一點。」

她頓了頓，聲音放輕許多。「出來時原本打算日後有閒暇，就帶妳偷偷溜出去逛逛，才特地把錢都帶上。」

小荷先是面露喜色，隨即耷拉著眉眼，低聲喃喃道：「姑娘，我們何時才能下山啊。」

顧嬋漪眸光微冷，語氣輕緩。「放心，很快便能回去了。」

天地昏黃，夜幕四合，華燈初上。涼風吹拂，百鳥歸林，行人歸家。

一道人影踏著竹枝穩穩落地，腳步飛快卻不聞絲毫聲響。

此人乃沈嶸身邊的侍衛，名喚承影，他逕自走進屋子，抱拳行禮。「爺，竹林那邊發現屬下了。」

燭光下，沈嶸手捧書卷，眉目柔和，聞言挑了下眉。他翻了頁書，眉眼間透著幾絲讚賞。「第二次了吧。」

承影微微彎腰，低垂著頭，悶聲道：「是。顧三姑娘還進了林子，試探了一番。」

沈嶸聞言，微微皺眉。小姑娘警覺性不低，但膽子著實大了些，才練了幾日鞭子，竟敢在太陽下山時獨自涉險。

過了好一會兒，承影才聽到上方傳來輕嘆，緊接著給出一句話。「下次站遠點，不要讓她發現。」

承影應聲稱「是」，過了幾息，才又稟報道：「今日來的是住在山下莊子裡的楚氏，顧三姑娘請她幫忙送信。根據下面的人傳回來的消息，這封信寄往豐慶州。」

豐慶州？沈嶸翻書的動作一頓。「盡快送到。」

承影在山下莊子外面守了一夜，整座莊子甚是安靜，沒有絲毫異樣。

直至寅時末，承影才看到楚氏身邊的侍婢提著竹籃從莊子裡出來，她走出莊子沒多久，莊子裡又冒出一道形跡可疑的人影，鬼鬼祟祟地跟上了那侍婢。

承影定睛一瞧，便想起此人是誰了，正是初一那日上山找顧三姑娘麻煩的侍婢，麻煩沒找成，反倒被顧三姑娘嚇了一跳。

看著她們兩人走遠後，承影才迅速跟過去。

兩個侍婢走到華蓮山山腳的小鎮時，天色微亮，街道上已有早起做買賣的商販。

楚氏的侍婢穿梭在人群中，時不時地回頭看一眼，行色匆匆；喜鵲推開擋住她的挑夫，咬著下唇快速追上去，深怕跟丟。

自從三姑娘上個月來過莊子，楚姨娘便有些不安分了，不僅時常差人出去，甚至自個兒也出了一趟門，偏偏楚姨娘和她身邊的人都是鋸嘴葫蘆，根本問不出話來。

觀察她們主僕的舉止，明顯藏著事，喜鵲清楚二夫人讓她來莊子上的目的，不敢放鬆警惕。

既已覺察出楚姨娘想要搞鬼，喜鵲當然要查清後上報二夫人，如此日後便少不了她的好處。

想到這裡，喜鵲喜形於色，腳步越加快了，眼見便要追上，卻偏偏有人推著板車從巷子裡竄了出來，正好撞上一輛運貨的騾車。

兩車相撞，將本就不大的街道堵得嚴嚴實實，喜鵲被人群圍著，壓根兒衝不過去，只能眼睜睜地瞧著楚氏的人消失在街口。

喜鵲狠狠地跺了跺腳，氣憤地低聲罵了兩句，在心中暗道：回莊子後，必要將那婢子捉來好好盤問盤問！

楚氏的侍婢饒了兩個圈，才遮遮掩掩地走進路邊的驛站，交了銀兩，將藏在籃子底下的書信拿出來，親眼看著他們收下信件，才鬆了口氣。

然而這侍婢卻不知，她前腳剛踏出驛站，承影後腳便將書信取了出來。

楚氏乃內宅婦人，至多能尋驛站幫忙遞送，即便豐慶州緊挨著京州南邊，送到別駕府中也需半月工夫。

不過若有沈嶸插手，換上禮親王府的好馬，時間能縮短一半以上，在七月十五日前，書信便能抵達。

不到五天，這封厚厚的書信，送到了豐慶州別駕府大夫人盛瓊靜的手中。

七月十五，佛歡喜日，亦稱為盂蘭盆節。眾生拔除痛苦，重歸喜樂；度脫亡靈，增綿福壽。是日，崇蓮寺舉辦盂蘭盆法會，香客居士將打齋供尼。

天微亮，顧嬋漪起身漱洗，換上素色窄袖褙子，只在髮間簪了根祥雲白玉簪。

晴空如洗，萬里無雲。崇蓮寺遊人如織，站在華蓮山山腳，抬頭便能看到半山腰的煙霧繚繞，可知香火鼎盛。

崇蓮寺中住的是比丘尼，今日參加盂蘭盆法會的香客居士多為女客，是以上山沿途販售香燭與吃食的攤販，多為周邊村莊的村婦。

寺廟門口停著不少富貴馬車，當中一輛青布馬車便顯得有些突兀。青布馬車上走出兩位女子，身穿錦緞，瞧那模樣與打扮，似乎也是京中世家的夫人與姑娘。

兩人踏入寺門，便有沙彌尼走上前引領貴客上香。

那位夫人問道：「小師父，敢問慈空住持現在何處？」

沙彌尼答道：「住持眼下在客堂。」

夫人攜女兒走出大殿，沿著長廊而行，經過三個拐角，便到了客堂。客堂門敞開，屋內點燃檀香，淡淡香氣隨風飄了出來。

崇蓮寺住持慈空站在屋中，身穿袈裟，眉眼和善，夫人偕女兒行禮，慈空溫和還禮。夫人起身，微微偏頭，這才發現慈空住持身後還站著位纖瘦姑娘。她眨眨眼，溫聲問道：「這位小姑娘看著甚是面善。」

慈空莞爾，對著兩人介紹道：「她是京中鄭國公府的三姑娘，小名喚作阿媛。阿媛，這位是御史中丞的夫人，曹夫人。」

御史中丞曹大人乃京中清貴之流，曹家上下無論男女老幼，皆是行事光明磊落的正人君子。

前世沈嶸自封為攝政王，把持朝政，權傾朝野，唯有曹大人敢多次在朝中怒罵沈嶸。後來還是沈嶸夜訪曹府，以萬民之利相勸，曹大人才勉強退一步，不再咄咄逼人。

顧嬋漪上前半步，對著曹夫人蹲身行福禮，語氣恭敬。「見過曹夫人。」

曹夫人連忙伸手扶住顧嬋漪的雙臂，打量著她的相貌，讚道：「真是氣質出塵。」

慈空住持正欲開口，便有沙彌尼快步進來，靠近慈空低聲說了幾句話。慈空頷首，示意知道了。

曹夫人善解人意，主動道：「住持有事盡可去忙，我雖初次見顧三姑娘，卻恍若許久之前便見過，正巧可以說說話。」

眾人目送慈空住持離去，隨即有沙彌尼端來茶水、糕點。曹夫人拉著顧嬋漪的手，在客堂一角坐下。

她身後的小姑娘雙眸靈動，沒有坐在自家娘親身邊，反倒挨著顧嬋漪坐下。

「妳是鄭國公府的姑娘，我以前怎的從未見過妳？妳是他們剛進京的遠親嗎？」小姑娘聲音清脆，連聲問道。

曹夫人佯怒，隔著顧嬋漪，伸手拍她一下。

小姑娘吃痛，連忙收聲，吐了吐舌尖，做了個鬼臉。

曹夫人見狀又好氣、又無奈，說道：「這是我家的小潑猴，妳喚她婉兒便是，她性子跳脫，平日即口無遮攔，阿媛莫怪。」

顧嬋漪眉眼含笑，聲音輕柔悅耳，宛若林間的黃鶯。「無礙。」

話音落下，顧嬋漪轉頭看向曹婉，耐心解釋，既是說給曹婉聽，更是說給曹夫人聽。「如今正在西北鎮守北疆的鎮北大將軍顧長策，是我的親阿兄。」

顧嬋漪頓了頓，在曹婉驚訝的目光中，繼續道：「阿父與阿兄遠赴西北後，我便上崇蓮寺苦修了，既是為父母盡孝，也是為阿兄及北疆戰士們祈福。」

聞言，曹夫人眉頭一緊。「妳說妳是盛瓊寧的女兒?!」

顧嬋漪偏過頭，對上曹夫人滿是驚詫的眸子，輕輕頷首，面露疑惑。「夫人怎知我阿娘名諱？」

曹夫人的眉梢與眼角都帶著笑意，眼底泛起淡淡懷念。「我還未嫁作他人婦時，有緣與妳娘見過幾面。盛家二姑娘花容月貌，沈靜文雅，性情隨和，才貌無雙。」

她仔細看著顧嬋漪的臉，觀察片刻後，語氣透出歡喜。「怪道我見妳面善，妳長得與妳娘甚是相像。」

曹夫人皺眉壓低聲音，疑惑不解。「前些年，我參加賞花宴時，遇到府上二夫人，她說妳去江南外祖家了，怎的竟在這寺廟之中苦修？」

顧嬋漪瞪大雙眼，模樣甚是單純無辜，恍若聽不明白曹夫人的話。「夫人許是記錯了，當年還是嬸娘親自送我上山的呢，逢年過節，嬸娘也會差遣府中奴僕上山探望我，她怎會說我去了江南？」

曹夫人頓時沈默下來，直覺這位顧三姑娘說的是實話。

崇蓮寺中的慈空住持德高望重，跟在她身邊的人，品性自然不會差，且瞧顧三姑娘說話的神情，儼然是個不諳世事的小丫頭。

曹夫人回想起昔日顧老夫人在各種宴席上的言談舉止，神色微變。

大夥兒都住在京中，多少沾親帶故，且宴席上不乏消息靈通者，是以或多或少知道一些彼此的底細。

顧家祖上乃科舉興家，顧老太爺一生清正，然而娶的繼室卻不是好相與的人。

曹夫人未出閣時，與母親一道參加宴會，便見過這位顧老夫人，她一頭金飾、滿身綾羅，盛氣凌人。

這位顧老夫人不僅當著眾人的面，惡語中傷顧老太爺已故原配的娘家嫂嫂，更有雷霆手段，牢牢把持著顧家中饋，暗暗折磨原配所出的嫡長子，卻偏偏讓人抓不住把柄。

京中無人不知顧家那些糟心事，卻無人能將她如何。

好在顧川自己爭氣，顧老夫人斷了他的科舉之路，他便棄筆從戎，在軍中闖出了名號，之後風光迎娶盛家二姑娘。

反倒是顧老夫人所出的嫡次子，文不成、武不就，如今只能倚靠國公府度日。

第六章　冤家路窄

盛瓊寧離世後，顧川沒有續弦，只守著兩個孩子度日，因此顧家平日的交際往來，皆是顧老夫人帶著二兒媳出面應酬。顧老夫人年歲漸長後，出來的便是二夫人與她所生的顧二姑娘。

顧二夫人長袖善舞、伶牙俐齒，常常哄得人開懷大笑，是以京中權貴宴請時大多會邀她。

早些年，人們仍記得盛瓊寧，還記得國公府有位大房嫡出的姑娘，也曾詢問過顧二夫人，她只回說國公爺走後，盛家來人將三姑娘接去了南邊。

年深月久，京中漸漸忘記顧三姑娘，連曹夫人自己都快記不得了，誰知今日竟在崇蓮寺中見著她。

曹婉聽罷，驚呼一聲。「妳這些年都住在這寺中？成日與那些比丘尼作伴，吃齋唸佛?!」

顧嬋漪頷首，歪歪頭，眉眼彎彎。「是呀。」

曹婉越加驚詫，將顧嬋漪從頭打量到腳，敬佩不已。「這日子妳是如何過得下去的？若換作是我，便是半日就煩了，定會吵著要下山。」

顧嬋漪狀似不經意般開口道：「我十歲上山，這六年來倒也習慣了。」

曹夫人聽到這話，瞧著顧嬋漪宛若白紙、天真懵懂的模樣，心底頓時一冷。尚未出閣的女兒家，不論性子如何沈靜，若不是看破紅塵，怎會日日伴古佛、夜夜點佛燈？除非是被人誆騙上山，無法離開……

曹夫人娘家和睦，嫁進曹家後，曹家男子皆持正立身，後宅安穩，但這並不代表曹夫人不懂後宅那些骯髒手段。她咬了咬後槽牙，暗道國公府這位二夫人可真是用心險惡。

三人說了沒幾句話，便有其他夫人走進客堂。

曹夫人的性子大氣爽朗，在京中圈子的人緣頗好，來的一行人互相見禮，曹夫人便一手牽著顧嬋漪、一手拉著曹婉，走到眾人面前。

顧嬋漪身邊沒有長輩親眷，又是由曹夫人引見，各位夫人便誤以為顧嬋漪是曹夫人的親戚。

有夫人笑問：「幾日不見，妳身邊怎的多了位這般好模樣的姑娘？老實交代，妳是從何處『拐』來的？」

話音落下，眾人紛紛笑著打趣曹夫人。

曹夫人連忙笑道：「這麼好的姑娘，我若真的帶回家去，恐怕人家兄長便要『殺』過來了。」

她拍拍顧嬋漪的手臂。「這位可是鎮北大將軍的親妹妹，鄭國公府裡的三姑娘阿媛。」

話剛說完，便有夫人開口道：「莫不是那位去了江南外祖家的顧三姑娘？幾時回的京？」

曹夫人頓時心中一凜，原來她並未記錯，當初顧二夫人確實在大庭廣眾下，說府上三姑娘去了江南。

她揉揉顧嬋漪的頭，向那位夫人解釋。「趙夫人想必是記岔了。剛剛慈空住持說顧三姑娘這些年都在寺中苦修，為西北軍士唸經祈福，保佑大晉北疆安穩。」

趙夫人稍稍有些無措，喃喃道：「是……是嗎？」

曹夫人語氣肯定。「出家人不打誑語，想來那下江南的，應當是別家姑娘。」

心思靈巧的夫人們，已然想明白其中關竅，看顧嬋漪的眼神都摻雜著憐憫；反應慢些的夫人們，雖猜不透其中隱情，但對顧嬋漪的態度卻和婉許多。

夫人們初次見到顧嬋漪，除了給見面禮，還拉著她的手問了不少話，無非是寺中生活如何、平日是否有難處、身邊是否有婢子或奴僕相伴等等。

顧嬋漪維持面上的天真無邪，有問必答，言語之間沒有絲毫埋怨與不甘，雖長年待在山中，但言行舉止與世家精心教養的姑娘別無二致。

不到半個時辰，曹婉便有些待不住了，她拉著顧嬋漪的手，走到自家娘親身邊。「阿娘，我聽聞寺中荷花池景色甚美，讓阿媛帶我去看看吧。」

曹夫人偏頭看向顧嬋漪，就見她笑臉盈盈道：「姊姊若想看蓮花，我帶姊姊去便是。」

剛剛顧嬋漪與曹婉閒談時，已經問過彼此年齡，曹婉比顧嬋漪大一歲，是以顧嬋漪稱其為姊姊。

曹夫人頷首，將她們兩人的手放至自己手心輕輕拍了一下。「既如此，妳們便去吧，身邊多帶幾個丫鬟跟婆子，荷花池人多，每年都有被擠下池子的人，不得馬虎大意。」

話音剛落下，曹婉便抽出手，拉著顧嬋漪往外走。

曹夫人面露無奈，連忙出聲叮囑。「午時記得回來用素齋。」

此時曹婉已經走到客堂外面，只有一句「曉得了」隨風飄了進來。

眾夫人見狀，齊齊看向曹夫人，又是一陣哄笑打趣。

曹婉身後跟了兩個丫鬟與兩個婆子，而顧嬋漪身後只有小荷一人。

小荷的親娘自幼貼身服侍盛瓊寧，世家姑娘身邊的丫鬟是何做派，她均知曉，是以此時並不露怯，只安靜地跟著顧嬋漪。

一行人沿著長廊走向後山，顧嬋漪眉頭舒展，面帶笑意，心情極好，只因今日之事的成效，比她預想中的好上百倍。

大晉首都，京州平鄴城周邊，崇蓮寺並非最大的寺廟，護國寺才是。護國寺乃先帝賜名，住持更是德高望重，是以京中皇親國戚、清流世家皆喜歡去那邊禮佛。

顧嬋漪原本還有些擔心今日來的人太少，不過有頭有臉的夫人都到了，當中還有一位娘親的好友曹夫人。若沒有曹夫人伸出援手，她雖能憑藉慈空住持在眾位夫人面前露臉，效果卻不會這麼好。

如今，來到崇蓮寺的夫人們，皆知曉國公府的三姑娘、已故鄭國公的親女兒、鎮北大將軍的親妹妹，被顧家二夫人送到崇蓮寺苦修，卻對外宣稱她去了江南。

顧嬋漪勾起嘴角，無聲地嗤笑，眼下只等王蘊來崇蓮寺了。

「我問妳話呢，」曹婉停步，在顧嬋漪的眼前晃了晃手，眨眨眼疑惑道：「妳怎的不理我?!」

顧嬋漪猛地回神，面帶歉意。「初次見到那麼多夫人，心底有些慌，一時出神沒有聽清，姊姊莫怪。」

曹婉不在意地擺擺手，安慰道：「妳長年待在山中，平日見不到這麼多人，會害怕也是正常的。今日來的這些夫人俱是和善，無須擔憂。」

顧嬋漪頷首，心底泛暖，曹家母女確實是心善之人。

曹婉拉著顧嬋漪的手繼續往前走，重複剛才的問題一遍。「妳和那個顧玉嬌真的是姊妹？」

顧玉嬌是顧家二姑娘的名字，王蘊的親女兒，二房嫡出的姑娘。

只見顧嬋漪垂首低眉，輕聲糾正她，言簡意賅。「是堂姊妹。」

曹婉聽到顧嬋漪話語中流露出來的疏離，不禁面露喜色。

顧嬋漪見狀，品了品曹婉的語氣，試探道：「妳與她的關係不太好？」

曹婉點了點頭，坦坦蕩蕩地承認。「對啊，我最看不慣她那副拿腔拿調的樣子。」

這話剛說完，曹婉趕忙回頭，看見丫鬟與婆子皆離她們一丈遠，才微微鬆了口氣。

她偏頭輕聲叮囑顧嬋漪。「這話妳可不能告訴我阿娘，阿娘要是聽到我在背後道人長短，肯定會動手打我。」

顧嬋漪雙眼瞪大，難以置信道：「曹夫人那般端莊之人，還會動粗?!」

曹夫人的個性爽朗，但外粗內細，不然剛剛在客堂也不會那般關照她；曹婉更是粗中有細，知道她身邊無長輩，待在客堂會有些尷尬，才主動提議要去賞花。

聞言，曹婉摸摸鼻尖，臉頰微紅，眼神游移。「我性子跳脫，不喜歡女紅針黹，我娘氣急便會訓我兩句。可即便動起手來，也只是輕飄飄地打兩下，不會真的下狠手。」

顧嬋漪點點頭，接著眼珠一轉，輕聲細語。「妳剛剛那般說二姊姊，莫不是妳們以前有什麼誤會？我印象中的二姊姊甚是端莊賢淑呢。」

曹婉瞥了顧嬋漪一眼，低聲道：「妳上次見妳二姊姊是什麼時候？」

顧嬋漪歪頭算了算，她十歲時便上山了，顧玉嬌從未來過崇蓮寺。「約有六年了。」

曹婉很不雅觀地翻了個白眼。「六年能發生的事情可太多了。」

顧嬋漪抿唇，甚是贊同。「姊姊說得對。」

前世以靈體之姿回京，她跟在沈嶸身邊，無法離他太遠，沈嶸除了為她重新收殮下葬外，顧家一應事務均交由手下人去辦。況且男女有別，沈嶸無事不會見女客，是以她回京後未見過顧玉嬌本人，只知她嫁入瑞王府，成為瑞王側妃。

如此想來，她活了兩世，上一次見顧玉嬌，還是她即將過十七歲生辰，王蘊哄騙她歸京回府，強逼她剃度為尼，她抵死不從時，顧玉嬌假模假樣地走出來，勸她識時務者為俊傑。

王蘊本就姿色平平，顧硯的樣貌也不算頂好，是以顧玉嬌的容貌是顧家四位姑娘中最普通的。正因如此，顧玉嬌甚是愛往臉上塗脂抹粉，當時顧玉嬌蹲在她的面前，連聲獰笑，脂粉簌簌往下落。

顧嬋漪一閉眼，仍能想到那日電閃雷鳴中，顧玉嬌那張猶如催命修羅的臉，堪稱凶神惡鬼……她不自禁地打了個寒顫，唇角緊抿。

曹婉並未發現顧嬋漪的異樣，繼續道：「我初次見顧玉嬌，便看到她帶著五、六個姑娘，欺負一個剛從豐慶州過來的女孩子。」

憶起此事，曹婉仍舊氣憤不已。「阿寧妹妹自幼長在豐慶州，隨父親升遷入京。她初到平鄴，說話難免有些南方口音，顧玉嬌卻出言譏諷，甚至帶著那些姑娘嘲笑阿寧妹妹，我氣不過，便與她們辯了幾句。」

顧嬋漪了然，原來她們的梁子是這般結下的。

豐慶州位於大晉南邊，江南男女皆性子平和、說話輕聲細語，到了偏北的平鄴，自是顯得氣弱。

顧嬋漪頷首，長長嘆息一聲。「多年未見，二姊姊竟然變成這模樣了嗎？」

曹婉誤以為顧嬋漪不信她，輕哼兩聲。「若是不信，日後妳回京，與顧玉嬌朝夕相處，便知曉我說的是真是假。」

顧嬋漪莞爾，這位曹姑娘性子果真火爆急切，她還沒多說什麼呢，便給她「定罪」了。

「家中除二姊姊外，我還有位堂妹，名喚玉清，姊姊可曾見過她？」

曹婉皺眉回想許久，搖搖頭。「阿娘這幾年帶我參加了不少賞花宴、品茶會，都沒見過她……」說到這裡，她臉頰泛粉，連聲音都變低了。

雖然曹婉並未明說，顧嬋漪卻再清楚不過。那些人家明面上是帶兒女賞花品茶，實際上卻是年歲到了，得彼此相看起來。然而眼下她是「俗事不知」的小姑娘，自然得裝作懵懂的模樣。

曹婉輕咳兩聲，正色道：「我每次見到顧家二夫人的時候，她身邊都只有顧玉嬌，在今日之前，我從未見過顧家其他姑娘。」

聞言，顧嬋漪在心中冷笑，果然在王蘊眼裡，庶出的姑娘不配得到好姻緣，至於她這個大房嫡出的，更是要打壓到底。

兩人說著話，不知不覺已走到荷花池旁邊，沿池而建的棧道與池上曲廊皆站滿了人，擠得水洩不通。

曹婉不得不踮起腳尖，便是如此，她也只能看到滿滿的人頭，不見一朵荷花，她不自覺地跺跺腳。「早知如此，我便不跟著阿娘去客堂了，時間一遲，當然進不去。」

她回過頭來，對上顧嬋漪乾淨的眸子，連忙補充道：「但是能見到阿媛，即便看不到荷花也沒關係。」

顧嬋漪反手牽住曹婉，對著她眨眨眼，眼底快速閃過一抹狡黠。「跟我來。」

荷花池極大，顧嬋漪帶著曹婉左拐右拐，行了半炷香，成功將熙熙攘攘的遊人甩至身後。

嘈雜聲漸遠，幾人穿過一片小樹林，視野頓時豁然開朗——一大片青翠荷葉，滿滿或粉紅、或深紅的荷花，不遠處還有座水榭，正好供人休息賞景。

早已走得腳累腿疼的曹婉，頓時眼前一亮，好一會兒才回過神來。「阿媛，妳是如何知道這個妙處的?!」

顧嬋漪輕笑，牽著曹婉往水榭走。「我在這裡住了六年，若是連這都不清楚，那可真成了籠中鳥。」

水榭臨池而建，四面窗戶皆敞開，夏日清風拂過池塘，將荷葉與荷花的清香送至水榭中。水榭打掃得甚是乾淨，牆上掛著一幅簪花小楷寫成的心經。

顧嬋漪帶著曹婉在臨水蒲團上坐下，小荷對水榭甚是熟悉，轉身出去再回來時，手上便端著粗陶製的茶具以及兩碟茶點。山中水榭，用精緻瓷器茶具顯得格格不入，粗陶茶具正好。

曹婉回頭看向身後奴僕，面露不耐，擺擺手讓她們離開。「都去玩耍，有事我自會喚妳們。」

丫鬟與婆子們面面相覷，踟躕不前。

顧嬋漪抬手執茶壺，對著小荷道：「妳帶她們去周邊轉轉，切莫走遠。」

小荷笑咪咪地點點頭，拉著兩個侍婢便離開了，剩下的兩位婆子不敢擅離職守，只在入口處待著。

曹婉端起茶杯輕抿一口，頓時皺緊眉頭，疑惑道：「這是什麼茶，怎的有股淡淡的苦味？」

顧嬋漪輕笑，指著池中荷葉。「便是用這池中的荷葉所製，妳仔細品品，回味甘甜。」

聞言，曹婉又抿了一口，細細地品了品，舌尖果然有淡淡清甜。

碟中茶點雖外表平平，但配上這青荷茶，卻顯得味道不俗。

品過好茶、好點心，曹婉便坐不住了，起身走到美人靠之前，指著池中一朵綻放紅花，語調歡悅。「阿媛，那是什麼品種，怎的那般好看?!」

顧嬋漪站起身，正欲走上前，便聽到身後傳來一聲冷笑。

「哪來的鄉下女呀，真是沒見識，連鼎鼎大名的紅臺都不認得。」

言語間盡是輕蔑傲慢，顧嬋漪與曹婉對視一眼，齊齊回頭。

只見水榭外面站著不少人，丫鬟與婆子們簇擁著一位嬌俏少女，她頭戴金簪、手戴玉鐲，脖子上還掛著一條瓔珞。

顧嬋漪沒有見過此人，不曉得她是怎麼知道這個水榭的，但瞧其穿衣打扮，便知身分不低。她扯了扯曹婉的衣袖，正想問問此人的身分，卻聽到對方再次出言不遜。

「原來是曹婉啊，那不識得這花也不足為奇了。夫子都說了讓妳平日多讀點書，不然也不會到現在連紅臺都不識得。」

曹婉的父親乃御史中丞，統領整個御史臺，有監察百官之職，此人竟能如此嘲諷曹婉，而曹婉即使氣得雙頰泛紅，卻未貿然回嘴……

顧嬋漪眼睛微瞇，盯著那人的臉看了幾息。

奈何前世不論是跟著阿兄還是在沈嶸身邊，顧嬋漪見到的大多是男子，甚少瞧見內宅女眷，實在認不出此人是誰。

那人微微偏頭，直直對上顧嬋漪的眸子，眼含輕視地將她上上下下好一通打量。

「曹婉，妳這自降身分、整日和一些不入流的人在一塊兒的毛病，何時才能改改？」說罷，她直接翻了個白眼，用帕子搧了搧風。

此人說話如此不客氣，顯然背後有所倚仗，顧嬋漪不清楚她的底細，不好隨便出聲，只想帶著曹婉離開這是非之地。

誰知曹婉上前半步，將顧嬋漪護在自己身後，怒目瞪向那人。「舒雲清，妳太過分了！

妳我之間的恩怨，何須牽連無辜?!」

舒雲清？這名字好耳熟啊……

顧嬋漪皺眉細思，僅僅是片刻，她便想起此人是誰了。

舒雲清，父親是長樂侯，母親是忠肅伯府的嫡次女，她乃是長樂侯府大房嫡出的大姑娘。

宮中恩寵不斷的淑妃娘娘，是舒雲清的親姑姑；封王後在外建府的瑞王，是她的親表兄。不僅如此，舒雲清已被聖上賜婚於瑞王，將是瑞王正妃。

舒雲清被賜婚的同一日，另一道聖旨送往鄭國公府，顧家二房嫡出的顧玉嬌同樣被指給瑞王，成為瑞王側妃。

前世瑞王大婚當日既娶妻又納妾，春光滿面。

顧嬋漪當時已被強逼落髮，在崇蓮寺中吃齋唸佛，卻對此事也略有耳聞。

第七章 牽扯不清

瑞王婚後一年，正妃與側妃皆未懷有身孕，直至瑞王生辰，側妃當眾暈倒，被診出喜脈，雙喜臨門。

彼時，顧嬋漪已經化為一縷幽魂，渾渾噩噩地飄至北疆，到了顧長策身邊。顧長策一心守衛北疆，得知顧玉嬌身為瑞王側妃，卻先於正妃有孕後，深深皺起了眉頭。

顧家大房與二房早已分了家，世人卻不知，仍將顧家兩房視為一體。

瑞王在殿前下跪求娶顧二姑娘，並於同一日迎娶正、側兩妃，直接將長樂侯府與忠肅伯府的臉面踩在腳下。長樂侯府與忠肅伯府不敢找瑞王理論，只得將這筆帳算在鄭國公府的頭上。

明明北疆戰事緊急，糧草卻遲遲不到，軍士的餉銀也有短缺，一切皆因長樂侯與忠肅伯在朝中使絆子。

其實顧長策並非不想回京將二房趕出鄭國公府，可主帥無故不得離開戰場，且親妹妹還在二房手中，他不敢貿然行事。

立冬當日，宮中下了給瑞王賜婚的兩道聖旨，顧嬋漪在心底默默算了算日子，距離目前尚有三個月左右的時間。

瑞王會求娶相貌平平的顧玉嬌，無非是顧玉嬌在此之前便與瑞王見過面，且略施手段令他魂牽夢縈。

顧嬋漪抬頭看向舒雲清，眼底浮起淡淡的嘲諷，而舒雲清正忙著與曹婉吵嘴，根本沒有發現顧嬋漪的臉色轉變，仍舊一副高高在上的樣子。

舒雲清身分尊貴，自小被嬌寵著養大，性子驕縱蠻橫，不可一世。然而她不僅與顧玉嬌同一日被賜婚於瑞王，顧玉嬌甚至先她有孕，這讓舒雲清難以忍受。

之後又有傳聞，顧玉嬌在婚前便與瑞王私下往來，舒雲清嚥不下這口氣，前世才會在皇族家宴之日，在後殿衝動地將身懷六甲的顧玉嬌推倒在地，讓已經成形的男胎直接沒了。

消息傳回了前殿，聖上大怒，令淑妃閉門思過、長樂侯罰俸兩年，又命長樂侯夫人將舒雲清帶回府中好好管教。

整個前殿戰戰兢兢，唯有沈嶸坐在偏僻一角，宛如在瓦舍聽戲。顧嬋漪原本想飄去後殿看看顧玉嬌的慘狀，奈何沈嶸文風不動，她只能在周邊轉悠。

不過她在前殿靠窗邊聽到宮女竊竊私語，說是瑞王側妃先出言不遜，瑞王妃才動了手。

顧嬋漪直覺此事並不簡單，可她已成為靈體，什麼都做不了，只能隨著沈嶸返回禮親王府。

沈嶸回京不久便著手徹查她的死因，偶有瑞王府的消息傳進來。

舒雲清在長樂侯府抄寫了三百遍《女誡》，終於在兩個月後回到瑞王府，可此時整個瑞王府已被顧玉嬌掌控，瑞王妃徹底被架空，僅剩表面風光。

整個平鄴城皆道舒雲清乃惡毒婦人，對顧玉嬌滿懷同情，待沈嶸帶人將整個鄭國公府團團圍住，一一清算顧家二房對大房做的種種惡事，世人才看清顧玉嬌的真面目。

直至此時，大夥兒方知顧家兩房早已分家，且顧玉嬌買通太醫，假裝有孕，栽贓陷害瑞王妃之事也暴露，瑞王震怒，直接甩下一紙休書。

顧嬋漪的思緒回到現在，只見舒雲清不斷暗諷曹婉，甚至要她們離開這裡，曹婉不禁氣急道：「若不是有淑……」

她的話還未說完，便被顧嬋漪一把捂住了嘴，直接將話嚥了回去。

顧嬋漪斜睨她一眼，面容嚴肅，音量極低。「慎言。」

曹婉回過神來，後背驚出一層冷汗。周邊這麼多丫鬟與婆子，若無阿媛攔住她，那些可能說出口的話日後傳進貴人的耳中，事情就不好收拾了。

深吸了口氣，曹婉對著顧嬋漪眨眨眼，顧嬋漪這才鬆開手。

顧嬋漪上前半步，對著舒雲清微微屈膝行福禮，隨即淡淡開口。「我與曹家姊姊先到水榭品茗觀荷，姑娘後至，卻讓我們離開水榭，此舉是否不太妥當。」

舒雲清正欲開口反駁，孰料顧嬋漪突然提高了音量。「此為其一。若是姑娘舉止有度，我們也不是不能將水榭讓與姑娘，誰知姑娘卻口出惡言，此為其二。

「我與曹家姊姊好好地在這裡賞景，卻無端被辱罵嘲諷，不知是何道理。莫不是我許久不在京中，竟不知京中貴女皆如姑娘這般莽撞行事？」顧嬋漪笑臉盈盈地看向舒雲清，說話亦是輕聲細語。

舒雲清氣急，抬手朝後揮了揮，她身後的丫鬟與婆子立即作勢要圍住顧嬋漪與曹婉。

曹婉見狀，當即便要出聲讓婆子助陣，顧嬋漪藉著袖子的遮掩拉了她一下。

顧嬋漪面色不變，依舊嘴角含笑。「姑娘既喜歡這水榭，讓與姑娘便是，何必動粗？今日乃佛歡喜日，寺中多尊客，若姑娘鬧得動靜大了，驚擾尊客，那便不美了。姑娘，妳說是與不是？」

舒雲清頓時僵在原地，不知該不該讓人上前。

她聽聞崇蓮寺中的荷花極美，特地央求表兄帶她出來賞花，誰知轉身的工夫表兄便不見了蹤影，若讓表兄看見她這模樣……

舒雲清咬了咬唇，抬起的手緩緩放下。

此時小荷碰巧帶著兩個侍婢回來，見狀，顧嬋漪拉著曹婉的手腕，從容不迫地走過舒雲清的身邊，一行人緩緩前行，直至瞧不見水榭與舒雲清，她才鬆開曹婉的手。

曹婉馬上雙手扠腰大笑出聲，毫無京中淑女的風範。「哈哈哈！我竟然也有看到舒雲清無話可說的一天，簡直大快人心！在女學中，她每次瞧見我與阿寧妹妹，皆要陰陽怪氣說幾句，偏偏我嘴笨性子又急，而阿寧妹妹連京話都說不明白，只能生生忍了。萬幸今日有妳，待妳下山，我必帶阿寧妹妹來見妳。」

顧嬋漪莞爾，僅僅是小半天，她便已摸透了曹婉的人品性情。曹婉的性子雖然跳脫，卻有仗義磊落之氣。

舒雲清開口嘲諷曹婉時，曹婉並未回嘴，直至舒雲清將目標轉移到她身上，曹婉才斥責舒雲清。

她們兩人明明認識不到一天，曹婉卻為她挺身而出，顧嬋漪笑得眉眼彎彎，心想曹婉倒是一個可以交心的好友。

日頭漸高，賞花的雅興又被舒雲清攪擾了，顧嬋漪只好帶著曹婉等人繞過擁擠的賞花小道，沿著山間小路往回走。山間林木繁多，夏風吹拂，帶來絲絲涼意。

曹婉心情不錯，走路蹦蹦跳跳的，幸好附近並無外人瞧見曹家大姑娘這副模樣。

兩人笑笑鬧鬧地走到寺中小花園，眼見不遠處便是客堂，曹婉這才理了理衣襟，恢復成舉止有禮的世家姑娘。

繞過參天的大榕樹，穿過假山，再沿著長廊行上半盞茶的時間，便能抵達客堂的正門。幾人站在大榕樹下待了一會兒，正要轉身離開，卻聽到嬌嬌軟軟的痛呼聲。

曹婉當即便轉身尋了過去，顧嬋漪只好快步跟上，然而走了沒兩步，卻見曹婉停在了假山後面。

顧嬋漪走上前拍拍曹婉的肩膀，正欲說話，曹婉立刻反手捂住她的口鼻，另一隻手豎起食指放在唇邊。「噓！」

見顧嬋漪點頭示意知曉了，曹婉便放下手，朝不遠處的假山指了指。

顧嬋漪順勢看過去，假山那頭的長廊下，坐著一位身穿桃粉繡花褙子的少女，她用手揉著腳踝，少女的身邊還站著一位身穿玄青錦袍、頭戴玉冠的少年郎。

儘管少年郎側身對著她們，但顧嬋漪還是一眼便認出了此人，正是淑妃之子、舒雲清的表兄，瑞王沈謙。

聖上欲除沈嶸，又擔心在史書中留下罵名，便故意將身有箭傷、身體孱弱的沈嶸派往北疆。本想讓沈嶸有去無回，孰料沈嶸不僅回來了，還在顧長策身亡後將整個西北軍盡數收入掌中。聖上氣急，只好讓自己的兩個兒子出馬。

大皇子乃皇后所出，但早早夭折，如今只剩德妃所生的二皇子以及淑妃所生的三皇子。二皇子沈諄封肅王，三皇子沈謙封瑞王，兩人皆出宮建府。

嫡長子早夭，太子之位花落誰家，猶未可知。聖上便將難題拋給兩個兒子，只要誰能讓沈嶸交出兵權，便立誰為太子。

巨大的誘餌放在眼前，怎可能不心動，聖上方露出意思，當日夜間肅王與瑞王便先後抵達禮親王府。

顧嬋漪那段時間沒少見到他們兩個，以致現下僅是一個側臉，她便認出了沈謙。只是那粉衣女子背對著她們，看不清面貌，顧嬋漪猜不出她的身分。

曹婉小心翼翼地看了看顧嬋漪，見她面色如常，便微微傾身，湊到顧嬋漪的耳邊小聲道：「那是妳的二姊姊，許久未見，認不出來了吧。」

顧嬋漪定睛一瞧，背影確實很像顧玉嬌。

曹婉見狀，繼續咬耳朵。「我和顧玉嬌同在女學，幾乎天天相見，定然是她，卻不知那位公子是何人。」

顧嬋漪頷首。前世舒雲清被長樂侯夫人帶回長樂侯府後，平鄴城中便有流言，瑞王與側妃在崇蓮寺的後山一見鍾情。

她瞇了瞇眼，仔細瞧不遠處的兩人，所以今日便是他們初次相見，且「情根深種」的日子？

顧嬋漪的視線微偏，落在顧玉嬌的身上。

她在崇蓮寺多年，從未在寺中見到顧玉嬌，理由無他，只因王氏與王蘊更喜歡去護國寺。顧玉嬌是王蘊的心尖肉，且護國寺多達官顯貴，王蘊每次去護國寺上香禮佛，皆帶著顧玉嬌。

平素去護國寺的人，此時卻出現在崇蓮寺中，顧玉嬌這是有備而來，這場相見並非偶然，而是有意為之。

眼下顧家大房與二房已經分家的消息還未傳入世人耳中，顧玉嬌此舉並非萬無一失，如若不然，前世怎會傳出那種流言？顧玉嬌一人行事有違禮數，卻有損整個顧家姑娘們的閨譽。

猶豫片刻後，顧嬋漪還是從假山後面走了出來，直直地朝著他們兩人走去。

曹婉愣了一瞬，連忙抬腳跟上去，後面的丫鬟與婆子亦是隨行。

此時的顧玉嬌抽抽噎噎，還未來得及說話，便聽到一道輕柔的嗓音。「二姊姊。」

顧玉嬌抬眸看去，一張面生卻極好看的臉，正眉眼含笑地看著她。

只見顧嬋漪走到顧玉嬌的身邊，朝小荷使了個眼色，小荷立即走上前，主僕一人扶一邊，直接將顧玉嬌攙扶了起來，轉身便要離開。

「二姊姊，嬸娘正到處找妳呢，妳怎的躲在這兒了？」

顧嬋漪的動作太快，顧玉嬌根本來不及反應，直到聽見「二姊姊」、「嬸娘」，她才反應過來面前之人是誰。

她臉色微變，立即轉頭看向身後的瑞王，果不其然，瑞王的視線落在顧嬋漪身上，眼裡已經完全沒有她了。

顧玉嬌咬了咬後槽牙，驚呼出聲。「好疼！」

這一聲直接將出神的瑞王沈謙給喚醒，脫口而出道：「且慢。」

顧嬋漪垂眸，掩去面上的不耐，態度恭敬且疏離。「公子還有何事？」

面前的佳人垂眸斂目，只能看到烏黑的秀髮、窈窕的身形，可剛剛驚鴻一瞥，卻知她是平鄴城中難見的絕色。

沈謙反應極快，端出一副正人君子的模樣。「是在下唐突了，方才不小心撞傷了這位姑娘，正巧今日有女大夫隨行，不如兩位姑娘在此處稍等片刻，在下這便讓人將女大夫請來。」

此舉正中顧玉嬌下懷，她面露喜色，當即便要答應，然而手腕上卻傳來一陣劇痛，讓她無暇開口。

顧嬋漪帶著顧玉嬌往後退了半步，屈膝行禮。「多謝公子好意，只是家中長輩還在客堂，我們不宜在外逗留。」

說罷，顧嬋漪便帶著顧玉嬌轉身離開，沈謙見狀，繞到兩人前方，攔住去路。「今日之事本就是在下的錯，不知兩位是哪家姑娘，在下定登門告罪。」

此人如此不依不饒，即便是曹婉都看出他醉翁之意不在酒，她快走兩步，示意身後的婆子上前。大庭廣眾之下，眾目睽睽，諒他不敢胡作非為。

不遠處的瑞王親衛瞧見一群僕婦圍著自家王爺，還以為出了什麼大事，趕忙跑上前來，狹小的長廊眨眼間便擠滿了烏壓壓的人。

這些親衛身上皆帶刀，神情瞧著甚是凶狠，曹婉與顧玉嬌何曾見過這等陣仗，嚇得身子微顫、臉色發白。

唯有顧嬋漪面不改色，她曾去過北疆，見過真正的兩軍對壘、戰場廝殺，那可是白刀子進、紅刀子出，血流成河、屍首成山。在她眼中，瑞王的親衛皆是狐假虎威，無須懼怕。

顧嬋漪抿了抿唇，平淡無波地掃過沈謙身後的親衛，平靜道：「不知公子這是何意？」

遇事穩重，波瀾不驚，不卑不亢，亭亭玉立宛若盛夏清荷。沈謙讚賞地看向顧嬋漪，越加想要知道她的身分。

只不過這些親衛自作主張，唐突了佳人……沈謙不禁斜睨向親衛，那些人當即雙手抱劍，單膝跪下齊道：「王爺，屬下知錯。」

曹婉驚愕，脫口而出。「王爺?!」

顧玉嬌氣急敗壞，顧嬋漪竟然跑來壞她的好事！

既然瑞王已經道出身分，顧嬋漪等人自然不能像之前那般怠慢，紛紛屈膝行禮。

沈謙嘴角微彎，帶著淺淺笑意。「是本王失禮了，不知現在本王能否有幸知道兩位是……」

話未說完，一陣腳步聲由遠及近。

「咳咳，沈謙。」嗓音低沈有力，透著一股不怒自威的氣勢。

滿京城能直呼他名字的人沒有幾個，沈謙的身子微僵，回過身去，就見長廊不遠處，站著一位身穿月白繡竹紋錦袍的青年。

那人劍眉星目，容貌俊美，身形頎長，卻是面色蒼白，透著一絲難掩的病氣。

沈謙整容肅穆，恭恭敬敬地行禮問好。「小皇叔。」

整個平鄴城，能讓瑞王稱一聲「小皇叔」的，也只有那個人。

顧嬋漪最先回過神來，屈膝行禮。「見過王爺。」語氣中帶著一絲歡喜。

曹婉與顧玉嬌急急蹲身行禮，沈嶸只略略抬了抬手，宛若未將她們放在心上。

他偏頭看向瑞王，極其漫不經心的模樣。「你來，我有話與你說。」說罷轉身便走。

沈謙看了看沈嶸的背影，又回頭瞧了瞧顧嬋漪，猶豫片刻，最後還是抬腳跟上了沈嶸。

他們兩人雖是年歲相當，但差了一輩，連他父皇表面上都對沈嶸和顏悅色，他根本不敢不聽沈嶸的話。

目送禮親王與瑞王走遠後，曹婉長長地呼出一口氣，拍著胸口直道：「剛剛真是嚇死我了。」

顧玉嬌也不再佯裝柔弱，直接甩開顧嬋漪與小荷的手，在長廊邊坐下，一邊按揉腳踝，一邊嘶嘶吸氣。

「妳怎麼在這裡，妳不是每年都跟著妳娘去護國寺嗎？」曹婉皺眉，沒好氣地看向顧玉嬌。「若不是妳，我們也不會這麼倒楣！」

若不提此事便罷，偏偏曹婉幾人不僅攪了她的好事，還倒打一耙。

顧玉嬌氣急，直接將世家貴女的風範拋至一旁，對著曹婉翻了個白眼，咄咄逼人道：「我還未問妳呢，平日在女學也不見妳往小樹林裡鑽，怎的今日偏從假山後面跑出來了？曹婉，妳是故意要和我作對？」

曹婉並不柔弱可欺，當即反駁道：「若不是阿媛過來，我會管妳的死活?!」

直至這時，兩人才發現顧嬋漪獨自坐在長廊另一端，皺眉陷入沈思，面容嚴肅。

曹婉顧不上與顧玉嬌爭辯，快步走到顧嬋漪身邊，推推她的手臂，輕聲問道：「阿媛，怎麼了，被嚇著了？」

顧嬋漪回過神，對著曹婉笑著搖了搖頭。「沒有，只是突然想到一些事。」

如果她沒有看錯的話，剛才沈嶸離去之前，狀似無意地看了她一眼，眼底含笑，並不像初次見她的模樣……

第八章　名正言順

顧嬋漪定了定神，回身對著顧玉嬌，笑臉盈盈。「二姊姊既然在這裡，想必嬸娘也來了，莫不是過來接我回府的？」

聞言，顧玉嬌將顧嬋漪從頭打量到腳，目露鄙夷，甚至還有不屑遮掩的怒氣。「接妳回府？妳在想什麼呢，祖母讓妳在寺中祈福，若無祖母發話，我與我娘怎可能接妳回去?!」

顧嬋漪眨眨眼，貌似天真無辜，眼底盡是懵懂。「可是當初上山時，明明是嬸娘讓我來的，還說過些時日便接我回去，讓我安心祈福便好，誰知嬸娘卻一直沒讓我返家。」

瞥了待在顧嬋漪身邊的曹婉一眼，顧玉嬌輕嗤一聲站起身來，雙手撣了撣裙襬，似是要撣掉沾在身上的塵埃。「妳且去和我娘說，我不與妳爭辯。」

顧玉嬌意味不明地笑了，轉身便走，腳步穩健，絲毫看不出扭傷了腳踝。

曹婉看著顧玉嬌離去的背影，氣得跺了跺腳。「竟是裝的！真不應該過來，徒惹一身腥！」

顧嬋漪莞爾，回頭伸出手指點了點她的臉頰。「此話可莫要讓妳娘聽見，否則少不了一頓念叨。」

曹婉點點頭，一行人沿著長廊，徑直走向客堂。

客堂外，此刻正站著不少奴僕，卻不聞談話聲，周遭甚是安靜。

顧嬋漪與曹婉對視一眼，小心翼翼地靠近客堂，離得近了，才聽到慈空住持講解經文的聲音。

講解到了一個段落，一道陌生的女聲響起，似是哪家夫人，聲音慈和婉轉，輕柔和藹。

曹婉一聽便知與慈空住持說話的夫人，應當是京中世家的當家主母，尊貴無比。她扯扯顧嬋漪的衣袖，朝著院門的方向努了努嘴，示意偷偷溜出去，稍後再回來。

顧嬋漪卻輕輕搖了搖頭。雖然隔著窗聽不真切，但透過僅有的幾個字音，她已認出裡面的人是誰了。

既然禮親王府的老王妃在裡面，此處的奴僕又皆瞧見了她們，若不進去請安問好，便太失禮了。

顧嬋漪靠近曹婉，貼著耳朵悄聲道：「似是禮親王府的老王妃。」

曹婉錯愕，卻反應極快，反問道：「妳怎的知道？」

顧嬋漪頓了頓，含糊不清地說：「機緣巧合，曾聽過老王妃的聲音。」

曹婉沒追問，只道：「既然是老王妃，我們若避而不見，日後傳進她耳中，事情就糟了。」

顧嬋漪點頭贊同，曹婉想了一想，便拉著顧嬋漪的手繞到客堂門前。門邊的侍婢見她們走過來，屈膝行禮後，就轉身撩開門簾進去通報了。

隔著門簾，帶笑的聲音傳了過來。「快讓兩個丫頭進來。」

不多時，侍婢抬起門簾，曹夫人從裡面走了出來，一手牽一個，帶著兩個姑娘走了進去。

客堂上首，坐著一位身穿鴉青繡秋海棠褙子的中年婦人，頭上僅戴著一支翡翠荷葉簪，腰間掛著一塊海棠玉珮。

顧嬋漪與曹婉蹲身行禮，齊聲道：「老王妃安好。」

周槿連聲道好，對著兩個小姑娘招了招手。「走近些，讓我仔細瞧瞧。」

兩人起身往前走了兩步，乖巧地立在老王妃身前。

周槿看了看曹婉，對著曹夫人道：「上次見婉丫頭，還是年前宮宴，僅半年未見，竟長得這般高，人也出落得越發好了，果然是女大十八變。」

曹婉聞言抿唇偷笑，曹夫人沒想到老王妃竟還記得自己的女兒，誠惶誠恐，眼底甚至閃過一絲不易察覺的慌亂。

誇完曹婉，周槿的視線落在顧嬋漪身上，意味深長地瞥了她的鬢角一眼。「妳就是鄭國公的親妹妹？」

顧嬋漪心中發緊，不知老王妃有沒有認出她來，只點點頭。

周槿伸手向前，笑臉盈盈。「我還是頭一次見妳，到我身邊來，讓我仔細瞧瞧。」

顧嬋漪微低著頭，深吸了一口氣，緩步走到老王妃跟前。

周槿直接握住顧嬋漪的手，仔細瞧了瞧她的容貌，微不可察地點了點頭。瓜子臉、杏仁眼，身形略顯消瘦，肌膚比一般京中貴女還白皙幾分，想來是長久在室內，曬不到陽光的緣故。離得近了，能從她身上聞到若有還無的檀香，是常年伴在佛前染上的。

周槿頷首，那日破曉，在西院外見到的比丘尼，果然是面前這位小姑娘。手握得太久，且是盛夏時節，顧嬋漪的手心不禁微微冒汗。

周槿心思靈敏，很快便察覺到眼前這個姑娘的緊張，她輕輕拍了拍顧嬋漪的手背，軟聲細語。「鄭國公守衛北疆，妳在寺中為北疆戰士祈福，你們兩個都是好孩子。」

說著，周槿便將腕間的翡翠鐲子褪了下來，套在顧嬋漪的手腕上。

顧嬋漪錯愕，若她沒有看錯，這只鐲子與老王妃髮間的簪子乃是一套，且翡翠名貴，如何受得？

她下意識地抽回手，卻被周槿攥緊了。「這不是什麼名貴東西，妳且戴著，況且，長者賜，不敢辭。」

言已至此，顧嬋漪若再推託便顯得不知好歹了，她蹲身行禮，恭敬道：「多謝老王妃。」

周槿「嗯」了一聲，笑著鬆開顧嬋漪的手，讓她回到曹夫人身邊。

眼下人多，周槿垂下眸子，深知自己的舉動不好太過張揚，免得引起旁人矚目。她「初次」見顧嬋漪，便送了小姑娘一只翡翠鐲子，已是極其顯眼，但還能藉著她身上沒有旁的配件可送來遮掩。

若她家兒子年歲小些，旁人還不會多想，奈何他是一個剛剛及冠、應該談婚論嫁的臭小子。她要是再多誇顧嬋漪幾句，豈不是有損人家小姑娘的閨譽？

周槿在心中長嘆一聲，況且，她家只是表面風光罷了。出門在外，聽聞是禮親王府的車駕，誰家不是退避三舍？剛剛她不過稱讚曹婉兩句，曹夫人就變了臉色，深怕她看上她家閨女，聘曹婉為禮親王妃。

如此看來，顧三姑娘倒是極好。雖瞧著有些怕她，但聽到她的誇讚時並不惶恐，收下見面禮後亦坦然自若，落落大方。

周槿越想越是喜歡顧嬋漪，卻不宜在人前表露出來，只端著一張笑臉，將心底所想盡數掩藏。

顧嬋漪走到曹夫人身後挨著曹婉坐下，不自覺地看向手腕上的鐲子——細膩通透、翠綠欲滴，初戴上時透著一絲涼意，卻很快與她的體溫相合，察覺不到它的存在。

翡翠鐲子旁邊，伴著顧嬋漪那條略顯陳舊的長命縷。她捏著長命縷，咬了一下唇。

前世顧嬋漪身亡之前，並未聽聞京中有皇親國戚亡故，可當她在身死的同年於北疆見到沈嶸時，老王妃已然仙去，由此可推斷她死去沒多久，老王妃便也辭世。

今日與老王妃近身相處，見她說話中氣十足，拉她的力道也很大，臉色更是紅潤，完全看不出患有隱疾。

這讓顧嬋漪不得不往最壞的方向去想。難道……前世老王妃之死另有隱情？

若是如此，得找個合適的時機提醒沈嶸才是。老王妃離世之後，沈嶸在北疆的模樣，她至今仍能回想起來。

阿兄原本對皇子皇孫頗有成見，聽聞禮親王要來監軍，臉板得宛如一顆臭石頭，生怕這些天潢貴胄不知兵法，還要在戰場上「指點江山」。

然而，阿兄初次見到沈嶸時便大吃一驚。

明明貴為親王，卻像遭逢大難的流民，失魂落魄；雖然身穿綾羅綢緞，炊金饌玉地養著，但整個人偏是肉眼可見地瘦了，毫無精氣神可言。

過了大半月，阿兄才意外得知禮親王府的老王妃仙去。剛剛過了七七，禮親王便被一道聖旨打發到了北疆。

她兩歲時，他們的娘親便走了，但彼時阿父尚在；後來阿父也走了，儘管顧家二房不是人，但他們還有舅舅、舅母和姨母。

沈嶸雖身處王室，可因為那則「登基密旨」的傳聞，弄得他明明還有許多親人，卻無一可依靠。

自那日起，阿兄便時常叫沈嶸出來，或練武對戰，或喝酒吃肉，或巡視軍營，或探討兵法。當沈嶸忙碌起來，便無暇沈浸於無邊無際的哀傷中。

交心相伴之後，兩人便稱兄道弟。便是那時，阿兄告訴沈嶸，他在京中還有一個妹妹，問沈嶸在平鄴時是否見過她。

沈嶸本是外男，無法輕易見到內宅未出閣的姑娘，遑論當時的顧嬋漪被困在崇蓮寺中，如何見得？

阿兄見沈嶸搖頭，只抿唇不語，悶悶地喝酒。

顧嬋漪化為靈體站在阿兄的身後，看著阿兄這般模樣，內心悲痛不已，卻無法道出。後來顧嬋漪目睹阿兄重傷而亡，瞬間便明白了沈嶸當初為何失魂落魄。在這茫茫天地之間，真的只剩她自己一人了。

如今重活一世，顧嬋漪自然不會眼睜睜地看著悲劇重演。她垂首低眉，在心中默默盤算起來，全然沒有意識到落在她身上的視線。

曹婉坐在顧嬋漪身邊，各家夫人打量顧嬋漪時，皆會順帶瞥她一眼，她實在有些受不住這些目光，便悄悄在桌椅下戳了戳顧嬋漪的腿。

顧嬋漪身子微顫，回過神來，面露疑惑地看向曹婉。

曹婉悄聲問她。「崇蓮寺中，一般何時用午膳？」

儘管曹婉壓低了聲音，可曹夫人就坐在她們身前，這句話一字不落地傳進她耳中。

未等顧嬋漪回話，曹夫人已回過頭來瞪向曹婉，低聲斥道：「尚未到午時，妳便餓了？

在車上時不是用過了點心嗎？老王妃還未發話，妳且老老實實地坐著，哪兒都不許去！」

曹婉吐了吐舌尖，只好乖乖坐直了，耐著性子聽慈空住持講解經文。

一個是訓斥女兒、佯裝發火的娘親；一個是故作乖巧、偷扮鬼臉的挨訓女兒，顧嬋漪卻從中感受到了一絲溫情。

曹婉有個心疼她、包容她、關心她以及擔憂她的母親，而她的娘親卻早早故去。

若不是王蘊陰險毒辣，使出陰損毒計害死她的娘親，現在她便是與娘親一道坐在這裡，而不是看著旁人母女說話交談，羨慕不已。

顧嬋漪摸向腕間的長命縷，卻觸碰到了溫潤的翡翠鐲子。

眼底的陰鬱漸漸散去，神智慢慢回歸，顧嬋漪深吸一口氣，在心中默唸幾遍心經，讓自己冷靜下來。

寺中響起鐘聲，午時至，素齋已經備好。

老王妃在周嬤嬤的攙扶下率先起身，其餘各家夫人紛紛站起，隨著老王妃一道走出客堂。

待眾人走遠，曹婉才長舒一口氣。「我在女學讀書時，尚且能讀半個時辰，休息一刻鐘；今日聽經，我卻足足坐了一個時辰！」

顧嬋漪莞爾。「妳性子急躁，閒暇時多聽聽經書極好，能磨磨妳的性子。」

曹婉撇了撇嘴，面露苦色。「還是饒了我吧。」

佛歡喜日來寺中禮佛的人不少，崇蓮寺雖是大寺，但是供香客居士使用的大齋堂位置已是不夠，是以監院將平日寺中比丘尼用膳的小齋堂也收拾了出來。

陪女眷上山禮佛的男客待在大齋堂，女眷則在後面的小齋堂用膳，如此既不擁擠吵鬧，還能避免男客無意衝撞女眷，最是恰當。

顧嬋漪與曹婉一踏進小齋堂，便瞧見老王妃身邊站著一位極面熟的婦人——吊梢眉、三角眼，身穿竹青繡白蓮紋樣的褙子，頭戴紅寶石金簪，手腕上還戴著金手釧，瞧著甚是富貴。

曹婉捂唇輕笑，用手肘頂了頂顧嬋漪。「我每次見到妳家嬸娘便想問她，身上戴著這麼多金子，不嫌重嗎？」

顧嬋漪眯了眯眼，死死地盯著王蘊。

老王妃朝周嬤嬤低聲說了幾句，周嬤嬤便朝著顧嬋漪的方向走來。她微微躬身行禮，嘴角帶笑。「顧三姑娘，老夫人請您過去。」

顧嬋漪愣了一瞬，便跟著周嬤嬤到了老王妃身邊。

王蘊抬頭瞧見面前的顧嬋漪，整個人頓時僵住，滿臉的脂粉都掩蓋不了發白的面色。

周槿握住顧嬋漪的手，宛若未察覺王蘊的異樣，聲音輕柔卻不低。「顧家有個好姑娘，在寺中祈福多年，我瞧著心疼，且如今北疆捷報頻傳，今日便讓這丫頭回家去吧。」

王蘊當場愣住，臉色亦大變，但好歹在各家夫人的面前咬牙穩住了。

她瞥了顧嬋漪一眼，微微垂眸。「老王妃說得是，山中到底比不得家裡，前些時候，臣婦便勸過阿媛下山，阿媛卻說北疆戰事未了，她必須留在山中祈福。臣婦見孩子這般誠心，便未多勸。」

這話說得漂亮，恍若將姪女放在心上的好嬸娘。周槿聞言，只輕輕地點了下頭，回首對著顧嬋漪道：「山中清冷，北疆大捷，妳可返家去了。」

顧嬋漪眉眼彎彎地點頭應了，蹲身行禮，真心謝過老王妃。

她求助慈空住持，趁著佛歡喜日光明正大地現身，便是想讓世人知道她在崇蓮寺中祈福多年，同時讓王蘊風風光光地接她回府。有老王妃幫忙，事半功倍，效果出乎意料的好。

用過素齋後，顧嬋漪便要先回小院收拾行李。

王蘊見狀，起身欲與她同行，奈何周槿直接轉頭看向王蘊，言笑晏晏。「聽聞顧二夫人有個姑娘，是否及笄？」

大晉朝的女子許嫁之後方行笄禮，若問女子是否及笄，便是婉言詢問是否已婚配。

王蘊微驚，立即回身對著周槿道：「尚未行笄禮。」

兩人談話間，顧嬋漪便帶著小荷悄悄離開了小齋堂。待王蘊回過神來再尋人，已不見她們的蹤影了。

顧嬋漪面露喜色，連走路都帶著一絲難以遮掩的歡欣鼓舞。

今日就可以回到自己幼時住過的地方了，返家之後，新仇舊恨即能細細清算。頭一件要緊的事，便是將盛嬤嬤找回來。

王蘊騙她盛嬤嬤一直在府中，她卻知曉此時盛嬤嬤正在南郊的莊子上，被王蘊的人牢牢地看著。

她猝不及防地出現在王蘊面前，老王妃又發話，讓王蘊傍晚歸家時帶她一道回去，如此毫無準備，盛嬤嬤必然沒辦法及時被送回國公府，她倒要看看王蘊該如何解釋。

顧嬋漪仰頭望天，心想不知姨母何時才能抵京。姨母與舅舅們是她的親外家，舅舅們皆任官職，無暇回京，只好麻煩姨母北來。

王氏即便是繼室也是她的祖母，二房的叔叔、嬸娘仍是她的長輩。日後若是鬧起來，王氏及二房一句「不孝」便能將她堵得毫無出路，讓她在平鄴城中名聲掃地。若有姨母坐鎮，她自然有底氣得多。

顧嬋漪輕嘆一聲，不由自主地往南望去。

姨母抵京之後，她才能將書信中不能言明之事悄悄告訴姨母，尋求她的幫助，徹查娘親當年的死因。

顧嬋漪微微垂眸，一邊思索日後行事，一邊默默往前走，誰知小荷卻在她的身後扯了扯她的衣袖。

停下腳步，顧嬋漪回過頭，卻見小荷動作極小地往前指了指。
她順著小荷的指尖往前看去，就見青翠竹林邊立著一道清俊頎長的月白身影，林中竹葉與對方衣袍上的竹紋相映成趣。
顧嬋漪愣了一瞬，隨即喜上眉梢，笑得眉眼彎彎。她走上前蹲身行禮，聲音柔和婉轉。「見過王爺。」
沈嶸頷首，眸光柔和。「不必多禮。」
他微微抬手朝後揮了揮，湛瀘立即往後退了幾步，雙手抱劍，在竹林邊遠遠地站著。
顧嬋漪見狀，知是沈嶸有話要與她說，便回頭對著小荷交代了兩句。
小荷躊躇片刻，到底還是轉身走到了遠處。

第九章　啟程返家

前世顧嬋漪以靈體之姿陪伴沈嶸數十年，在旁人眼中尊貴無比的禮親王，在她眼裡只是「沈嶸」這個人。

是以今世再見，顧嬋漪微微仰頭，直視沈嶸的眼睛，笑靨如花。「不知王爺有何事？」

見顧嬋漪的眼眸清澈明亮，眼底並無畏懼與害怕，沈嶸不禁微微一愣——顧長策的親妹竟如此膽大？

前世他從北疆歸來時，這位顧三姑娘已化為一抔黃土，孤零零地葬在華蓮山的北側。北側背陽，全年曬不到日頭，陵墓兩側種植槐樹，正前方是一汪死水潭，甚至有死去的臭魚漂於水面。

將顧嬋漪葬於此地之人，用心極其險惡。

沈嶸命人挖開墓土，重新收殮她的屍骸，卻見玄棺之上用硃砂畫滿了符咒，棺材四角還掛著不同的黃紙符咒。他差一名道士瞧過，皆是困鎖魂靈、讓人不得超生的陰損惡毒之符。

之後沈嶸選了個風水寶地，將顧嬋漪重新下葬，更辦法會、做道場，佛家與道家之法都用上了，只求她得以解脫，如此方不負顧長策臨終前的託付。

然而，他前世辦的那些法會與道場，似乎都白費了。

如若不然，顧三姑娘怎知那張藥方可治他的箭傷？

如若不然，顧三姑娘怎會改了性子，不再柔柔弱弱，而是有的放矢，每一步都走得極為穩妥，勢必要回國公府？

如若不然，他極易招惹聖上猜忌，不知何時便會殞命，旁人皆怕與他有所牽扯，偏偏這位顧三姑娘看見他時不閃不躲，甚至面露歡喜？

定是他前世請的那些和尚及道士法力不強，或是弄虛作假、無真才實學，以至於未送顧三姑娘脫離苦海。

及至今世，不知顧三姑娘遇到何種機緣，得以重活一遍；不過，他也不明白自己能重生的緣由。

前世，他在顧三姑娘的墓碑前，曾將國公府的前塵往事盡數道出，若當時她九泉有知，應當已明瞭那些陰損手段以及前因後果。

今世顧三姑娘若打算報仇，想來不是什麼難事，況且有他在旁邊護著，即便有事，在顧長策回京之前，也定能讓她安然無虞。

沈嶸在心中長嘆，是他前世未做好，才讓她吃盡苦頭。他抿了下唇，微微垂眸，看著顧嬋漪道：「今日在假山邊，可有受委屈？」

顧嬋漪搖搖頭，嘴角含笑。「萬幸王爺來得及時，臣女並未受委屈。」

輕風拂過，吹動姑娘家的裙襬，撩起那散落的髮絲，少女明眸皓齒，笑意如春天般和煦。

沈嶸不由得勾起唇角，眸光柔和，語氣也比尋常放輕了許多。「沈謙性子輕浮易怒，行事衝動不思後果，日後若再瞧見他，遠遠躲開便是。」

顧嬋漪心中一暖，卻對他這般親切的言行舉止心生疑惑。

前世沈嶸約莫四十歲時，豐慶州清水河曾決堤，淹沒千頃良田，數萬百姓流離失所，餓殍遍野，滿目瘡痍。

沈嶸下撥賑災糧款時，徹查豐慶州決堤一事，從上到下揪出數百貪官污吏。

彼時官員不以百姓為先，反而官官相護、層層盤剝，人民早已怨聲載道。若不趁清水河決堤一事狠狠發落涉事官員、震懾百官，朝中官吏將更加肆無忌憚，後果難以想像。

是以，即便求情者甚多，但沈嶸鐵面無私，不僅將豐慶州涉事官員一律斬殺，且親至豐慶州處理賑災事宜。正因此事處理妥當，朝中風氣比以往好了許多，沈嶸在民間的聲望急速上升，豐慶州百姓更是為沈嶸修了長生碑。

然而沈嶸如此不講情面，擋了某些人的財路，那些人如何甘心？正因如此，朝中漸漸有了沈嶸欲取小皇帝而代之，登基為帝的謠言。

沈嶸聲勢本就極高，傳出這種流言後，支持者甚多。可沈嶸當即便傳話要為小皇帝選后，小皇帝親政後，他便卸下攝政王一職，隱居山野。

小皇帝要娶后，事關日後親政大事，百官哪還顧得上沈嶸，紛紛在族中挑選合適的姑娘參與選秀。這樣一來，不僅快速轉移眾人的視線，還表明了自身的立場，他從始至終只是攝政王。

這般殺伐決斷的人物，此時卻微低著頭，眼底含笑地看著她，恍若在瞧自家妹妹？

顧嬋漪眼珠輕轉。「多謝王爺提醒，只是不知王爺為何要幫臣女？」

夏風吹拂，竹林簌簌作響，竹葉隨風落下，掉在沈嶸的肩頭，落在顧嬋漪的髮間。

良久，沈嶸才輕咳一聲，眸光閃爍，不敢直視顧嬋漪的眼睛。「妳阿兄尚未離京時，本王曾與他見過幾面。顧將軍為人坦蕩磊落、忠肝義膽，本王甚是欽佩。妳既是顧將軍的親妹，本王自然不能坐視不理。」

這番話有理有據，且語氣誠懇，若顧嬋漪前世魂魄並未飄至北疆，她便信了。

沈嶸到北疆之前她便已經在那裡，見過他與阿兄初次相遇的模樣，如今沈嶸還在京中，阿兄則一直待在北疆，兩人如何得見？此舉明顯是不想告訴她實情。

顧嬋漪抿了抿唇，既然如此，她也不再追問，左右沈嶸不會害她，待日後沈嶸放下戒心，她再尋合適的機會問他。

既已想明白，顧嬋漪便將疑惑暫且擱置，視線落在沈嶸的左肩上。「聽聞王爺上山前曾受過重傷，不知是否痊癒？箭傷不比尋常傷處，若未養好，日後恐會留下病根。」

沈嶸一聽這話便明白顧嬋漪的意思，顯然是在關心他是否有好好用藥。

他眉眼含笑，意味深長地開口。「許是神佛眷顧，在寺中靜養時，偶然得到一張藥方。」

顧嬋漪強忍著才未輕笑出聲，在沈嶸面前露出破綻。

沈嶸語氣認真了幾分，繼續道：「府中大夫瞧了，這張藥方對本王的箭傷極有助益，本王用了些時日，已然大好。」

聽到這話，顧嬋漪鬆了口氣，心中大石落地。

前世折磨沈嶸大半生的箭傷終於康復，今世他能過得健健康康，再也不會痛得難以入眠，每至冬日便藥不離口。

顧嬋漪的杏仁眼笑成了小月牙。「如此便好，王爺有神佛護佑，日後定事事順遂、平平安安。」

沈嶸莞爾。「借妳吉言。」

顧嬋漪頓了頓，話鋒一轉。「聽聞王爺乃在府中遇刺，王府守衛嚴密，莫不是府中多年的老人有問題？」

沈嶸默然不語，靜等下文。

顧嬋漪並未退縮，直言道：「歹人此次未得手，日後定然還會再想旁的法子，既傷不到王爺，說不定會將主意打到老王妃身上。」

沈嶸微愣，並非因為顧嬋漪提示他要注意母妃的安危，而是前世在她墓前，除了國公府的事外，他並未多言。

既是如此，顧三姑娘怎知曉日後他們會用母妃的安危來威脅他，甚至沒由來地貿然提醒他，讓他注意府中的奴僕？

沈嶸眸光深沈，定定地看著顧嬋漪，好一會兒才點頭道：「多謝姑娘提醒，本王回府後定會清查府中下人。」

顧嬋漪聽罷，露出一抹輕鬆的笑意，雙眸明亮，恍若夜空中的星子。

沈嶸微微恍神，下意識地伸出手，想拿下她髮間的竹葉，可手抬至一半時，猛然回過神來。

他微不可察地退了半步，側著身子，不再盯著顧嬋漪的眼睛。「妳髮間有片竹葉。」

顧嬋漪聞言雙頰微紅，透著一絲羞惱，她有些慌亂地抬起手，在髮間摸了摸，卻並未摸到竹葉，茫然道：「還在嗎？」

沈嶸踟躕片刻，終究伸出了手，小心翼翼地拿起竹葉。

「好了。」一人聲音輕緩。

「多謝。」一人臉頰紅透。

接下來一片寂靜，不知過了多久，沈嶸率先打破沈默。「妳今日便要隨顧二夫人回府了，日後若有難處，可去禮親王府尋本王……的母妃。」

沈嶸輕咳兩聲，欲蓋彌彰道：「母妃很是喜歡妳，本王常忙於公務，妳若有閒暇，可去府中陪陪母妃，她定然歡喜。」

顧嬋漪點頭應好。

其實她心裡相當清楚，一個尚未許嫁的姑娘頻繁出入禮親王府，會引來怎樣的爭議與閒話。只是沈嶸前世幫她良多，今世初見面亦幫她解圍，甚至避開旁人，提醒她要小心沈謙……

她實在無法拒絕他。

站在竹林邊，目送沈嶸走遠，直至他的身影徹底消失不見，顧嬋漪這才回身走向小院。掛在西邊的日頭將她的身影拉長，涼風拂過，捲起一地竹葉。

小荷緊跟在顧嬋漪的身後，猶豫許久，還是什麼話都沒問。

自從姑娘過完十六歲的生辰，便像換了個人，心中自有成算，行事亦是穩妥細緻、思慮周全。

即便姑娘此時不知禮親王府的處境，日後下山，與平鄴城中的貴女多多來往後便會明瞭，姑娘如此聰慧敏銳，她又何須多言。

午後的陽光穿過青竹窗牖，在床榻上留下斑駁光影。

小荷將被子鋪開再疊好，放置在木箱中，轉身掀開墊被，卻瞧見墊被下面有兩張摺好的銀票。

展開一看，是兩張五十兩的銀票，小荷當即喜上眉梢。「姑娘，您瞧！」

她急急忙忙地轉身，卻見自家姑娘安安靜靜地坐在窗邊，盯著手腕上的翡翠鐲子，沈默不語、嘴角帶笑。

小荷自然知道那只翡翠鐲子是誰送予姑娘的。老王妃看重姑娘，喜愛之情溢於言表，剛剛她們回到小院的路上，禮親王甚至親自過來尋姑娘。

只是……姑娘十歲便上山，六年來從未下山，今日應當是老王妃與禮親王初次見到姑娘，怎會如此親切？難道他們在寺中小住禮佛時，曾在慈空住持口中聽聞過姑娘的事？若非如此，為何彼此初見面時就送姑娘一只貴重鐲子，甚至在姑娘遭遇困境時為她解圍？如若不然，他們便是別有所圖。

姑娘並無許婚，尚未行笄禮，禮親王雖然身分尊貴，但整個平鄴城中，誰人不知禮親王府不是個好去處。

眼下禮親王已及冠，卻遲遲未定下婚事，偏偏老王妃來崇蓮寺還願，遇見了在寺中祈福的姑娘，這男未婚、女未嫁的……

此刻大少爺還在北疆守衛國土，將來若是風光返京，鄭國公府的地位勢必能再往上升一升，若禮親王府想藉機尋個倚仗，那事情就不好說了。

小荷越想越覺得自己猜得沒錯，看著眼前對著那翡翠鐲子發呆的姑娘，她不禁憂心忡忡。

今日回府後見到阿娘，她須得好好和阿娘說說。

大夫人雖走得早，但姑娘若要許婚行笄禮，自然要告知各位舅老爺和姨夫人。若他們不答應這門婚事，即便是禮親王府也沒有法子，總不能以權勢壓人、強行娶親吧？

然而，若是姑娘對禮親王有意，那便是另一番景象了。不說兩位舅老爺，便是姨夫人都對姑娘無所不依。

左右月初姑娘便往豐慶州送了書信，姨夫人不日便會進京，若禮親王府仍舊如此關照姑娘，姨夫人便不會坐視不管，自然會與姑娘細細說清。

小荷走上前，推了推自家姑娘的手臂，輕聲喚她。「姑娘，婢子剛剛從墊被下找出兩張銀票，是姑娘放的嗎？」

顧嬋漪身子微微一顫，回過神來，皺眉接過小荷手中的銀票。時隔太久，她也忘記自己是否在墊被下面藏了銀票，但瞧面額不高，便點了點頭。

「應當是我放的，但後來一直沒用，便忘了。姨母不知何時抵京，我們回家後用銀錢的地方多著，妳且仔細收好。」

小荷喜孜孜地收好銀票，將木箱蓋上，問道：「姑娘且瞧瞧是否還有疏漏。」

顧嬋漪起身環顧四周，臥房已然收拾妥當，一應物品盡數收在箱籠中。「收拾得很是齊整。妳且先鎖好放著，眼下各家夫人尚未返家，王蘊要臉面，會派人來幫我們抬箱籠的。妳去外面等著，我去正廳。」

小荷將各個箱籠仔細鎖好，鑰匙貼身放著。目送姑娘進了正廳，她才轉身離開，在小院中坐著。

顧嬋漪走進正廳，先向菩薩上香磕頭，唸了一遍心經，這才起身走到裡間。她跪在蒲團上，雙手合十，眼底閃爍淚光，神色卻異常堅毅。「爹、娘，女兒今日便帶你們回家去。」

用帕子擦拭過牌位，顧嬋漪妥帖地收起牌位包裹好，隨身帶著走出小院。在這裡住了六年已是足夠，今後不會再來。

顧嬋漪定定地看了眼前的景致片刻，咬了下唇，轉身離去。她迎著夕陽，走過青石路，大步走向寺中大殿。

崇蓮寺大殿外，世家夫人皆已離去，只有老王妃、曹夫人以及王蘊還在那裡。

顧嬋漪見狀便明白她們是在等她，立即加快腳步。她蹲身向三位長輩見禮，讓長輩等她，實屬不該。

周槿招了招手，讓顧嬋漪走到自己跟前，柔聲道：「聽慈空住持說，妳在寺中的這些年不僅誠心祈福，還跟著她學了不少佛法？」

見顧嬋漪乖巧地點點頭，周槿面露喜色。「昨日看經書，遇到不解之處，本想今日見到慈空住持時再向她請教，奈何住持整日不得閒。妳既要下山，不如與我一道？待入城後，我便送妳回家。」

此話一出，顧嬋漪與王蘊齊齊愣住。

原本王蘊打算在回城的路上，趁著無外人在場，好好打探顧嬋漪為何突然得到老王妃的賞識，不料老王妃不僅主動開口讓她帶顧嬋漪返家，眼下甚至還要親自送顧嬋漪回府。

王蘊不由得暗暗咬了咬後槽牙，臉上卻無絲毫異樣。

六年了，顧嬋漪被她困在寺中這麼久，整個平鄴城中還有誰記得這位顧三姑娘？眼見再過些時日，她便能徹底解決顧嬋漪，將顧家大房的東西全都握在手中，偏偏在這個緊要關頭出了岔子。

顧嬋漪心有七竅，儘管老王妃並未言明，但她立即明白了老王妃的意思。她心底一片暖融融，對老王妃的感激之情難以言喻。

既然老王妃發話，用的還是探討佛經的由頭，王蘊也無其他法子，只得眼睜睜地看著禮親王府的奴僕簇擁著老王妃與顧嬋漪，消失在自己眼前。

曹夫人特地落後一步，站在王蘊的身邊，皮笑肉不笑。「二夫人真是菩薩心腸，自個兒不上山禮佛為軍祈福，卻讓一個十歲的小姑娘在這山上孤苦地住了好些年。」

王蘊並非傻子，怎會聽不出曹夫人話語中的諷刺，頓時怒從心中起，可她卻不得不帶著笑臉，編好緣由。「我本想陪著阿媛一道上山，奈何我婆母年事已高，一大家子的事情盡數壓在我的肩上，實在是分身乏術。」

「呵。」曹夫人冷笑一聲，意味深長地看向王蘊。「那可真是辛苦二夫人了，既然妳俗事纏身，我便不與妳多聊了。」

說罷，曹夫人頭也不回地轉身便走。

她身後的曹婉實在忍不下去，走了沒幾步，便趁著曹夫人沒有反應過來，動作極快地轉身，對王蘊扮了個鬼臉。

這舉動讓王蘊氣得險些倒仰，旁邊隨侍的丫鬟及嬤嬤立即快步上前，為她或拍背、或擦汗。王蘊胸口不斷用力起伏，過了好一會兒才平靜下來。

王嬤嬤差人將顧嬋漪的箱籠搬上馬車，此時才回到王蘊的身邊。

她上前半步，湊到王蘊的耳邊悄聲道：「三姑娘的箱子皆鎖著，鑰匙在小荷那丫頭身上，實在是找不到縫隙塞東西。」

況且寺裡寺外那麼多人瞧著，她並不敢動手腳，放些不該有的東西進去。

低低嘆了口氣，王嬤嬤又道：「誰知兩個涉世未深的小丫頭，行事竟如此謹慎。」

王蘊聞言，面色越加難看，聲音低沈陰鬱。「走，回府！」

第十章　各懷鬼胎

不多時，大殿外徹底空了，再無香客居士及遊人。

大殿大門後，瑞王沈謙緩步走了出來，站在夕陽下，神情若有所思。方才他準備燒灶香便返回平鄴城，卻看到禮親王府的老王妃站在殿門外。

禮親王是他的小皇叔，按照輩分，他得稱這位老王妃一聲皇奶奶，既然遇見了，不上前問安便是失禮。

誰知，他還未走出大殿，便瞧見午前遇到的貌美姑娘走到老王妃身前，他立即躲到了門後。

雖然沈謙仍舊不知那位姑娘的出身，但他卻曉得那滿身金飾的婦人，乃是鄭國公府的二夫人。

沈謙朝後揮了下手，貼身侍衛立即走上前來，他吩咐道：「去打聽打聽，午前遇到的那兩位姑娘，在鄭國公府是何身分，本王回府前便要知曉她們的底細。」

母妃曾說過鄭國公有位嫡親妹妹，年約十六、七歲，只是不知今日遇到的那兩個，誰才是鄭國公的親妹。

老國公當初為了護衛先帝，不幸身亡，父皇至今仍感念其忠勇，逢年過節皆有賞賜。現今的鄭國公不僅有爵位在身，更是鎮北大將軍，戰功赫赫。

若他娶了鄭國公的嫡親妹妹，日後鄭國公自然要上他的船，如此一來，整個西北軍便是他的囊中之物，對他日後成事頗有助益。

今日遇見的那兩位姑娘，前面那位雖說粉塗得厚了些，但模樣還過得去；後來的那位更是容姿端麗、清新脫俗，若她就是鄭國公親妹，便是再好不過！

崇蓮寺外，夕陽西下，只剩一輛不起眼的馬車停在路邊。

王蘊嘴角緊抿，臉色陰沈地走上前，還未上車，便聽到幸災樂禍的輕笑聲。

「阿娘，顧嬋漪是不是還留在寺中？您未發話，她怎麼敢離開崇蓮寺半步。」

王蘊默不作聲，踩著矮凳踏上馬車，車簾放下，她才恨恨地拍了下面前的小几，怒罵道：「那丫頭如今可是了不得了！」

今年佛歡喜日，王蘊原本打算去護國寺禮佛，誰知顧玉嬌不知從何處得知瑞王今日要帶著表妹去崇蓮寺賞花，是以她們母女才轉道來了崇蓮寺。

因為聖上時不時有賞賜，更有西北軍頻頻告捷，京中世家對鄭國公府之人頗為禮待，只要府中舉辦宴會，便會往國公府送帖子。

顧嬋漪的母親早早故去，出面赴宴的只有王氏跟王蘊。顧玉嬌年歲漸長後，王蘊便帶著她出席，若有記得顧嬋漪的夫人問上一句，王蘊便將早早想好的說辭道出——顧嬋漪的外祖父思念外孫女，接她去江南住了。

是以，儘管顧玉嬌不過是顧長策的堂妹，長時間下來，她竟真以為自己是鄭國公的親妹妹了。既是如此，等閒少年郎怎能入得了顧玉嬌的眼。

當今聖上只得兩位皇子，均已及冠封王，且尚未娶妻。然而，即便打著鄭國公府的旗號，顧玉嬌也難以見到兩位王爺，遑論進一步認識。

意外得知瑞王今日出城前往崇蓮寺賞花，顧玉嬌如何按捺得住，當即告訴娘親此事。

王蘊立即帶著女兒來了崇蓮寺，卻萬萬沒想到顧嬋漪私自離開了東院，貿然出現在各家夫人面前，打得她一個措手不及，更未料到顧嬋漪竟入了禮親王府老王妃的眼，明裡暗裡的為顧嬋漪撐腰。

嫁入普通官員家去做當家主母，怎麼比得上與皇子結親成為王妃？自家女兒既然得知了這個消息，那便是有機會、有緣分，王蘊怎會輕易放過。

眼見王蘊這般怒氣沖沖，顧玉嬌駭了一跳，順著王蘊的話語罵道：「她又作妖了?!」

顧玉嬌午前故意在瑞王必經之路上與他相撞，佯裝扭傷腳，吸引了他的注意，明明一切均往預想的方向發展，偏偏半路殺出了個程咬金，壞她好事。

晌午時，得知禮親王、瑞王等男客皆在大齋堂用素齋，而顧玉嬌不久前還在瑞王面前「扭傷了腳」，怎敢若無其事地出現在離大齋堂不遠的小齋堂，因此不得不獨自留在客堂。

因此顧玉嬌並不知曉小齋堂發生的那些事，更不知她口中「作妖」的人已經收拾好行囊，坐著禮親王府的馬車踏上了返家的路。

顧玉嬌傾身向前倒了一杯清茶，輕拍王蘊的後背。「阿娘莫氣，沒有阿娘同意，莊子裡的人怎會放她離開。她既下不了山、回不了家，便讓她日日與青燈古佛為伴，好好磨磨她的性子，看她還敢不敢作妖，壞我好事。」

「壞妳好事？」王蘊聞言，皺著眉問道。

顧玉嬌氣不打一處來，將今日遇到顧嬋漪之事細細道出。

王蘊聽罷，一雙三角眼滿是寒光。「好好好，好得很啊！既然她巴巴地要回府，那我便順了她的意，不過進了府門，大門一關，她要如何可由不得她了。」

顧玉嬌驚呼出聲，難以置信。「阿娘，她要回府了?!」

王蘊端起茶杯仰頭喝盡，將杯子重重往小几一放，險些將瓷杯磕碎。「今天來了這麼多人，不消半日，鄭國公的嫡親妹妹在山中為大軍祈福多年的消息便會人盡皆知，我自然不能讓她再留在寺中。」

顧玉嬌當即慌了神。「阿娘，她回來了，那女兒該怎麼辦？」

「我兒莫慌。」王蘊眼睛微瞇。「她想用這六年博一個好名聲，還要問我答不答應。多年下來，去崇蓮寺禮佛的人不計其數，誰能保證這位三姑娘是清清白白的呢？」

馬蹄噠噠向前，夏日晚風拂動車簾一角，帶來些許清涼。

周槿放下手中的經書，拍拍顧嬋漪的手背，淺笑道：「聽完妳的講解，我可算是明白了。慈空住持並未誇大，妳在寺中這些年，確實靜心研習了佛法。」

顧嬋漪微微垂眸，雙頰透粉，面露羞意。「老王妃謬讚，實乃慈空住持講解詳細，臣女不過是將慈空住持說過的複述一遍罷了。」

「那還是妳聰慧，若換一個蠢笨的來，可就記不住了。」周槿眼珠一轉。「還好今日有妳相伴，不然我這老婆子只能獨自回城，如何這般有趣。」

顧嬋漪下意識地咬了咬下唇，眸光閃爍，猶豫片刻後，還是問出聲。「王爺怎的沒陪著您？」

周槿故意長嘆出聲，嘴角帶著一抹淡淡的笑意。「朝中事多，他的身體將將養好，聖上便派了差事下來，哪裡有時間陪我。」

說著說著，周槿的語氣多了幾分無奈與惆悵。「聖命難違，他作為臣子，即便負傷躺在床榻上，聖旨一到，也得快快地爬起來。」

顧嬋漪抿唇不語。沈嶸心繫百姓，前世若無他輔佐朝政，上教導幼君、下肅清朝堂，恐怕大晉岌岌可危，哪有往後盛世繁華。

像沈嶸這般才華橫溢、胸有丘壑之人，即便在北疆那種苦寒之地，也困不住他。

思及此，顧嬋漪歪歪頭，柔聲安撫老王妃。「王爺品行高潔，乃經國之才，若囿於一室，豈非萬民之損失？聖上派下差事，王爺便能為民謀福祉，老王妃何須哀嘆。」

周槿聞言，笑得眉眼彎彎，眉間鬱結漸消，她抬手點了點顧嬋漪的鼻尖。「妳這小丫頭真是生了張巧嘴，聽完妳這話，我心裡倒是鬆快了不少，但是……」

話音一轉，周槿若有所思地看著顧嬋漪，神色嚴肅了許多。「若日後他辦的差事多了，且每一樁差事都辦得極好，受百姓擁護愛戴，功高震主，又該如何？」

聽到這些話，顧嬋漪愣住了。雖然老王妃與王爺在小竹林那邊的院子住了一段時間，但仔細算起來，她們今日才正式見面，老王妃便問她這個問題，是試探還是無心？

顧嬋漪不禁鎖眉沈思。

前世阿兄去世後，沈嶸手握西北軍，聖上當即派遣將領前往北疆，意欲接掌兵權。然而，即便新的鎮北大將軍抵達北疆，西北軍也不聽他的話，而是聽從沈嶸調遣。

原因無他，在北疆，沈嶸深得民心。

沈嶸初到西北時正值臘月，當地寒風凜冽，而軍中將士卻僅著薄薄秋衣。

當時沈嶸質問阿兄，為何軍中將士沒有棉衣，阿兄才不得不道出實情——朝中糧餉遲遲未發。

萬幸冬日大雪封山，西戎越不過來，北疆無戰事，不然缺衣少糧的將士，如何抵禦凶狠殘暴的西戎？

沈嶸聽完阿兄的解釋，沈默許久，轉身而去。

翌日，沈嶸命人抬著幾十個大箱子去了阿兄的營帳，箱子打開，裡面是滿滿的金銀。他大開私庫彌補朝中拖欠的軍餉，阿兄大驚，不願收下。

沈嶸卻說，軍中將士守衛的不僅是大晉百姓，更是沈氏江山，他作為沈氏子孫，讓將士吃飽穿暖乃責無旁貸之事。

來年開春，冰雪消融，土壤解凍，沈嶸又帶著西北的人民與軍士屯田開荒。

曾經令朝中文武百官談之色變、不願前往外任的北疆，在沈嶸的治理下欣欣向榮，宛若小江南。既有軍權，又得民心，若沈嶸有意造反，當今聖上的皇位岌岌可危。

若不欲為人掣肘，定要先發制人。

在阿兄故去後，沈嶸待新任鎮北大將軍抵達，遞交虎符，確保北疆無虞才啟程歸京。抵京後，沈嶸一邊尋她，一邊處理朝中之事。

傳聞，高宗駕崩前，曾給沈嶸留下一道聖旨，日後登基者若不體恤百姓、驕奢淫逸、敗壞祖宗基業，沈嶸可取而代之。

顧嬋漪初次聽聞此事時，也以為沈嶸有這道救命聖旨，然而她在他身邊幾十年，多次見沈嶸面臨危險，卻從未拿出這道聖旨護身，想來這應當只是傳言，作不得真。

雖然她想不到是何人傳出此話要讓沈嶸遭受猜忌，不過他那麼聰明，應該猜得到。

處理好她的事情，沈嶸便全心全意投入朝堂之中，聖上對他的防備與戒心也越來越重。

來年，聖上出京秋獵，欲藉圍獵將沈嶸困殺於林中，但沈嶸已經猜到聖上的計劃，早早留下後手。

深秋之夜，聖上所住帳篷有刺客潛入，肅王沈諄擋於聖上身前，奈何歹人一劍刺出，聖上與沈諄雙雙斃命。瑞王沈謙見形勢不妙，立即策馬出山，欲回城調遣禁衛軍，卻被沈嶸射殺於馬上。

一夜之間，大晉沒了一位皇上與兩位皇子。眾人皆以為沈嶸會登上皇位，誰知他卻扶持出生不到百日的四皇子為帝，自封為攝政王。

最初，顧嬋漪並不明白，明明已經沒有威脅了，且沈嶸身為高宗之孫，登基為帝乃名正言順之事，為何要放棄唾手可得的皇位？

之後她待在沈嶸身邊幾十年，陪他前往南方疏浚河道，伴他踏上西南蠻夷之地，還與他一起看過群星閃爍、海邊日出。

她終於明白了。

若是坐在那個位置上，沈嶸便只能困守平鄴城，在皇宮中透過奏摺來看這個天下。但他不是皇上，而是攝政王，如此便能親身前往大晉各州，不被官員蒙蔽。若有閒暇，還能遊覽大好河山，品各地清茶，嚐各處美食，賞各色美景。

思及此，顧嬋漪嘴角帶笑，眸光柔和。「若真到了那一步，定然有旁的法子，天無絕人之路，船到橋頭自然直。即便走入絕境，王爺也定會護好老王妃，不讓您陷入險境。」

顧嬋漪的言辭間盡是對沈嶸的崇敬，彷彿在她的眼中，沈嶸無所不能。

周槿愣怔片刻之後，輕笑出聲。「但願如此吧。」

兩人說了半天話，周嬤嬤察言觀色，從旁邊拿出一個木匣子，一打開，是八塊精緻小巧的糕點。

周槿將木匣子往顧嬋漪的面前推了推。「府中老廚子做的糕點，且嚐嚐合不合口味。」

顧嬋漪看著那些糕點，悄悄吞嚥了一下口水。

這是前世沈嶸平素常吃的糕點，糯米和水混在一起碾成米漿，再曬乾成粉，與時令水果一道製成，是以每個季節的餡料皆不同，老廚子也會根據時令節氣捏成各種花樣。

糕點玲瓏精巧、圓潤可愛，奈何當時她是靈體，每每只能看著沈嶸享用。

周槿見顧嬋漪遲遲不動，以為小姑娘害羞，便先捏起一塊桃花模樣的糕點。「快嚐嚐，若是覺得味道不錯，日後我讓人多做些送去國公府。」

顧嬋漪小心翼翼地捏起糕點送入口中——既有糯米的柔軟，又有蜜桃的甜香，味道極佳，難怪沈嶸會喜歡。

吃了兩塊後，顧嬋漪便停手了。老王妃特地放在車中的糕點，且是沈嶸常吃的，不用說也知道是為誰而準備。這道糕點的做工極其複雜且麻煩，她略略嚐嚐味道便罷，剩下的就留給沈嶸吧。

周槿見她端起茶盅，不再用點心，暗暗點了點頭。知書達禮知進退，言談有度不露怯，雖在寺廟中住了六年，但並未蹉跎歲月。

或許顧三姑娘的針黹女紅、琴棋書畫比不上精心教養長大的世家貴女，但這份氣度品性，以及對佛法經文的理解，皆是京中那些貴女所不及。

「聊了許久，竟還不知妳今年幾歲，可有十五了？」周槿好奇地問道。

顧嬋漪雙眸彎成了小月牙，笑道：「上月剛剛過了十六歲的生辰。」

周槿錯愕，細細地打量了顧嬋漪一圈，眼底滿是心疼，直接將她摟進懷中。「下山後需多吃些好好補補，妳如今還在長身子，可不能虧欠了，不然日後想補都難。」

淡淡的熏香撲面而來，輕柔的語調，溫暖的胸膛……阿娘去時她才兩歲，根本記不得阿娘的模樣了，不過她想，若是阿娘還在，她的懷抱應當與老王妃的差不多吧。

顧嬋漪猶豫了一會兒，還是忍不住伸出手抱住老王妃的腰，聲音悶悶的，帶著些許鼻音。「嗯，阿媛會聽您的話，回家後定會大口吃肉喝湯，將這些年落下的全補上。」

周槿輕笑出聲，揉揉顧嬋漪的頭。「如此便好。」

在夕陽徹底落下前，禮親王府的馬車緩緩駛進平鄴城定西門。

大晉定都於京州平鄴城，城中有外城、內城與皇城。

外城住的是尋常百姓，戌時末刻即關城門，若無緊要之事，不輕易開城門。亥時三刻至寅時末刻，城中百姓不得隨意在街上行走，只有除夕至元宵的半個月間無宵禁。

馬車進入定西門後，沿著主街緩緩向前，駛入平西門。一入此門，便是內城。

內城北邊住的是皇親國戚、世家大族，南邊大多是朝中官員的宅子。街上大多是著裝整齊的奴僕，若在城中住的時日久了，僅憑奴僕的打扮，便能猜到是哪家府上的人。

因內城商販極少，且住的多是權貴，若有急事，會於黌夜拜訪同僚，是以內城並無宵禁，不論多晚均有小廝穿過街巷，為主家傳遞信件及拜帖。

顧嬋漪前世跟著沈嶸出入平鄴城無數次，城中的景致、哪座宅子住的是誰，她都一清二楚。是以此時進城，她並未撩開車簾打量這座大晉的都城。

鄭國公府在內城西南角，禮親王府則在內城的東北角。

駛入平西門後，顧嬋漪便轉頭對著老王妃道：「老王妃一路上舟車勞頓，時辰也不早了，不好再麻煩您，阿媛會在路邊租一輛馬車自行返家。」

周槿聞言嗔怒地瞪她一眼。「這是什麼話?!我既說要送妳回去，定是要送到家門口的，若不如此，豈非言而無信？還是妳覺得我這老婆子不中用了，連這一段路的馬車都坐不得，要急急返家去躺在榻上？」

此話一出，顧嬋漪哪敢多言，連連討饒。「是阿媛說錯話了，還望老王妃莫要怪罪。」

第十一章　自有盤算

約莫行了小半個時辰，馬車緩緩停了下來，隨車侍衛上前隔著簾子道：「啟稟老夫人，到鄭國公府了。」

早有禮親王府的侍衛走到國公府門前叩響大門，門內小廝聽到叩門聲，打開側門，探頭往外看。

瞧見門前停著的車駕，小廝大驚失色，快步從門內出來，對著叩門之人拱手，語氣甚是恭敬。「不知尊駕如何稱呼？」

侍衛抱拳回禮，不卑不亢道：「我家主人是禮親王府的老王妃，順路送貴府三姑娘回府，還不大開中門，請你們姑娘進去？」

小廝驚詫不已，他在府中多年，並未見過三姑娘，府中皆言三姑娘早些年被外祖接去了江南。他脫口而出。「三姑娘從江南回來了？」

侍衛皺眉，並未多言，只定定地看著那位小廝，眸光冰涼。

小廝當即回過神來，一邊進門內打開中門，一邊使人速速差人去通知府中老夫人。

沈重的中門緩緩打開，周槿握了握顧嬋漪的手，聲音輕柔卻讓人無比心安。「到家了，一同下去吧。」

她作勢便要起身，卻被顧嬋漪輕輕按住了。

顧嬋漪抬頭，笑靨如花，聲音甜美。「老王妃能陪阿媛進去，卻不能日日陪在阿媛身邊，即便府中有豺狼虎豹，阿媛也得自己去面對。這鄭國公府，是我阿父、阿母、阿兄和我的國公府，那些鳩占鵲巢者，名不正、言不順，阿媛何須怕他們？」

「好！」周槿拍了下掌，讚賞不已。「不愧是將門之女，有這份氣勢與底氣，那些魑魅魍魎不足為懼。」

顧嬋漪深深吸了口氣，她站起身向老王妃蹲身行禮。「此行多謝老王妃照拂，阿媛日後定上門拜謝。」

周槿受下這禮，方抬手扶起顧嬋漪，語重心長地叮囑。「妳在山中住了六年，如今歸家，想來已做好萬全打算，然而妳勢單力薄，那方卻根深葉茂，已成氣候。萬事不可逞強，若有難事，可去府中尋我。我雖是老婆子一個，但在京中甚至在聖上面前，尚能說上幾句話。」

老王妃這番愛護之心，顧嬋漪銘感五內。她緩了緩神，語氣堅毅。「阿媛知曉，老王妃安心。」

目送顧嬋漪下馬車，緩步踏進鄭國公府的大門，周槿長嘆一聲，面露擔憂。「十六歲的小姑娘，要獨自面對包藏禍心的親眷，真是讓人放心不下。」

周嬤嬤放下車簾，輕聲勸解。「老夫人無須擔心，小主子早早地便遣人進了國公府，定然能保顧三姑娘安然無虞。」

聞言，周槿眉間的憂愁一掃而光。「真的？」

周嬤嬤笑著點點頭，主動解釋。「小主子行事謹慎，且事關女子閨譽，更是周密慎重，老奴也是意外得知的。」

還在崇蓮寺時，雖隔著小竹林，但周嬤嬤時常往顧嬋漪的小院送些吃食。

那日途經小竹林，見竹林無風自動，周嬤嬤便停了片刻，不料聞到了府中侍衛身上的熏香。那香味極淡，且混在竹葉清香中，若不是周嬤嬤天生鼻子比尋常人靈敏，不然也察覺不出這抹香。

府中侍衛上山的只有寥寥數人，偏偏讓其中一個在這林子裡，既不是老王妃的吩咐，那便只能是小主子派下的差事。

剛剛鄭國公府的小廝開門之後又差人進內宅請老夫人，那被派去請人的小廝，身形模樣也與府中某位侍衛極其相似。

想來小主子早就知道顧三姑娘想要回府了，他怕她孤身在國公府被人欺負，便遣人喬裝進府，暗中保護顧三姑娘。

周槿聽完前因後果，頓時喜上眉梢。「阿媛剛剛過十六歲的生辰，我家子攀年初及冠，年齡正合適。阿媛溫婉隨和卻不懦弱怕事，子攀面冷心熱、謀略在胸，兩人性子也相配。」

說著，周槿皺眉。「只是阿媛年幼失去父母，鄭國公也遠在北疆，婚事該找何人相談？」

見老王妃這般愁眉，周嬤嬤不禁出聲提醒。「老夫人莫是忘了，顧三姑娘的母親乃鴻臚寺少卿盛淮的幼女，雖然顧三姑娘的外祖已不在，但她還有兩位舅舅和一位姨母。」

周槿思索了片刻，終於想起了盛淮是何人，她拍拍自己的額頭。「我確實是忘了，萬幸妳還記得，回府後讓人去查查，看看阿媛的舅舅和姨母如今在何處。」

鄭國公府主院後側的蘭馨院，主屋正廳擺放兩盆冰塊，上首紅木椅上坐著一位身穿棕紅繡牡丹褙子的老婦人，打扮齊整的侍婢站在旁邊輕輕打扇。

顧嬋漪身前擺放蒲團，然而她並未跪下，而是微微屈膝，行普通福禮。「阿媛見過祖母，給祖母請安。」

王氏抬眸瞥了一眼，並未作聲，而是端起面前的茶盅，慢條斯理地喝了一口。

顧嬋漪屈膝蹲了一會兒，腿上微微痠麻，可她不能輕易落人口實，只得乖乖蹲好。

過了半盞茶的工夫，顧嬋漪的額際已有細汗流出，王氏這才出聲。「起來吧。」

顧嬋漪直起身子，微不可察地動了動腿腳。

「聽下面的人說禮親王府的老王妃送妳回來，可是真的？」王氏眼神銳利地看過來。

顧嬋漪頷首，輕描淡寫地開口。「回祖母的話，確有此事。二姊姊在崇蓮寺中扭傷了腳，府中馬車又不大，恰巧老王妃讓我為她講解經文，我便坐了她的馬車。」

王氏聞言眉頭一皺，面露不悅。「嬌姐兒既然受了傷，為何不讓她坐老王妃的馬車？」

顧嬋漪抿唇淺笑，歪頭看向上首之人，目光單純無辜。「可是二姊姊看不懂經書呀，老王妃要的是能給她講解經文的人，二姊姊能說得明白嗎？」

王氏一噎，過了好一會兒才道：「左右妳已經回來了，得空教教嬌姐兒。」

顧嬋漪很是大方地點點頭，意味深長地說：「佛經上皆是勸人向善之語，二姊姊若是想學，自是好事。」

王氏抬了抬眼皮，將下面站著的人從頭看到腳，細細地打量了一圈。

幾年未見，她怎麼覺得大房這丫頭口齒伶俐了許多，說話夾槍帶棒的？明明上山之前，還是三棍子打不出個屁的悶葫蘆……

王氏嫌顧嬋漪在面前礙眼，揮了揮手，面露不耐。「既然回來了，便好好待在自個兒屋裡，別亂跑惹事，下去吧。」

顧嬋漪蹲身行禮，轉身大步離開。

走出蘭馨院，沿著長廊往前走，便是鄭國公府的主院，松鶴堂。

顧嬋漪站在長廊拐角，定定地看向不遠處院門緊鎖的小院落。院牆上是探出頭來的石榴樹，橙紅色的果子掛在枝頭，很是喜慶。

這間宅院是先帝賜給阿父的，松鶴堂位於整個宅子的正中心，一直是祖父的住處。後來大房與二房分家，祖父和王氏搬到了後面的蘭馨院，松鶴堂便成為阿父與阿娘住的院落。祖父此舉即是明明白白地告訴王氏與二房，日後當家做主的是大房。

在顧嬋漪出生前，她的祖父便已駕鶴西歸，只能從旁人的隻字片語中認識祖父。她想，祖父是個明事理的人，奈何偏偏娶了王氏這個繼室。

顧嬋漪的母親去得早，大房的兒女只有她與阿兄，且她年幼，是以阿父便讓她與阿兄住在松鶴堂。

自她有記憶以來，盛嬤嬤和小荷貼身照顧她的飲食起居，每日晨起，她便跟著阿兄一道在小院子裡扎馬步。

古人言，男女七歲不同席。她六歲那年，阿父命人收拾松鶴堂東西兩側的院子，東側的竹猗院是阿兄的院子；西側的聽荷軒則是她的住處。

聽荷軒將將收拾妥當，阿父便因戰事匆匆去了北疆。阿兄擔心她一個人住在聽荷軒夜裡會怕，便將竹猗院與聽荷軒上鎖，他們兄妹兩人在松鶴堂住著，等待阿父歸來。

然而，他們沒有等到阿父，她甚至還送走了阿兄，後來松鶴堂也鎖了。她到了王蘊身邊，在菊霜院住了兩年，便被王蘊送去崇蓮寺。

小荷提著包裹，看著自家姑娘呆呆地望著松鶴堂，心疼得不行。「姑娘，別難過，老爺與夫人瞧見了會心疼的。松鶴堂的鑰匙在婢子的娘手中，等會兒就讓她開鎖，我們收拾收拾便能住進去。」

顧嬋漪回眸，無奈地笑了笑。「真是個傻姑娘。」

中。

說罷，她抬步走到松鶴堂的院牆邊，跳了兩下，摘下兩個紅通通的大石榴，塞進小荷手

顧嬋漪轉身，拐向西側。「我們以後住聽荷軒。」

小荷丈二金剛摸不著頭腦，急急地追上自家姑娘。「姑娘又說婢子傻！」

顧嬋漪莞爾，可不是傻嗎？

若盛嬤嬤此時在府中，聽到她與小荷回來，定會早早地等在蘭馨院外頭，更會提前差人將聽荷軒打掃乾淨。眼下她們回府快半個時辰了，卻遲遲不見盛嬤嬤的身影，一想便該知她不在府中。

顧嬋漪走了小半盞茶的工夫，便到了聽荷軒門口。聽荷軒臨湖而建，推開窗子便能瞧見滿湖的荷花。

盛瓊寧在懷顧嬋漪時，曾夢到一輪滿月，月色映在水面上，微風拂過，漾起層層漣漪。當時她便覺得自己懷的是個女孩，不但想好了名字，更將松鶴堂西邊的大院子分成兩半，一半建成聽荷軒，一半挖作小湖，早早地種下蓮子。

春時荷葉初初舒展，秋日荷葉荷花紛紛枯落，日落月升時，月色灑在湖面，水光盈盈。到了夏日，荷葉鋪滿整個湖面，便瞧不見月色了，只能聞到淡淡的荷香。

顧嬋漪看了緊鎖的院門一眼，轉身沿著院牆一邊走一邊數，走了三步，撥開茂密的雜草，再從下往上數到第三塊青磚。

小荷滿臉疑惑，直到看見顧嬋漪將那塊青磚拿下來，從裡面找出一把鑰匙，她才又驚又喜地說：「姑娘，您怎知鑰匙藏在這兒?!」

顧嬋漪拿著鑰匙，笑咪咪地走向院門，眼神中透著一絲得意。「離府時，嬤嬤悄悄告訴我的。」

盛嬤嬤行事細緻周全，她擔心顧嬋漪獨自在府中，護不住老爺與夫人的東西，特地將三間院落與庫房的鑰匙盡數藏了起來。

不僅如此，盛嬤嬤還將這些年二房從大房「借走」的東西，一筆一筆地記了下來。不論是金銀錢財，還是衣裳首飾，只要是二房拿走且未歸還，均能在冊子上找到對應的東西、數目以及取走的日子。

顧嬋漪打開銅鎖，一推開院門，周圍頓時揚起陣陣塵埃。她沒能忍住，打了個噴嚏，不禁皺著眉頭，抬手揮了揮，大步走進去。

在她離府前，盛嬤嬤每月均會命人打掃聽荷軒與竹猗院。她十歲時離府，盛嬤嬤在她走後沒幾天也離開府中了，仔細算來，聽荷軒已經鎖了六年。

挨著院牆的背陰處，青石板上長滿了青苔；窗紗年久未換，已經看不出原本的花色，長廊的屋簷下的蜘蛛網更是層層疊疊。

日落西山，晚霞漸暗，又是七月十五日，陣陣涼風吹過，破落的窗紗隨風而動。

小荷不自禁地吞嚥了一下口水，護在顧嬋漪身前，戰戰兢兢道：「姑娘，要不我們還是先回松鶴堂吧？」

顧嬋漪看了眼天色，搖搖頭。「不用，我們且在這裡等等，稍後便會有人來幫我們清掃院子。」

小荷見自家姑娘如此氣定神閒，暗自懊惱自己實在是膽小，她深吸口氣，挺直腰板站定了。

不出顧嬋漪所料，不到一刻鐘，便有腳步聲由遠及近，且瞧著人數還不少。

面生的嬤嬤與侍婢們提著燈籠走進來，光線瞬間照亮整個聽荷軒，她們身後便是府中的二夫人，王蘊。

王蘊嘴角帶笑，上來便拉住顧嬋漪的手。「阿媛既然回府了，怎的不在菊霜院等我？聽荷軒還未收拾齊整，如何能住人！」說罷便要拉顧嬋漪離開。

顧嬋漪怎會如她所願？菊霜院全是王蘊的人，進去容易，再想出來可就難了。只見顧嬋漪猶如扎了根的樹，穩穩地定住不動，甚至手腕一轉，將王蘊拉了回來。

燭光下，顧嬋漪眉眼帶笑，很是溫柔貼心的模樣。「當年阿媛尚小，不得不麻煩嬸娘看顧。如今阿媛已經長大，且嬸娘的菊霜院還有二姊姊和小弟，阿媛便不去打擾嬸娘了。」

不等王蘊出聲，顧嬋漪又道：「只是還要向嬸娘借幾個人，幫阿媛打掃聽荷軒。」

顧嬋漪眸光一轉，意有所指。「想來我與小荷去了山上，盛嬤嬤也犯懶了，平日竟未安排人灑掃。」

聽到「盛嬤嬤」三字，王蘊才猛地想起這號人物，神情在夜色的遮掩下迅速轉變。

顧嬋漪恍若未覺，面帶怒氣。「不知嬸娘可知盛嬤嬤去了哪裡，我回來後，她怎的遲遲未來見我？」

王蘊冷眼看向這位幾年未見的姪女。今日的事情一樁接著一樁，如此猝不及防，卻又步步緊逼。她捏著手中絲帕，心想難道顧嬋漪得了高人指點？還是有旁人為她出謀劃策？

並非王蘊小瞧顧嬋漪，而是顧嬋漪在她院裡養了兩年，性子安靜內斂、膽小怕生，被她騙得團團轉還當她是好嬸娘，委實不像聰明人。

王蘊在心中暗罵喜鵲與薛婆子辦事不力，顧嬋漪日日在她們的眼皮子底下，竟還能得貴人相助！

她僵著臉，扯了扯嘴角，露出一抹難看的笑。「前些時日，城外莊子上出了些事，偏偏王嬤嬤不得空，我便請盛嬤嬤幫我走一遭，眼下她還在莊子上，我明日便派人接她回來。」

王蘊抬頭看向聽荷軒，這院子如此髒亂，即便收拾乾淨，也要到後半夜了。

思及至此，王蘊的笑容多了幾分真切，以及不易察覺的幸災樂禍。「既然妳執意要住在聽荷軒，那我便不攔妳了，左右這院子也是妳爹娘當初為妳備的。」

王蘊轉身招了下手，王嬤嬤立即走上前來恭敬道：「夫人有何吩咐？」

「找些人來將聽荷軒打掃乾淨，三姑娘今夜便要住。」王蘊頓了頓，話中有話。「尤其是那些角落、柱子與橫梁，是最易藏灰的地方，更該打掃仔細。」

王嬤嬤顯然聽明白了，點了點頭。「老奴定會讓人收拾得乾乾淨淨、妥妥帖帖。」

看著王嬤嬤去找人，王蘊拉著顧嬋漪就往外走。「妳還未用晚膳吧，他們還要忙一會兒，妳且先去我那兒坐坐，我還有話要與妳說呢。」

顧嬋漪心中明白，若不向王蘊解釋，她勢必會日日掛在心上，甚至命人寸步不離地監視自己……

菊霜院就在聽荷軒後面，中間由假山和小花園隔開。沿著小徑繞過小花園，便到了菊霜院。

與宛若鬼屋的聽荷軒截然不同，菊霜院中燈火輝煌，布置得華麗且舒適。正廳中間擺放冰盆，冰盆邊還放有時令瓜果，侍婢站在主人旁邊打扇，涼風陣陣且伴隨淡淡瓜果清香。

正值用晚膳的時間，奴僕們忙進忙出卻不聞嘈雜聲，侍婢們井然有序地端上各色菜品。

顧玉嬌正坐在燈下翻看首飾鋪新送來的圖樣冊子，聽到腳步聲便抬起頭來，一眼瞧見自己母親身後的顧嬋漪。

她頓時跳了起來，指著顧嬋漪怒氣沖沖道：「她怎的在這裡?!」

顧嬋漪像是被嚇著了，身子很明顯地縮了縮，她垂首低眉，一副委屈的模樣，聲音亦是嬌弱可憐。「嬸娘……嬸娘讓我過來用晚膳。」

「怎麼這麼說話呢？」王蘊佯裝生氣瞪了顧玉嬌一眼。「阿媛可是妳妹妹。」說著，王蘊轉頭細聲細氣道：「阿媛，妳二姊姊只是性子急了些，並無惡意，妳莫要放在心上。」

顧嬋漪小心地點了點頭，卻還是站在王蘊身後動也不動。

第十二章　以死相逼

見狀，顧玉嬌直接氣笑了，單手扠腰。「今日在崇蓮寺，妳貿然衝出來時，怎不見妳這般唯唯諾諾？」

王蘊自然知道自家女兒指的是何事，但當著顧嬋漪的面不好多說什麼，只道：「先用膳，其他事情稍後再說。」

用過晚膳之後，顧嬋漪不給她們母女多餘的機會，很快便起身告辭了。

王蘊留不住顧嬋漪，也沒辦法向她套話，只能眼睜睜地看著她漸漸走遠。

揮退屋內的嬤嬤與侍婢，王蘊收起臉上的笑意，正色道：「別再怪顧嬋漪壞了妳的好事，若僅是她一人瞧見妳與瑞王殿下獨處，她自不會往外說，偏偏她身邊還有一個曹家姑娘。」

今日聽女兒提起事情經過時，王蘊當下的確是氣得不得了，可細細一想，此事很有可能弄巧成拙，應該更加小心謹慎才是。

顧玉嬌這才反應過來，扭身坐到一旁，不情不願道：「那我還該謝謝她了？」

她扯著王蘊的衣袖，輕輕晃了兩下。「阿娘，當時瑞王殿下瞧見了顧嬋漪，他會不會對她……阿娘，我們該怎麼辦？」

王蘊聞言冷笑了幾聲，拍拍顧玉嬌的手背，語帶安撫。「莫要亂了陣腳。有淑妃娘娘在，瑞王殿下的正妃會是舒家的女兒，他只拿得出側妃之位，然而即便顧嬋漪願意，顧長策也不會點頭應允。」

正當王蘊與顧玉嬌母女討論這件事時，瑞王沈謙也回到了瑞王府。

他剛進府門，便有侍衛走上前來，抱拳行禮。「王爺，屬下已經查明，那兩位女子是鄭國公府的二姑娘與三姑娘。身穿桃粉衣裳的是二姑娘，乃顧家二房嫡出；身穿素色衣裳的是顧家大房嫡出，即顧長策的嫡親妹妹。」

沈謙頓時大喜，連聲道好。既是貌美佳人，還是顧長策一母同胞的妹妹，可謂兩全其美！

他當下便決定翌日進宮，尋母妃商量迎娶之事。

十五明月夜，小荷提著一盞燈籠在前方照路。

顧嬋漪慢悠悠地走著，六年未歸，府中變化並不大。只要大房還有她和阿兄，王蘊行事便有顧慮，不敢明目張膽、肆無忌憚地將大房的東西占為己有。

兩人尚未走進聽荷軒，便聽到裡面甚是吵鬧，顧嬋漪立刻拉住小荷，在院門外止步傾聽。

「怎的突然冒出一個三姑娘？我進府的時間晚，以前從未聽過，你們可見過她？」

「我知道、我知道，這位三姑娘之前去了外祖家，也不知是何時回來的，竟未讓人去接。」

「你這消息可不對，三姑娘明明是去崇蓮寺祈福了，哪有去江南，盡瞎說！」

「對對對，三姑娘確實是從崇蓮寺回來的，聽門房的阿貴說，還是乘坐禮親王府的馬車回府的呢，可氣派了。」

「既然要回來，也不早些派人告知，不然我們白日便過來灑掃了，哪至於現下頂著月亮在這裡辛苦？」

「可不是嘛，剛回來便如此折騰我們，一定是難相處的主，也不知日後要如何作妖！」

小荷氣得咬牙，作勢要衝進去與他們爭論一番，卻被顧嬋漪拉住了手臂。

「姑娘，讓婢子進去好好教訓教訓他們，如今府中下人竟敢在背後議論主子了?!簡直沒有規矩！」

見顧嬋漪嘴角微揚，小荷心底的火氣瞬間滅了。「姑娘怎的不氣？」

「我們晚歸，讓他們頂著月色辛苦勞作，乃是事實。」顧嬋漪語氣平淡。

「可是，二夫人明知道姑娘要回府，卻沒有差人提前收拾，與姑娘何干？」小荷跺了跺腳。

顧嬋漪眼珠轉動，面露狡黠，宛若林間的小狐狸。「所以，我們要讓他們知道，並非我有意折騰，而是他們的二夫人在作妖。」

這是王蘊給她下的馬威。在阿兄走後，爹娘留下的人便被王蘊以各種理由和罪名，陸陸續續送出府了。

若不是盛嬤嬤掌管大房的庫房鑰匙，以及各種帳冊，不好輕易下手，王蘊也不會將盛嬤嬤關在城外的莊子上。

如今她光明正大地回到國公府，王蘊自然不敢像以往那般毫無聲息地送她出去。

既然不能明著來，便只能在暗地裡使陰招，讓她在府中無可用之人，諸事不順心、萬般不遂意。

若是過去的顧嬋漪，時日漸長，或許無須王蘊開口，她自己便會想回崇蓮寺。至少相比人情冷漠的國公府，崇蓮寺中的師父們更可親一些。

然而，她已經不是以前那個人了。

前世顧嬋漪長年待在沈嶸身邊，看多了朝堂上的手段，王蘊這些小把戲，她完全沒放在眼裡。

顧嬋漪轉頭看向小荷。「妳身上還有多少碎銀子？」

小荷立即捂緊身上的錢袋子，甚至往後退了小半步。「姑娘，我們沒有多少銀錢了。」

顧嬋漪搖搖頭，伸手向前，掌心向上，四根手指勾了勾。

小荷撇撇嘴，眼睛眨巴眨巴，奈何自家姑娘「冷血無情」，絲毫不為所動，她只好拿出錢袋子，慎重地放在顧嬋漪的手心。「姑娘，真沒多少銀錢了，得省著點花。」

顧嬋漪安撫地拍拍她的頭。「放心，明日嬤嬤回來以後便不缺錢了。」

打開錢袋子看了一眼，顧嬋漪再探頭往院子裡瞧了瞧，從銀袋子裡拿出幾塊大一些的銀子，將口袋一束，還給小荷。

「小荷，是嬸娘要我們回府的，妳可明白？」顧嬋漪定定地看著她。

小荷並不蠢笨，只是她腦子轉得慢，顧嬋漪稍稍這麼一提點，她立即懂了。

她雙眼發亮，用力地點了點頭，語氣透著明顯的興奮。「姑娘放心，婢子明白。」

顧嬋漪扯了扯兩鬢的頭髮，讓自己看起來憔悴可憐、弱小且無助。

小荷也收起面上的笑意，斂聲屏氣，垂首低眉。

主僕二人故意加重了腳步，顧嬋漪甚至特地踢了顆碎石頭進院子裡，啪嗒響了好幾聲，整個院子霎時安靜下來，眾人齊齊看向院門口。

顧嬋漪輕提裙子，緩步走進院中，在擦乾淨的椅子上坐下。她微微低頭，手捏錦帕，看起來很是乖巧的模樣。

小荷走到為首的嬤嬤前，拿出錢袋子，笑臉盈盈。「辛苦各位了，這些銀錢拿去買首飾、買酒喝。」

她一邊給大夥兒發錢，一邊狀似無意地碎碎唸。「二夫人午時便知三姑娘要回府，誰知竟未派人知會大家一聲，以至於深夜還要煩勞各位。」

說著，小荷談起山上的清苦日子，她家三姑娘每日跟著比丘尼們一道吃齋唸經，二夫人未給月例，當初帶的銀錢花得也差不多了，僅剩這些碎銀子。

末了，小荷面帶歉意，對著眾人行了個禮。「銀錢不多，還請各位嬤嬤和兄弟姊妹多多擔待。」

大夥兒作勢推辭了幾番，皆被小荷躲過，便喜孜孜地收了銀錢。

伸手不打笑臉人，況且拿人手短，眾人哪敢言語，再瞧這位三姑娘，衣著素淨、模樣靦覥，應當不是個會作妖的主。

顧嬋漪敏銳地感受到落在自己身上的視線，或打量、或同情、或感激，她靜靜抬起頭來，眉眼含笑，對著大家點了點頭。

眾人微驚，忙不迭地低下頭，繼續做手上的事。

聽荷軒收拾得差不多了，顧嬋漪起身緩步走到廊下，看到屋內搬動案桌的小廝，腳步頓住。若她沒有瞧錯，那小廝似是沈嶸身邊的侍衛。

顧嬋漪抿了抿唇，大步走進去。屋內燭光明亮，她歪著頭，定定地看著那小廝，過了片刻，她嘴角微勾，露出一抹極淺卻明媚的笑——沒錯，他確實是沈嶸的侍衛。

她站在門邊，將正在內外忙活的人皆細細地看了一遍。除了搬案桌的小廝之外，正在擦書架的侍婢也是熟悉的面孔。

顧嬋漪將小荷喚到身邊，附耳低聲交代了兩句，小荷轉身便將那兩人帶到她的面前。

只見顧嬋漪言語帶笑。「你們何時入府的？叫什麼名字？」

小廝拱手行禮。「小的是一個月前進府的，平日在門房當差，名喚小鈞。」

顧嬋漪忍笑，此人是沈嶸身邊的影衛純鈞，素日從不現身。

侍婢屈膝行禮。「婢子是半個月前進府的，負責各院的熱水，名喚小宵。」

此人真名為宵練，雖是名女子，武功卻極高，使得一手好劍法，連純鈞都打不過她。

前世顧嬋漪初次見到宵練，是跟著沈嶸回到禮親王府後，瞧見她指使院內侍婢、小廝灑掃庭院，不怒自威。

當時顧嬋漪以為她僅是沈嶸院內的掌事大丫鬟，誰知某日沈嶸在府中遇刺，敵眾我寡，沈嶸節節敗退，宵練直接撩開裙襬，從小腿肚邊抽出一把匕首，眼帶殺氣地衝了出去。眨眼之間，局勢逆轉。

從此以後，顧嬋漪再也不敢小瞧沈嶸身邊以寶劍為名的侍衛、小廝與侍婢。

「你們兩人可願來聽荷軒？」顧嬋漪輕聲問道。

即便盛嬤嬤歸來，聽荷軒也只有她們主僕三人。王蘊送過來的人她不敢用，從府中其他地方挑人，她用得也不放心。

顧嬋漪一開始打算向楚氏借人，但眼下她離開崇蓮寺，彼此聯絡不便。純鈞與宵練的出現，頓時解了她的燃眉之急。

既知他們是沈嶸的人，她又何須擔憂其他？回想沈嶸與她說的那些話，純鈞與宵練會出現在這裡，顯然是沈嶸的安排。

純鈞和宵練面露驚詫，不知這位顧三姑娘怎會在近三十個人中精準地挑中他們兩個。不過兩人臉上的詫異轉瞬即逝，隨即便是濃濃的歡喜，一點都瞧不見作戲的模樣。

「小的願意。」

「婢子願意。」

屋內其餘人皆羨慕地看向他們，三姑娘性子和軟，出手也大方，在她身邊當差，比負責灑掃之類的雜務要好得多。

顧嬋漪頷首。「明日見到嬸娘時，我便與她說。」

翌日，破曉之際，平鄴城門將將打開，便有一輛青布馬車急急駛出城門；一個時辰後，旭日東升，馬車回城，在鄭國公府的後門停下。

車簾掀開，從裡面下來一位身穿粗布衣裳的婦人，頭髮花白、面容憔悴，身上無一件首飾。

後門垂手等著的王嬤嬤，扯了扯嘴角，皮笑肉不笑。「盛嬤嬤，走吧，莫讓二夫人久等。」

盛嬤嬤瞧著面前的鄭國公府，低頭抹了下眼角，抬步跟上王嬤嬤。

穿過長廊與小徑，走進菊霜院，王嬤嬤推開偏房屋門。「盛嬤嬤，請吧。」

理了理衣襟，盛嬤嬤昂首走進去，屋內僅王蘊一人。盛嬤嬤背脊挺直，雙手端於腹前，並未屈膝行禮，姿態傲然。

透過盛嬤嬤的身影，王蘊彷彿看到了多年前的盛瓊寧，同樣不卑不亢，同樣寧折不彎，同樣令人憎恨，讓人想要生生掰斷她們的傲骨。

王蘊冷笑兩聲，這人不愧是盛瓊寧養的好狗。「盛嬤嬤好骨氣。妳對盛瓊寧和顧嬋漪如此忠心有何用？盛瓊寧早亡，顧嬋漪養在我的膝下，對我百依百順，僅差喊我一聲阿娘了。」

說著，王蘊露出一抹得意的笑，慢條斯理地端起茶盅，揭開杯蓋吹了吹。

「三姑娘是老奴看著長大的，她是何品性，老奴自然清楚，無須二夫人在此嚼舌根。」盛嬤嬤面色不變，下巴微抬。「二夫人關了老奴六年，卻忽然讓老奴回府，有話不妨敞開了直說。」

王蘊放下茶盅，右手隨意地搭在桌上，左手捏帕子，壓了壓嘴角。「昨日我接顧嬋漪回府了。」她頓了頓，意味深長地直視盛嬤嬤。「今日讓妳回來，便是想讓妳回到她身邊。」

盛嬤嬤立即緊鎖住眉頭，眼底滿是防備——黃鼠狼給雞拜年，不安好心。

王蘊自顧自地往下說：「妳回去以後可要想好了，什麼話能說，什麼話不能說。」

盛嬤嬤頓時明白了，王蘊這是還想當她家姑娘的好嬸娘，唯恐暴露真面目，是以才讓她回府作戲。

她心底怒氣驟起，恨不得立即向姑娘稟告實情，揭露這個佛口蛇心之人的真面目！

王蘊瞥了她一眼，不屑地輕笑。「如今府中除了妳，哪裡還有盛瓊寧的人？獨木難支，妳護得住顧嬋漪？整個鄭國公府，盡皆是我的人。」

她甚是得意道：「七月流火，季節更替，一場秋雨，天氣轉涼，可太容易患上風寒了。顧嬋漪若是患上風寒，沒挺過去……」

王蘊定定地看著盛嬤嬤，冷冷道：「屆時，妳還有何顏面去見盛瓊寧？」

盛嬤嬤氣得手抖，指著王蘊半晌說不出話來，過了好一會兒才喘著粗氣，恨恨道：「妳這個毒婦！」

王蘊輕笑，抬手扶了扶髮間的金簪。「她的安危盡在妳一念之間，妳可要想好了。」

盛嬤嬤深吸口氣，沈思許久，不得不妥協。「好，老奴應了。這六年來，老奴一直在府中，只是前些時日城外莊子上出了些事，二夫人騰不出人手，老奴便過去了一趟。如此，二夫人可滿意？」

王蘊頷首，眼珠一轉，乘勝追擊。「既如此，庫房鑰匙，盛嬤嬤是不是也該給我了？」

盛嬤嬤咬緊後槽牙，這毒婦賊心不死，竟還惦記著大房的東西！

當初王蘊送姑娘去崇蓮寺，她之所以沒有阻攔，原因有二。

其一，姑娘養在二房後，王蘊藉機打發了不少大房的老僕，她漸漸陷入孤立無援之境；其二，她舊時曾陪夫人去過崇蓮寺，慈空住持既懂佛法又慈悲，且寺中比丘尼皆為人和善。

她便想著，與其讓姑娘在這虎狼窩朝不保夕，還不如去崇蓮寺待著。有慈空住持和其他比丘尼看護，日子即便清苦，好歹能安安穩穩地活下來。待日後大少爺凱旋而歸，自然能風風光光地接姑娘回府，再為姑娘出氣。

孰料王蘊提前將姑娘接回府中，還拿姑娘的性命威脅她……

盛嬤嬤怒目圓睜，雙手攥緊成拳，咬著牙道：「二夫人既然如此逼迫老奴，老奴別無他法，只能一死了之！」

說罷，盛嬤嬤便朝著屋中柱子撞去。

王蘊大驚，高聲叫人，王嬤嬤聽到喊叫，一個箭步衝進來，死死地抱住盛嬤嬤的腰。

盛嬤嬤大力掙扎，喊道：「鬆開！」

「好！我不要那勞什子的鑰匙了！」王蘊起身怒拍桌子，高喊道。

盛嬤嬤聞言，漸漸不再掙扎，恢復了理智。她想通其中關竅，在心底冷笑。

王蘊不敢讓她死。若是逼死了她，王蘊該如何向姑娘交代？扮了那麼多年的好人，可不能輕易出岔子是吧。

盛嬤嬤猛地掙開了王嬤嬤的束縛，她好整以暇地理了理微縐的衣裳，嘴角微勾，蹲身行禮。「既然二夫人暫無旁事，老奴便先告退了。」

說完，不等王蘊開口應答，盛嬤嬤便站起身子，轉身大步走出菊霜院。

踏出院門的那一瞬，盛嬤嬤聽到身後響起瓷杯碎裂的聲響，委實清脆悅耳。

日頭已然高升，陽光灑滿小花園，盛嬤嬤嘴角微彎，深吸一口氣，頓覺神清氣爽。

盛嬤嬤逕自走到松鶴堂，卻見院門緊鎖，她停了片刻，轉身離開。

姑娘已然長大，不再是幼時懵懂的小女郎了。

盛嬤嬤轉身走向西側的聽荷軒，尚未走近，便瞧見院門敞開著，裡面灑掃一新。

小荷端著銅盆從屋子裡出來，一眼瞧見院中站著的人，她定定地站了片刻，確定自己沒有看錯後，銅盆都來不及放下便快步跑了過去。

她紅著眼眶，語帶哽咽。「阿娘。」

盛嬤嬤眸光柔和，抬手摸了摸小荷的頭頂。「都多大的人了，怎的還哭哭啼啼？這般毛躁，在山上如何照顧姑娘？」

「嬤嬤安心，小荷甚好，我們在山上也無礙。」顧嬋漪站在廊下，笑臉盈盈地走下臺階，眼底滿是歡喜地看著盛嬤嬤。

走到近前，顧嬋漪才看到盛嬤嬤發白的鬢角、眼角的皺紋，她微不可察地皺了皺眉。

第十三章　謠言四起

盛嬤嬤轉頭看到自家姑娘，立即蹲身行禮。「老奴給姑娘請安。」

顧嬋漪連忙伸手去扶，雙手相觸之下，只覺盛嬤嬤的手掌枯瘦粗糙，宛若秋日樹皮。思及盛嬤嬤對自己的忠心，顧嬋漪對王蘊的怨恨越來越深，她深吸了口氣，讓自己的情緒漸漸平緩，隨之笑道：「嬤嬤莫要多禮。外面熱起來了，進去再說話。」

三人走進聽荷軒，屋內的博古架和書架皆是空盪盪的，也無屏風、紗幔，一眼便能瞧見裡間的黃花梨架子床，床上鋪的還是主僕從山上帶回來的被子，瞧著甚是冷清艱苦。

盛嬤嬤心頭一酸，落下淚來。「是老奴疏忽了，竟未將聽荷軒收拾妥當，讓姑娘受委屈了。」

顧嬋漪明白這是王蘊刻意為之，她安撫地拍拍盛嬤嬤的背，小荷則是趕忙抽出乾淨的帕子為自己的娘親擦淚。

如今大房僅她們三人，盛嬤嬤明白自己不能輕易倒下，哭了一會兒便止住了。「姑娘莫怕，稍後老奴便開庫房，必將聽荷軒布置妥帖。」

顧嬋漪連忙按住她。「嬤嬤莫忙，我還有事要與妳說。」

說著，顧嬋漪給小荷使了個眼色，小荷立刻轉身去了院中，一邊收拾東西，一邊留意四周的動靜。

「嬤嬤，我已知曉妳這些年是如何過的。」顧嬋漪輕輕開口。

盛嬤嬤大驚，臉色驟變，下意識抬頭看向院外，隨即對著顧嬋漪正色道：「姑娘是如何得知的?!」

顧嬋漪避而不答，柔聲寬慰。「嬤嬤安心，我已傳信給姨母，她不日便會抵京。」

頓了頓，顧嬋漪猶豫片刻，還是未將母親是被王蘊害死之事告訴盛嬤嬤。「在姨母抵京前，還請嬤嬤將過往的帳冊一一整理出來。」

顧嬋漪眼露寒光。「待姨母抵京，便能與二房好好算算帳了。」

盛嬤嬤聞言既欣慰又歡喜。「姑娘放心，帳冊放在庫房的大箱子裡仔細封著，耽擱不了姑娘的大事。」

平鄴城東北角，禮親王府，沈嶸坐在書桌後，正在拆讀最新送達的書信，面色嚴肅。

湛瀘腳步匆匆地走進書房，抱拳行禮道：「爺，宮裡傳來消息，今日清晨，瑞王殿下進宮見淑妃娘娘，欲求娶鄭國公的胞妹。」

沈嶸眉頭緊皺，將尚未看完的書信放置一旁，沈聲道：「沈謙欲求娶顧三姑娘？」

湛瀘垂首低眉。「是，但淑妃娘娘並未答應瑞王殿下。」

沈嶸冷笑，若無要緊緣由，淑妃自然不會輕易答應沈謙。

在沈謙出宮建府之時，淑妃便已定下瑞王妃的人選，可太史局有言，沈謙今年不宜成婚，是以宮中遲遲未有旨意賜下。

沈謙生性輕浮浪蕩，並非良配，定是昨日他在崇蓮寺見色起意，方才求娶顧三姑娘。淑妃此時並未應允沈謙，日後卻不好說。

上個月沈嶸已經傳信給顧長策，顧長策根據他提供的情報率先出兵，北疆原本膠著的戰局轉瞬被打破，戰士在顧長策的帶領下勢如破竹，橫掃千軍。

若無意外，冬日年前顧長策便能凱旋而歸，屆時他加官晉爵、重權在握，朝中局勢便會有所變化。彼時若沈謙還未與長樂侯大房嫡女舒雲清訂親，恐怕越加想聘娶顧三姑娘為妻。

長樂侯府作為沈謙的外家，本就是其天然盟友，淑妃當初會為沈謙定下長樂侯大房嫡女，原因出在忠肅伯身上。

忠肅伯乃長樂侯夫人的嫡親兄長，在兵部任職，負責各地糧草調運，與朝中武將甚是交好。

若沈謙迎娶忠肅伯的親外甥女，淑妃便能將忠肅伯拉到他們的陣營，有忠肅伯從中說和，朝中武將便會漸漸投向沈謙。聖上尚未立儲，沈謙若有武將的支持，就更有勝算了。

然而顧長策是手握兵權的鎮北大將軍，戰功赫赫，整個西北軍盡聽從他的調遣，而顧三姑娘又是他的嫡親胞妹……

沈嶸站起身踱步到窗邊，雙手背在身後，陷入沈思。

一方是淑妃的母家，一方是冉冉升起的京中權貴。淑妃權衡利弊後，自會選擇最好的那個，而在顧長策回到平鄴前，最適合成為瑞王正妃的只會是舒雲清。

沈嶸回身在桌後坐下，拿起尚未看完的書信，語氣平淡無波。「既然沈謙昨日帶著長樂侯大房嫡女前往崇蓮寺賞花，兩人彼此有意，便讓長樂侯夫人進宮催催淑妃，早日定下他們的婚事。」

太史局僅言沈謙今年不宜成婚，但並非不能訂婚。聖旨賜婚後便塵埃落定，淑妃再受寵也不敢違逆聖旨，沈謙更不敢悔婚。

「爺。」湛瀘遲疑片刻後方道：「瑞王殿下向淑妃娘娘求娶顧三姑娘時，還說要仿效舜帝，欲納顧二姑娘為側妃。」

沈嶸翻信的動作頓住了，冷嗤一聲。「這等庸人，還敢妄想娥皇、女英?!」思及顧二姑娘是何人，沈嶸冷哼。「不過沈謙與顧二姑娘倒是『良配』，他欲納側妃便由他去，不必插手。」

湛瀘領命後轉身欲離去，沈嶸卻突然叫住他。「豐慶州別駕夫人已行至何處？還有幾日才能抵達平鄴？」

湛瀘止步回道：「書信送至別駕府中後，翌日別駕夫人便啟程北來，同時派人送信至安仁府。若路上順利，別駕夫人月底便能抵達平鄴。」

沈嶸點點頭，心下了然。安仁府的折衝都尉乃顧長策兄妹的親小舅，且安仁府距離豐慶州較近，若送信之人快馬加鞭，五、六日便能抵達安仁府的府城。

湛瀘抬頭瞧瞧自家王爺的臉色，終於學乖了，主動交代起顧三姑娘的相關事務。

「華蓮山下的莊子與穩婆住處依舊派人盯著，在別駕夫人抵達平鄴前，定安然無虞。今日清晨，顧三姑娘的嬤嬤已回府，純鈞也傳來消息，顧三姑娘向顧二夫人買來他與宵練的賣身契，讓他們兩人在身邊伺候。」

沈嶸彎唇笑了笑，想來是前世他去上香時，她曾見過他身後的純鈞與宵練，是以今世方能一眼認出他們。

他原本還在發愁，純鈞與宵練即便提前潛入鄭國公府，也無法輕易靠近女郎們居住的內宅。現下有他們在她身邊，他便安心許多。

只是……沈謙尚未離宮，沈嶸便能立即得知他們母子兩人所談何事，不難得知兩、三日後便會有風言風語傳出——瑞王沈謙欲聘鄭國公府的三姑娘為妃。

沈嶸沈思片刻，對湛瀘道：「密切注意城中流言。」

他面色微冷，嘴角緊繃。「再令人仔細看著長樂侯府，若是長樂侯大房嫡女有所行動，速速報來讓本王知曉。」

與此同時，長樂侯府內宅小院傳來一陣脆響，眨眼之間，地面上便滿是瓷瓶碎片。

舒雲清猶覺怒氣難消，轉身拿起博古架上的紅珊瑚，抬手便要往地上扔。

貼身嬤嬤與侍婢們頓時嚇得面色發白，忙不迭地衝上去，或抱腰、或抱手，拚命攔著舒雲清。

「姑娘，這可是淑妃娘娘賜下的，萬萬不可往地上砸啊！」嬤嬤勸道。

舒雲清仍是用力掙扎，可嬌養長大的貴女如何敵得過身強體壯的僕婦，她氣惱不已，怒火中燒。「快放開我！」

「鬧什麼?!」一道厲聲喝斥傳來，吵鬧混亂的屋子頓時安靜下來。

長樂侯夫人跨步走進來，看向髮髻散亂、衣冠不整的女兒。「妳瞧瞧自己的模樣，哪裡還有世家貴女的樣子！」

一名侍婢抓準時機，小心翼翼地捧走舒雲清手上的紅珊瑚，妥善地放在遠處。

舒雲清嘴巴一癟，紅著眼睛走到母親身邊。「阿娘，她們說表兄想聘娶鄭國公的妹妹，可是真的？」

聞言，長樂侯夫人面露不悅。前日便有人與她說過此事，她當時並未放在心上，畢竟整個平鄴誰人不知瑞王妃的位置是她家女兒的。然而這才幾日，便傳得有鼻子、有眼睛，若無人在背後推波助瀾，她才不信。

長樂侯夫人冷笑道：「哪來的阿貓阿狗，竟敢肖想成為皇子妃?!」

她揉了揉舒雲清的頭，眸光恢復柔和，輕聲道：「莫慌，阿娘且進宮問問淑妃娘娘。」

安撫好女兒，長樂侯夫人便急急忙忙進宮尋淑妃去了。

鄭國公府內，一處與長樂侯府無異，甚是吵鬧，一處卻安靜異常。

顧嬋漪這幾天忙著看帳冊，與盛嬤嬤一道盤點庫房，總是待在聽荷軒，尚未聽聞城中流言，且她前世並未遇見瑞王，是以不知今世崇蓮寺的偶遇，會引起如此大的風波。

另一處吵鬧的院落，便是王蘊母女所住的菊霜院。侍婢輕手輕腳地清掃地上的碎瓷，收拾乾淨後，小心翼翼地退了出去，關上屋門。

顧玉嬌氣得在屋內踱步。「顧嬋漪簡直是我的煞星，但凡有她，便會壞我好事！」

她提著裙襬快步走到王蘊身邊，抱著她的手臂。「阿娘，您快想想辦法啊，千萬不能讓瑞王殿下娶顧嬋漪！」

「眼下顧嬋漪對瑞王殿下並無實質上的助益。」王蘊聲音輕緩。「瑞王殿下只是被美色所惑，淑妃娘娘怎會答應讓他聘娶顧嬋漪？」

王蘊伸出手，指尖不住地往顧玉嬌的額上戳。「我每日皆教妳，遇事沈穩多思，莫要慌亂，如此才像世家大族的貴女。結果妳次次皆如無頭蒼蠅，如此行事，即便日後進了瑞王府，妳也成不了瑞王妃。」

顧玉嬌的額際被戳得泛紅，卻只能撇撇嘴，面露委屈，不敢再多言。

王蘊沈思片刻後，目露凶光。「只是瑞王殿下已惦記上她了，就算成不了正妃，也有可能強納她為側妃。」

瑞王側妃是王蘊與顧玉嬌早早便盯好的位置，王蘊眼睛微瞇。「本想過些時日再用此計，如今卻是等不得了。」

「王嬤嬤！」王蘊高聲喊道。

王嬤嬤應聲推門進來，快步走到王蘊跟前。「夫人有何吩咐？」

只見王蘊端起茶盅，熱氣模糊了她的面容。「將華蓮山下的村民請到平鄴城中，讓他們去酒肆喝酒、茶樓品茶，與城中百姓仔細說說我們的顧三姑娘。」

大雨下了整夜，沖淡夏末暑氣，帶來一絲涼意。清晨，顧嬋漪醒來，推開窗，看到外面的湛藍天空，心情極好。

「嬤嬤說過完中秋便請人來清理荷塘，明年夏日，姑娘推開窗，便能瞧見滿池荷花了。」宵練端著早膳走進來，笑臉盈盈。

顧嬋漪用完早膳，在庫房裡找到盛嬤嬤。「嬤嬤，今日天氣不錯，我想帶小荷她們出去逛逛。」

在山上時她便對小荷說過，下山後要帶她出府遊玩。如今帳冊盡數看完，庫房也盤點得差不多了，今日不冷不熱，最宜出門。

盛嬤嬤心下一凜。「姑娘，還是等姨夫人到了再出門吧。」

儘管姑娘說已知曉王蘊的打算，也無懼王蘊的威脅，但幾個年少女郎無男子陪伴出府，實在令人難以放心。

顧嬋漪眉眼含笑，輕聲安撫。「嬤嬤安心，自我們回府後，皆緊閉聽荷軒院門，王蘊不知我們在清查帳冊，更不知姨母不日將抵達平鄴。況且，街上人來人往，王蘊不敢輕易動手。」

即便前世她在崇蓮寺中孤苦無依，僅剩她一人，王蘊也沒有在崇蓮寺中行刺殺之事。眼下她們在平鄴城，各街皆有衙役巡邏，自是不用擔心。

顧嬋漪曉之以理、動之以情，盛嬤嬤終於點了頭。「姑娘早去早歸，讓小荷多帶些銀錢，若有看上的物品，銀錢不夠了，儘管讓人回來告知，嬤嬤給您送去。」

自從盛嬤嬤回來後，聽荷軒不僅煥然一新，盛嬤嬤還將各色物品、奴僕添置妥當，即便顧嬋漪忽然出府，也有相應的馬車與車伕。

顧嬋漪帶了小荷與宵練，三人皆是女子，顧嬋漪卻絲毫不擔心。她能使鞭，宵練更是能使劍用刀，尋常宵小近不得身。

馬車行至內城主街停下，顧嬋漪從車上下來，一路逛、一路買。她為小荷、宵練與盛嬤嬤買了衣裳跟首飾，還為純鈞買了匕首，至於顧嬋漪自己，則是買了許多糕點吃食。

臨近午時，三人尋了一家酒樓，準備用午膳。大晉雖講究男女有別，但規定並不嚴苛，尋常未婚女子也可出門逛逛，無須佩戴面紗或避開人群。

酒樓已無雅間，店小二將顧嬋漪等人引到角落。一張八仙桌、一扇百花屏風，隔出了一方天地。

「快坐下。」顧嬋漪落坐後，示意小荷與宵練一道入座。

小荷遲疑片刻，看向宵練，猶豫不決。

以往姑娘身邊僅她一人，且她與姑娘在山中相伴時自是同桌用膳，但眼下已回到都城，姑娘身邊也多了新的侍婢，不好像往日那般行事。

顧嬋漪見她們兩人宛若木頭樁子般遲遲不動，遂眨了眨眼，眼底含笑。「嬤嬤並未跟來，何必如此拘束？難道還要我另開一桌席面，妳們兩人坐去旁處？」

小荷聞言輕笑出聲，挨著自家姑娘坐下了；宵練環顧四周，看了片刻，才在屏風後靠走道的位置就座。

屏風僅阻擋外人的視線，並不隔音，店小二點完菜離開以後，旁桌的交談聲便清晰地傳了過來。

「你可知鄭國公府的三姑娘在崇蓮寺中祈福時，竟與外男拉拉扯扯。」

「豈止是拉扯，根據傳言，還在寺中行苟且之事！」

小荷當下便要起身去找旁桌理論，卻被顧嬋漪與宵練一左一右齊齊按住了手臂。

顧嬋漪豎起食指，放至唇邊。「噓。」

小荷又急又氣，但見姑娘這般冷靜，只得乖乖坐好。

主僕三人全豎起耳朵，顧嬋漪面色不變，甚至端起瓷杯飲了口酸梅湯。

「我還聽說，這位顧三姑娘在寺中時，三不五時便有男子上山與之幽會，被寺中比丘尼撞見過不少次。」

「哼。」一聲冷笑傳來，語氣滿含不屑。「與寺中比丘尼之事相比，這顧三姑娘幽會男子已算不得什麼大事。」

旁邊傳來椅子拖動的輕響，有其他人坐了下來，加入散播謠言的男子當中。

「我小嬸娘的外甥的岳丈的妻妹，在崇蓮寺的後廚打雜，聽她說，崇蓮寺中的比丘尼擅妖術，會吸人精血！」

顧嬋漪一聽，險些笑出聲；小荷緊緊捂住嘴，笑意卻從眼底溢了出來；連一向冷靜的宵練，聽到這話都忍不住瞪大了眼。

「照仁兄這話，這崇蓮寺豈不是成了山精窩?!」其中一人驚呼道。

話音落下，旁桌寂靜無聲。

「呵，我原以為都城中，即便是尋常百姓，也是知書達禮之人，誰知竟與鄉野村夫無異！」

稍遠處響起另一道男聲，語調微高，飽含嘲諷與輕蔑。

顧嬋漪抬眸望去，隔著屏風，僅能瞧見朦朧身影——高大健碩，帶著西北口音，桌邊還有包裹，應是剛到都城的西北壯士。

壯士身側還坐著一人，玉簪束髮，手執摺扇，身形消瘦，舉止斯文，應是位儒生。同行壯士與陌生人發生口角，此人卻並未出聲阻攔，反倒是優哉游哉地搧風品茶。

「你是何人?!」一人高呼問道。

西北壯士偏頭瞥了他們一眼，端起桌上酒盅。「捕風捉影、怪力亂神的鼠輩，應當率先報上名來！」

此話一出，那桌的人紛紛起身，欲尋西北壯士的麻煩，但見西北壯士嗤笑一聲，重重放下酒盅，直身站立。

西北男子身形向來高大威猛，僅是站著便有極強的壓迫感，那桌人見狀頓時止步，不敢再上前。

壯士見他們如此畏畏縮縮、欺軟怕硬，眼底的不屑越加明顯。「爾等鼠輩，也只敢欺負弱小女郎了。」

「赭羅，說過多少次了，此地不比西北，我們應以理服人。」

第十四章　意外相遇

赭羅？赭羅！

顧嬋漪一驚，下意識地站起身，抬步便要出去，卻被宵練一把按住。

「姑娘。」宵練搖了搖頭。「外面情況混亂，姑娘請安坐，婢子出去看看。」

顧嬋漪稍稍按捺激動的情緒，她回身坐下，反手拉住宵練。「不急著出去，暫且看看他們會如何。」

執扇儒生起身，朝大堂四周行禮後，這才轉頭看向那幾位畏縮的男子。「諸位方才說，顧三姑娘與崇蓮寺眾比丘尼乃山精所變，以吸取精血為生。」

儒生輕笑，輕搖手中摺扇，左手背在身後。「崇蓮寺乃平鄴京郊古剎，建寺四百年。平鄴城中，不少世家夫人與貴女會前往崇蓮寺中禮佛，這莫不是說，她們也是山精所變？」

眾男子面色發白，正欲反駁，卻見壯士忽然雙手握拳，嚇得他們連忙噤口。

儒生輕笑一聲，語速極快，絲毫不給他們開口的機會。「在下初至平鄴，卻也聽聞過崇蓮寺的慈空住持，慈空住持乃心懷慈悲且佛法高深之人，宮中貴人閒暇時，均會請慈空住持入宮講解佛法。」

說著，儒生「啪」的一聲用力收起摺扇，明明臉上帶著笑意，語氣卻讓人脊背生寒。

「莫不是……宮中貴人也是山精所變？」

話音落下，眾男子嚇得直接癱坐在地，可那儒生卻未放過他們。

只見儒生對著周邊眾人緩緩道：「如此詆毀崇蓮寺及京中世家，甚至宮中貴人，不知是何居心，還請店家上報京兆府，讓人好好查查。」

無須店家發話，便有熱心食客跑去街上，叫來京兆府的衙役，交代了前因後果。在眾食客的怒罵聲中，衙役直接將這些人捆了，帶去京兆府處理。

有食客走上前來，朝那儒生行禮道：「多虧先生敏銳，方才識破他們的詭計。」

儒生打開摺扇，笑著客套了幾句以後，貌似好奇地問道：「聽他們提及顧三姑娘，不知她是何許人也？」

「乃是鄭國公府的三姑娘。」食客輕嘆一聲。「早在幾天前便有風言風語，說顧三姑娘在崇蓮寺中行不軌之事，後面越來越離奇，有說她與寺中比丘尼之間如何如何，又有說她與山下村民之間如何如何，甚至扯出精怪之說。也不知這位姑娘得罪了何人，竟被人用這般陰損法子對付。」

儒生眉頭微皺，面上笑意減淡。「城中百姓可信這些？」

「初時確有不少人信。」食客笑了兩聲。「但後面說什麼的都有，我們如何猜不到是有人故意為之？是以大夥兒回過神來後，再未信過。」

他頓了頓，又說：「況且，有時常前往崇蓮寺上香的老婦人說，顧三姑娘在寺裡時由慈空住持親自教導，甚是知書達禮。」

顧嬋漪到底是未出閣的女子，食客略說了兩句，便未再多言，而是稱讚儒生與西北壯士，接著便轉身離開。

儒生在原位坐下，收起摺扇，正想轉頭與赭羅說話，便見一位侍婢走上前來，蹲身行禮。「先生，我家姑娘有請。」

他正想婉拒，便見侍婢雙手抬起攤開，掌心上是一根略顯陳舊的長命縷。

赭羅一見到此物，立即變了臉色，看向儒生。「先生，是……」

儒生用摺扇虛點了他兩下，赭羅趕忙抿唇噤口。

起身走到侍婢身前，儒生盯著那條長命縷看了片刻，這才拱手點頭。「還請姑娘帶路。」

那兩人打量顧嬋漪時，顧嬋漪也在看他們。她沒認錯，此二人正是阿兄身邊的將士以及軍師。

身形高大的壯士，名喚黎赭羅，西北人士。他武藝雖不高，但天生力大無窮，憑蠻力掙下不少戰功。

容貌清俊文雅的儒生，名喚闞轍山，江南人士，乃大舅父的弟子。大舅父至新昌州就任刺史時，闞轍山隨他一同前往，後又在北疆與阿兄結識，便留在他身邊擔任軍師。

顧嬋漪起身向他們行禮，關輸山與黎赭羅亦回禮，並自報姓名。

店小二端來飯菜酒水，擺了滿滿一桌子，躬身退了出去；小荷為兩位男客斟酒，為自家姑娘倒好酸梅湯，這才緊挨著宵練在桌邊坐下。

關輸山淺笑。「姑娘如何知曉在下身分？」

顧嬋漪看向綁回自己手腕上的長命縷，淡笑道：「先生自言從西北而來，對顧三姑娘之事也甚為上心。」

這條長命縷由五色絲線編成，乃是母親去世前所編。當年母親自感時日無多，且深知丈夫日後不會迎娶繼室，恐無人為兩個孩兒編製長命縷，便特地編了許多。

阿兄離開都城前，她將剩下的長命縷一分為二，後來她又編了一些，與母親所編的放在一處，讓阿兄帶去北疆，希望他能早日回到都城，也希望母親的長命縷保佑他平安。

每年端陽節，阿兄皆會換上新的長命縷，身邊親近之人皆瞧過，她手腕上這條長命縷是母親所編的最後一條，最能表明身分。

「姑娘果然聰慧。」關輸山讚嘆道。

顧嬋漪笑得眉眼彎彎。「阿兄可安好？兩位阿兄又為何會在平鄴？」

關輸山與黎赭羅乃阿兄好友，是以顧嬋漪亦喚他們兩人為阿兄。

只見關輸山瞥了四周一眼，壓低音量道：「定安一切皆好。上月定安收到都城來信，甚是擔憂姑娘，便讓我與赭羅來平鄴尋妳。」

顧長策，字定安，親友皆喚其字，且都城之中百姓僅知「顧長策」是鎮北大將軍，卻不知「定安」是何人，可掩人耳目。

聞言，顧嬋漪愕然。她寫給阿兄的信中並未談及自身處境，僅是報平安罷了，他怎會心生擔憂，甚至讓關、黎兩位阿兄千里迢迢來到都城？

她正欲詳問，卻見關轍山手執摺扇，往下壓了壓。「此地不宜細談，稍後再尋個僻靜之處詳說。」

五人用過午膳便換至二樓雅間，此處相對靜謐，布置更是妥帖，連文房四寶都有。

店小二離去後，顧嬋漪便迫不及待地開口道：「阿兄怎會知曉都城之事？我信上並未多言。」

關轍山看了小荷與宵練一眼，輕搖摺扇，笑而不語。

顧嬋漪擔心關轍山談及軍中之事，只得向她們點頭示意。她們倆彼此對視一眼，有默契地轉身走到門邊，遠遠站著。

關轍山這才收起摺扇，正色道：「並非從姑娘的書信中得知。」

顧嬋漪驚訝不已，關轍山打量著她的神色，試探道：「不知姑娘與禮親王是否相識？」

只見顧嬋漪神色不變，坦然道：「老王妃上山還願時，曾與王爺在崇蓮寺中小住，我們偶然見過面。」

她話音才剛落下，闞轍山又追問道：「可是在六月中旬？」

顧嬋漪心頭微微一驚，脫口而出。「正是。」

闞轍山揚唇淺笑。「那便是了。六月末，禮親王府的侍衛身負信匣，親至大營求見定安。信中提及姑娘宿在崇蓮寺中，諸事不便。姑娘乃是女郎，禮親王不知鄭國公府是何情形，不好貿然插手，只得傳信告知定安。」

顧嬋漪眼睛睜大，既驚又喜，不過她很快就冷靜下來。「阿兄與王爺早年便相識嗎？」

她明明記得前世沈嶸抵達北疆前與阿兄從未打過交道，他怎會突然送信過去？

「在下也問過定安，定安卻未細說，但王爺能讓人千里送信，想來他們應當相識吧。」

闞轍山偏過頭，朝黎赭羅使了個眼色。

黎赭羅側身提起旁邊的包裹，小心地放在桌上。打開包裹，裡面是兩個紅漆匣子，一大一小。

闞轍山拿起小匣子，放至顧嬋漪身前。「這是定安特地讓在下帶來的東西。」

顧嬋漪伸手打開小匣子，裡面是對摺起來的泛黃紙張。展開紙張，看清上面所書，顧嬋漪不禁大吃一驚——是祖父在世時所寫的分家文書！

她原想著待姨母抵達都城後，查清母親早亡真相，再將二房趕出國公府，孰料沈嶸竟傳信給阿兄，雖未言明她在平鄴的日子如何艱苦，但阿兄卻讓人將分家文書送了回來。

有了此物，即便未查明母親死亡真相，也能與二房斷得一乾二淨，更不需要針對在眾人面前露面得以返家一事給王蘊什麼交代。

關轍山端起茶盅，輕抿一口。「定安得知妳在都城過得不好，可他無詔不得輕易離開北疆，只好讓我們過來一趟。」

說著，關轍山又將大匣子放至顧嬋漪面前，他主動打開匣子，最上面是一本灑金冊子。「定安每年皆會往都城送東西，既有給姑娘的，也有給二房的，盡數寫在這禮品單子上。」

顧嬋漪拿起冊子輕輕展開，瞧那熟悉的字跡……是阿兄親筆所書。

他剛剛到北疆時，她還是個小丫頭，是以送的大多是北疆特色小玩意兒，隨著四季輪轉，她漸漸長大，送的便多是皮毛與首飾。

顧嬋漪看著冊子上的物品，眼眶微紅，阿兄如此牽掛她，她前世卻那般懦弱，不知反抗王蘊，幸好……幸好她有了重新來過的機會……

關轍山見她泫然欲泣，急急轉移話題。「定安的意思是，若姑娘過得尚可，送給二房的那些東西便罷了，左右這些年來一直煩勞他們照看姑娘。」

停頓了片刻，關轍山沈聲道：「但若姑娘過得不好，那些東西便得盡數拿回來交給姑娘。尚未用過的，按冊子上寫的歸還；若已經用過或短少了，便按市價折算成銀兩，讓二房給錢。」

聽到阿兄安排得這般周到，顧嬋漪心中越加酸澀，是她讓阿兄擔心了。

關轍山細細地觀察顧嬋漪的表情，語氣嚴肅。「姑娘這些年來過得可好？」

在樓下時，闞轍山便聽食客說過，顧三姑娘自小在崇蓮寺祈福，由慈空住持教養長大。他原想仔細打聽清楚，再與赭羅前往國公府，誰知屏風另一頭便是顧三姑娘。

顧嬋漪聽到這句關切之語，強忍的眼淚終是掉了下來。她趕忙拿出帕子擦了擦眼角，深吸口氣，抬頭回道：「並不好。」

具體過得如何不好，顧嬋漪並未細說。闞轍山與黎赭羅雖是阿兄的至交好友，但到底是男子，不知內宅的陰私伎倆。

「我已傳信給豐慶州的姨母，姨母不日便能抵達平鄴。」顧嬋漪彎了彎唇角，眉眼含笑。

闞轍山頷首，輕搖摺扇。他與赭羅即便以貴客的身分進入國公府，也只能住在外院，無法光明正大地插手國公府之事。

「姑娘安心，我們啟程之前，定安已派人傳信至新昌州。老師忙於公務，無法離開新昌州，但師母收到信之後，定會來平鄴為姑娘討個公道。」

顧嬋漪愕然。「大舅母會來平鄴?!」

盛嬤嬤曾經說過，母親出殯當天，王蘊做錯事，惹惱了大舅母，大舅母當眾給了王蘊一記耳光，讓她臉腫了四、五日方消。

顧嬋漪當時尚是幼童，記不得此事，前世又遭王蘊操弄，誤以為外祖家的親眷不再管她。

直至她死後，沈嶸查清真相，傳信至新昌州、安仁府與豐慶州，兩位舅母以及姨母皆到了平鄴。

彼時顧家二房已下獄，閒雜人等難以探望。姨母與兩位舅母前往禮親王府，請求沈嶸帶她們入獄見王蘊一面。

沈嶸沒有推辭，當即帶著她們前往，顧嬋漪作為靈體，亦跟在沈嶸身邊。

牢門打開，顧嬋漪還未反應過來，大舅母便大步走到王蘊面前，揚手狠狠甩了她兩記耳光。

如今大舅母竟然要來平鄴了?!

顧嬋漪喜出望外，連忙問道：「關阿兄可知大舅母何日啟程，幾時能到？」

「師母應當月初便收到了信，奈何新昌州距平鄴甚遠，風雨兼程也需月餘，若是一切順利，約莫月底能抵達都城。」

當初顧嬋漪未往新昌州傳遞消息，便是因為新昌州在北地，路途遙遠，孰料沈嶸暗中往北疆送信，阿兄又請來了大舅母。

顧嬋漪心中歡喜，眉間愁緒散去，笑得甚是明媚。她心想，下次見到沈嶸，定要好好謝謝他！

關轍山見她面露喜色，這才稍稍鬆口氣，可想起剛剛聽到的流言蜚語，他不禁緊皺眉頭。「不知姑娘近些時日得罪了何人？怎會有那般惡毒的流言傳出，彷彿要將姑娘置於死地。」

顧嬋漪語氣平淡。「除了我的『好』嬸娘與『好』二姊姊，不會有旁人如此恨我。」

她回到平鄴多日，一直在聽荷軒，並未出府，尋常人家怎會知曉她在崇蓮寺中生活多年？

佛歡喜日在崇蓮寺中禮佛的世家夫人均與她沒有私人恩怨，而唯一和她有仇、有可能使出這般毒計之人，只有顧家二房。

涉及清白閨譽之事，即便試圖澄清，也可能越描越黑，反而引得更多人相信。

流言傳出後，定是有人察覺到背後之人的意圖，對方未加阻攔，反而順水推舟，誇大其詞，引向妖鬼之說。

當流言從一人變成一寺，甚至一城時，聽信流言者便會從堅信不疑轉為半信半疑。謠言越荒誕不經，相信的人便越少，傳得多了，人們自然會將謠言當作笑話來聽。

顧嬋漪左思右想，能在平鄴城中如此偷偷幫她、護她的，除了沈嶸以外，她想不到旁人。

她咬了咬下唇，沈嶸暗助自己良多，是看在阿兄的面子上嗎？

「姑娘既知是二房所為，不知日後有何打算？」關轍山微微皺眉。「可需在下幫忙？」

顧嬋漪卻搖了搖頭，淡定自若。「無須關阿兄出手，我已想好對策。」

斜陽西下，倦鳥歸林，酒樓中人聲漸稀。顧嬋漪恐盛嬤嬤擔心，只得向關輸山與黎赭羅告別。

「不知兩位阿兄如今宿在何處？可有落腳之地？」顧嬋漪面露關切地問道。

關輸山輕搖摺扇。「在下與赭羅今日方至都城，稍後還須前往禮親王府。」

要去見沈嶸？

顧嬋漪心中一喜，面上透出幾分歡欣，又有幾分少女的嬌羞及遲疑。「不知關阿兄可否幫我送封信給王爺？」

關輸山頷首。「自然可以。」

顧嬋漪連忙起身，看向雅間四周，接著快步走到書桌邊，招來小荷研墨。她拿著毛筆思索了許久，內心千言萬語，最終卻只在紙上寫下「多謝」兩字。

雖未直接言明，但一謝他讓純鈞與宵練來到國公府中，二謝他千里送信告知阿兄，三謝此次干擾流言之事。

墨跡一乾，顧嬋漪便摺好信紙放入信封中，雙手遞予關輸山。「煩勞關阿兄了。」

關輸山收好信封，與黎赭羅微微傾身行禮。「那在下與赭羅便先行一步，姑娘安心在府中等候，若有難事，可去禮親王府尋我們。」

目送關、黎兩位阿兄離開，顧嬋漪這才轉身踏上馬車，準備返家去。

小荷望著正在看禮單的顧嬋漪，猶豫片刻，還是忍不住問道：「姑娘可知是何人在背後如此詆毀您？」

顧嬋漪與關轍山、黎赭羅交談時，小荷與宵練皆站在遠處。宵練自小練武，耳目比尋常人靈敏，即便站在遠處，也能聽見一二；然而小荷乃尋常姑娘，並未聽清他們的談話，是以不知曉是何人在背後惡意中傷。

只見顧嬋漪頭都沒抬，語氣平淡。「還能有誰？」

小荷沈思片刻，終於想明白了，她咬緊牙關，雙手攥拳，怒氣沖天。「她們就是見不得姑娘好！」

顧嬋漪輕笑，將禮單仔細收好，大小兩個匣子與點心匣子混在一處，旁人無法輕易看出異樣。「且讓她們再蹦躂兩天。」

原先一直沈默不語的宵練，此時忽然出聲道：「前些時日，瑞王殿下進宮面見淑妃娘娘，欲求娶姑娘。」

第十五章 反擊號角

話音落下，顧嬋漪與小荷齊齊愣住。

「求娶我？」顧嬋漪錯愕。「我與他只見過一面，況且，眾所周知，日後的瑞王妃是長樂侯的女兒，他怎敢開口求娶我?!」

宵練頓了頓，又繼續說道：「瑞王殿下還想仿效舜帝，娶姑娘為正妃，再納二姑娘為側妃。」

顧嬋漪直接氣笑了。「真是好大的臉面。」

難怪王蘊會忽然發難，傳這種歹毒謠言毀她清白，原來是擔心她日後成為瑞王妃，得了瑞王的寵愛，阻攔瑞王納顧玉嬌為側妃，抑或是煩惱日後兩女同侍一夫，顧玉嬌永無出頭之日。

顧嬋漪連連冷笑，且不說她萬不可能同意嫁予瑞王，即便被逼著嫁給他，她也不會將顧玉嬌放在眼裡。

王蘊母女如此「未雨綢繆」，真以為瑞王妃之位是人人想要的香餑餑。

「她們心腸真是好惡毒！」小荷怒火中燒，直接罵道：「我家姑娘容貌秀麗、端莊穩重、文武雙全，日後將軍得勝歸來，我家姑娘更是尊貴無比，想要何種夫婿不能有，還需搶她們的?!」

顧嬋漪原本憤憤不已，聽到小荷這番話，忍不住輕笑出聲，怒火漸消。

井底之蛙只能瞧見井口大小的天空，不知天高地廣，更不曉他人志向。既然顧玉嬌心心念念想要嫁予瑞王，那她便助顧玉嬌一臂之力。

顧嬋漪偏頭望向宵練。「下月初二可是忠肅伯府老夫人的壽辰？」

小荷訝異，不知姑娘為何偏偏問宵練。宵練到府中不足兩個月，甚少出府，如何知曉忠肅伯府老夫人的壽辰是何時？

誰知宵練沒有絲毫遲疑，點了點頭道：「八月初二確是忠肅伯府老夫人的壽辰。」

無須顧嬋漪再問，宵練主動交代了忠肅伯府與鄭國公府的淵源。

老鄭國公顧川從軍之時，曾在老忠肅伯的麾下作戰過，後來老忠肅伯戰死沙場，其嫡子承襲爵位。如今的忠肅伯雖不在軍中任職，但他在兵部掌管糧草之事，與將士們甚是交好。

眼下鄭國公顧長策遠在北疆，但國公府中還有其他家眷，忠肅伯府設宴時，自會往國公府中遞帖子。往年顧嬋漪在崇蓮寺中，即便收到忠肅伯府的帖子，王蘊也只會帶著顧玉嬌赴宴，然而如今滿都城的世家夫人皆知顧嬋漪回到平鄴，王蘊當然要帶上她。

「按照往年慣例，再過兩日，忠肅伯府的帖子便會送過來了。」宵練緩緩道。

一旁的小荷已聽呆，難以置信地看著宵練，宵練回過頭，對她莞爾淺笑。

顧嬋漪頷首，嘴角上揚，目露狡黠。「如此便好。」

忠肅伯與長樂侯夫人乃親兄妹，老夫人過壽，長樂侯一家必定前往赴宴。不僅如此，忠肅伯府老夫人的壽宴，都城中的武將都將齊聚，這種拉攏他們的好機會，瑞王怎會錯過？

往年王蘊收到帖子後僅帶顧玉嬌赴宴，今時除了多她一人以外，其他並無不同。戲臺子搭好，諸人皆在，正好唱一齣大戲給老夫人賀壽。

顧嬋漪將旁邊的匣子一一打開，喜愛的糕點、心儀的首飾……猶豫許久，顧嬋漪最終挑出一對金鑲東珠耳墜與金鑲東珠蝴蝶簪，這些東珠圓潤飽滿、晶瑩光滑，雖不大但成色極好。

顧嬋漪蓋上匣子，遞到宵練的手中。「到家後，小荷先將車上的東西送回聽荷軒，宵練隨我去東籬軒坐坐，晚些時候再回去用晚膳。」

東籬軒是二房妾室與庶出子女的住處，顧嬋漪心裡有些盤算。

顧嬋漪指著關韡山與黎赭羅帶來的匣子，特地叮囑小荷。「這兩個匣子務必讓嬤嬤單獨放好。」

小荷用力點頭。「婢子知曉的。」

馬車抵達國公府門前，尚未停穩，盛嬤嬤便急急忙忙迎上前來。「姑娘可回來了。」

顧嬋漪扶著盛嬤嬤的手從馬車上下來，不等她發問，盛嬤嬤便眉歡眼笑地說道：「北疆大捷！」

此話一出，顧嬋漪頓時定在原地，難以置信地看著盛嬤嬤。「妳說什麼?!」

盛嬤嬤眼角含淚，聲音發顫。「八百里急報，北疆大捷！大少爺把北狄趕到了白梅河以北，常安府徹底沒有外敵了！」

顧嬋漪愣了片刻才聽明白她的話，眼淚倏地落下，眼角眉梢卻帶著笑意。「那阿兄豈不是很快便能回來了?!」

前世，北疆在四年後方迎來大捷，阿兄與沈嶸啟程回都城，卻在路上遇到埋伏，阿兄倒在了那裡。

今世，北疆在此刻迎來了大捷，沈嶸尚未前往當地，不會遇上埋伏，阿兄定然安全無虞。

顧嬋漪胡亂抹乾淨臉上的淚痕，提起裙襬快步往裡走。「快讓人收拾好松鶴堂、竹猗院還有前院客房，阿兄愛喝竹葉青，讓酒家挑上好的送來。對了，再讓莊子上的人慢些摘蔬果，若實在是熟透了，便製成果乾跟果脯，今年東西不往外販售了，留著給阿兄和他身邊的將士們吃。」

北疆苦寒，無春秋兩季，夏日極短、冬日極長，蔬果難以生長。

顧嬋漪前世陪在阿兄身邊時，便時常聽他念叨都城的竹葉青，還想吃家中莊子產的蔬果，奈何北疆只有各色肉乾和硬餅子。

內心雀躍，顧嬋漪連走路都連蹦帶跳的。「等會兒我翻翻曆書，尋個日子去崇蓮寺還願，順便見見楚氏，告訴她阿兄要回來了。」

眾人歡歡喜喜地走向聽荷軒，可踏進院門、看清院內之人後，笑聲戛然而止。

聽荷軒院中空地處擺放著大大小小的匣子，匣蓋打開，裡面或是翡翠及珊瑚擺件，或是金銀與寶石首飾，或是鮮亮綾羅綢緞，或是銳利寶劍及匕首。

顧嬋漪目光略略一掃，便知這些是宮中的賞賜。

她笑臉盈盈地看向廊下坐著的人，恍若不知她們因何而來，蹲身行禮。「問祖母和嬸娘安，不知妳們為何在我的院中？」

王氏冷著臉厲聲喝斥。「妳竟如此不孝，宮中賞賜未孝敬長輩，便先放入自己的院中。妳在崇蓮寺中修習佛法，便是修成這般大逆不道的嗎?!」

顧嬋漪施施然站起身來，下巴微抬，即便站在臺階下方，也不失半毫威嚴。「祖母，您這話是何意？我如何大逆不道了？」

她側身指著地上的賞賜，嘴角微揚。「這些皆是我阿兄在戰場上以命相搏，換來的榮耀賞賜。阿兄還未歸來，我作為他的嫡親妹妹，自然要守好屬於他的東西。」

顧嬋漪面無表情地看著王氏與王蘊，語氣平淡中透著絲絲涼意。「日後我阿兄歸來，不論是送予長輩或贈予親友，皆由他決斷，無人能置喙。」

王氏氣得大聲罵道：「簡直是反了天了！我是你們的祖母，即便妳阿兄在家，宮中有賞賜下來，也應送到我的院中，由我這個長輩先行挑選，你們方能搬回自個兒院中！妳如此行事，不怕傳揚出去，讓人罵妳不忠不孝、不仁不義嗎?!」

王氏一雙三角眼都瞪圓了，視線落在那些賞賜上，眼底是毫無遮掩的貪婪。

顧嬋漪從容不迫，並未因王氏扣了她一頂不孝的帽子，而有絲毫驚慌失措。「孝敬祖母，自是晚輩應做的。」

王氏聞言，嘴角微勾，淺笑中透著一絲志在必得。

顧嬋漪在心底冷嗤一聲，她上前幾步，走到臺階前，偏頭看向王氏身邊的王蘊，視線落在她的髮間。「若阿媛沒看錯，嬸娘髮間這支水晶鎏金簪，應是宮中御製之物。」

她頓了頓，面露疑惑。「但嬸娘的母家似乎無人在朝中任職，也無功名在身，是從何處得了這御製之物？」

王蘊一愣，下意識地摸向髮間的簪子，眼底閃過慌亂，她直覺其中有詐，可尚未想明白，便聽到婆母大大方方地承認了。

「這是前些年宮中的年節賞賜。她是妳與大郎的嬸娘，同為一家人，戴支御製簪子又有何妨？」

顧嬋漪等的便是這句話，她抬起頭來，直視王氏的眼睛，慢條斯理地開口。「雖然阿媛出生時祖父已往生，阿媛卻也知曉……」

她特地停頓片刻，側頭定定看著王蘊略顯驚慌的模樣。「顧家大房與二房早已分了家！」
王氏難以置信地指著顧嬋漪，愣愣道：「妳……妳怎會知曉?!」
這些年來，府中的奴僕換了幾批，知曉當年分家事宜的人並不多。
顧嬋漪在崇蓮寺時，身邊僅有小荷這個婢子，她究竟如何得知大房與二房分家不分府之事?!
王氏環顧四周，視線最終落在盛嬤嬤的身上，她咬緊牙關，指著盛嬤嬤，怒火中燒。「定是這個惡婦在妳面前挑唆是非，攛掇妳忤逆長輩！」
她招了招手，聲調極高。「來人，快把這個惡婦押去柴房關著，稍後便發賣出去！」
顧嬋漪聽到這話，立即伸手將身後的鞭子抽出來用力往地面上一甩，「啪」的一聲脆響。
她展開手將盛嬤嬤護在身後，冷眼看向圍上來的僕婦們。「我看誰敢動我聽荷軒的人！」
「孽障！」王氏嚇得一呆，過了片刻才回過神來，對著顧嬋漪罵道。
顧嬋漪冷嗤一聲，眸光冰涼地看向王氏。「祖母確是長輩，然而在祖母之前，我祖父尚有原配髮妻，要論孝敬，還輪不到您。」
王氏氣得捂著胸口摔坐在椅子上，王蘊忙不迭地幫她撫背順氣。
顧嬋漪絲毫不擔心自己會將王氏氣死，她邊收長鞭邊道：「我喚您一聲祖母，是給您幾分臉面，您還蹬鼻子上臉，真當自個兒是我的親祖母了?!若是安安分分，我尚且容妳們在府中住著，但若是不安分……」

她收斂笑意，冷淡地看向王氏與王蘊，再轉身瞪著王氏帶來的那些僕婦。「我今日便將妳們趕出府去，即便世人罵我，我也絲毫不在意！

「還不快滾？難道要我『送』妳們出去嗎?!」說罷，顧嬋漪又甩出鞭子，在青磚地面上留下一道淺淺鞭痕。

王氏嚇得渾身發顫，臉白唇紫，王蘊亦是面色難看，難以置信且陰鬱地盯著顧嬋漪。然而她們不敢繼續在聽荷軒中鬧騰，只得由僕婦攙扶著離開，一行人俱是腳步慌亂，全無最初的趾高氣揚。

走到院門邊時，王氏不知死活地停了下來，指著顧嬋漪罵罵咧咧。「妳如此粗俗無禮，不知仁義廉孝，日後定無人敢求娶妳，妳且在府中守著這些金銀財寶孤獨終老，成為整個平鄴的笑話吧！」

在王氏說要將她押去柴房時，尚能面不改色的盛嬤嬤，此時聽到這話，勃然大怒，快步衝了過去。「妳這毒婦竟敢咒我家姑娘，老娘跟妳拚了！」

小荷一見自家阿娘衝了過去，也捲起袖子跟了上去。

王氏身邊的僕婦見狀，嚇得渾身發抖，王蘊連忙出聲。「愣著幹什麼?老夫人怒氣攻心才口不擇言，還不趕緊將她抬回蘭馨院！」

軒。

不等盛嬤嬤與小荷衝到面前，那些僕婦便手腳俐落地抬起王氏，頭也不回地跑離聽荷

盛嬤嬤站在院門外，單手扠腰，高聲喊道：「有本事別走啊！妳們且管好自個兒的嘴巴，若老娘聽到一句我家姑娘的不是，定要妳們好看！」

小荷左右瞧了瞧，撿起院門邊幾顆小石頭用力扔過去，砸中了幾個落後僕婦的後腦勺。

純鈞驚詫不已地看著小荷，他不知這位有些傻乎乎的侍婢竟如此厲害，不由得好奇道：「妳這準頭是如何練的？」

小荷偏頭看他一眼，得意洋洋。「若你每日要用石頭驅趕屋中老鼠，多年下來，就會有這般高的準頭了。」

純鈞目瞪口呆。「竟是砸老鼠練出來的?!」

顧嬋漪回身在臺階上席地而坐，看著院中的匣子，笑得眉眼彎彎。「嬤嬤，快將這些東西登記造冊，放入庫房中，等阿兄回來，就讓他看看他得的這些賞賜。」

盛嬤嬤自然點頭應好，她猶豫了片刻，還是出聲道：「姑娘，這些年來，逢年過節、大小吉慶之日，宮中均有賞賜，如今皆在二房的庫中，該怎麼要回來？」

顧嬋漪嘴角上揚，雙眸明亮，她有一下、沒一下地摸著長鞭。「不急。嬤嬤有所不知，宮中御製之物，於細微之處均有特殊的徽記。」

她起身走到匣子邊，隨手拿起離自己最近的金鑲玉臂釧，對著西斜的日光，指著內側道：「嬤嬤，妳看。」

盛嬤嬤湊上前，瞇著眼睛仔細瞧，這才發現金飾旁有兩個小篆寫成的「御李」二字。

「『御』乃御製之意，『李』則表示製作此物的是李姓匠人。」

今日她當著眾奴僕的面將話說得明明白白，若王蘊是個聰明人，自會將這些年來私藏的賞賜盡數歸還。若王氏與王蘊貪心不足，那在她們出府之日，這些便是行竊的物證。

盛嬤嬤見自家姑娘如此成竹在胸，便不再多言，令小荷與純鈞將匣子搬進庫房，又讓宵練將今日在外採購的東西安置好。

現下天色已晚，不宜前往東籬軒，顧嬋漪只好抱著那兩個要緊的匣子進了裡間。

將匣子仔細地藏好，顧嬋漪從書架上抽出曆書一翻——明日便是諸事皆宜的好日子。

顧嬋漪捧著曆書，小跑著到了庫房外，朝裡喊道：「嬤嬤，明日我要去崇蓮寺。」

盛嬤嬤站在庫房中，回身點頭。「好，明日早膳大家皆吃素食。」

「嬤嬤，我們一道去吧，慈空住持甚是和善，這些年來多虧有她照拂，我才能平安長大。」

盛嬤嬤認真點頭，看來當年她想得沒錯，姑娘在崇蓮寺中，確實比在府中更安穩。「即便姑娘不提，老奴也要覥著臉一道去。」

鄭國公府熱熱鬧鬧，禮親王府卻安靜肅穆。

闞轍山遞上兩封書信，見沈嶸微微一愣，他便解釋道：「午時在城中酒肆用膳時偶遇將軍的胞妹，聽聞在下前來見王爺，便託在下送信。」

沈嶸垂眸，上面那封的字跡堅毅磅礴，底下那封的字卻清秀柔美。

拿起底下那封打開，信中僅有「多謝」兩字。他微微挑眉，露出一抹極淡的淺笑，將書信放置一旁。

沈嶸隨即拿起顧長策的親筆書信，眉頭由舒展漸漸緊鎖，他抬眸看向闞轍山，沈聲問道：「查清軍中細作是何人了嗎？」

闞轍山頷首。「將軍收到王爺的書信後，立即將整個軍營排查一遍，似有可疑之人。」

他頓了頓，又道：「王爺遠在平鄴，怎知西北軍中有通敵的細作？」

沈嶸瞬間沈默無言。前世北疆大捷，他與顧長策啟程回都城，卻在途經葫蘆山時遭遇埋伏。彼時他們尚未出常安府，雖有北狄軍，卻皆是散兵，不足為懼。

然而，當他們抵達葫蘆山時，遇到的卻是精神抖擻、殺氣騰騰，顯然有備而來的北狄大軍。若無人引路，他們如何能繞過常安府城，順利抵達葫蘆山？

況且葫蘆山地勢特殊，乃是倒葫蘆形，上寬下窄，在山頂推下巨石，便能將山下前後兩端的路口堵得嚴嚴實實。如若無人相幫，北狄軍從何處尋來巨石，又如何毫無聲息地運至葫蘆山，甚至知曉他們抵達該地的確切時辰？

不僅如此，在兩軍廝殺之際，有一隊死士明顯是衝著他來的，刀刀皆刺向要害，擺明不想讓他活著離開。

刀劍往來之間，他看到死士所用長劍，與大晉京州軍使用的極為相似，死士所射羽箭上還有大晉的徽記。

要是這樣還猜不到軍中有細作與北狄裡應外合，朝中有人想讓他死在北疆，那他這腦子便白長了。

前世若無顧長策捨身相救，他也無法回到都城。奈何當時兵荒馬亂，待他完全接手西北軍，重回當地徹查遇伏之事時，整座葫蘆山已被人打掃得乾乾淨淨。

不過，放眼整個大晉，想讓他命喪北疆之人屈指可數，倒也不是那麼難猜測。

如今顧長策有他提供的情報，再加上自身排兵布陣的作戰天賦，大敗北狄並非難事。

顧長策打得北狄措手不及，同時他眼下遠在平鄴，此次，顧長策應當能平安回到都城了。

第十六章 上門求助

沈嶸抬眸看向闞轍山，聲音微沈。「永熙七年冬月，北疆狼煙起，顧川將軍領兵前往西北。永熙九年，先帝御駕親征，顧川將軍為救駕而亡，年僅十四歲的顧長策臨危受命。」

他停頓片刻，眸光幽深，語氣甚是意味深長。「先生是否想過，御駕親征乃大事，先帝所在營帳不僅有西北軍，更有禁衛軍日夜守衛，若無細作，北狄軍如何能在眾多營帳中一眼認出王帳？」

闞轍山神情驟變，手中摺扇沒拿穩，險些掉落在地。

沈嶸慢條斯理地端起茶盅抿了一口，不再多言，讓闞轍山自行思索。

良久，闞轍山起身，對著沈嶸恭恭敬敬地行了一禮。「在下代將軍謝過王爺。」

沈嶸淡然一笑，放下茶盅。「先生不必言謝。」

前世他到北疆時，如行屍走肉，毫無求生之意，若無顧長策勸解，他定會抑鬱而終。後來他們兩人成為摯友，他談及父王重病不癒之事，還是顧長策點醒他，父王之死恐有蹊蹺。

父王離世時不到三十歲，正是年輕力壯的年紀，且父王習武，身體並不瘦弱，怎會輕易被一場風寒奪去性命？

曾有傳聞，皇祖父當年欲將皇位傳於父王，如此惹人注目，定會被高位者所猜忌。先帝與父王相差二十歲，先帝日漸衰弱，父王卻正是春秋鼎盛之際。

顧長策曾說過，北狄皇室有一種毒，無色無味，名喚三月散，加在素日所食之物中，約莫三個月便可取人性命。

中毒之人初時如風邪入體，醫者對症下藥，中毒者會漸漸好轉，誤以為病癒，然而治癒風邪之藥對中毒者而言其實是催命符。中毒者會纏綿病榻，最終身亡，若無仵作驗屍，表面上與尋常人重病不癒而亡並無不同。

父王遭先帝忌憚，如若父王果真中毒，那下毒者只會是先帝。

「在下啟程前，將軍正在點兵，主動向北狄發起進攻，過不了多少時日，應當便有好消息傳入都城。」關轍山開口道。

兩人正說著話，門外響起敲門聲，湛濾走了進來。「爺，八百里急報，北疆大捷！」

聞言，沈嶸與關轍山齊齊站起身，關轍山面露喜色，對著沈嶸拱手道：「王爺，此乃大喜！」

沈嶸笑著頷首。「讓人備一桌酒菜，本王要與先生痛飲幾杯。」

湛濾當即轉身朝外面候著的小廝說了兩句，吩咐妥當後，湛濾又轉身走進屋子。

關轍山察言觀色，主動起身退了出去。

沈嶸面帶笑意，將顧家兄妹的書信收好。「還有何事要說？」

事關閨閣女子清譽，湛濾特地壓低了音量。「今日清晨，長樂侯夫人進宮求見淑妃娘娘，兩人本已將瑞王殿下與長樂侯大房嫡女的婚事商量妥當，孰料……」

沈嶸動作一頓，眼睛微瞇，面上歡喜之色漸消。「孰料此時北疆傳來了捷報。」

氣氛徒然凝滯，湛瀘大氣不敢出，小心翼翼地打量著自家王爺的神色。「正是，長樂侯夫人前腳出宮，北疆捷報後腳便傳入了宮中。」

湛瀘頓了頓，聲音更輕了。「最新傳來的消息，瑞王殿下已經去了淑妃娘娘的宮中。」

沈嶸冷嗤一聲，雙手背在身後，劍眉緊蹙。

就在這時，沈嶸的身後傳來輕笑聲。「這有何難，竟將我兒愁成這般模樣。」

沈嶸回過頭，邊行禮邊道：「母妃怎的過來了？」

周槿看了湛瀘一眼。「你且先去忙。」

湛瀘立刻低頭退出去，反手關上屋門。

周槿笑咪咪地盯著沈嶸，沈嶸被她瞧得甚是不自在，卻還是硬著頭皮將她扶到上首坐下。

「沈謙求娶顧三姑娘，淑妃原本不答應，但眼下北疆大捷，皇上定會重賞鄭國公。」周槿語氣輕緩，不疾不徐，甚至帶著淡淡的笑意。「鄭國公年紀輕輕便掌管西北軍，位高權重，淑妃恐怕會改變主意了。」

沈嶸垂首低眉，正因如此，他才讓人暗中催促長樂侯夫人，好讓她快些進宮，與淑妃早早定下子女婚事，請皇上為他們兩人賜婚，奈何還是遲了一步。

見沈嶸面色微沈，周槿心中越加歡喜，面上卻不顯露分毫。

「為娘有一計，可解顧三姑娘此劫。」周槿意有所指。「但要看我兒願不願幫她。」

夜深，聽荷軒燈火通明，甚是熱鬧。

顧嬋漪微醺地靠在窗臺邊，仰頭看向明月。

正當她昏昏欲睡之際，卻見宵練走了過來，彎腰對她道：「姑娘，外面有人叩門。」

顧嬋漪愣了片刻才回過神來，她蹙了蹙眉。「已過了子時，怎會有人前來？」

「姑娘莫怕，婢子去瞧瞧，看看是人是鬼。」宵練說罷，轉身走向屋外。

顧嬋漪扶著窗臺站起身，走到一旁用冷水洗了把臉，頓時清醒不少。

她手握長鞭，尚未踏出屋門，便見宵練回來了，身後還跟著四人，竟是劉氏、苗氏及她們各自的孩子。

她傍晚回府時便想去東籬軒見見他們，但先是捷報傳來，又有王氏和王蘊大鬧聽荷軒，耽擱了時辰，她便沒過去，誰知他們竟然主動上門了。

盛嬤嬤拖著半醉的小荷，帶著純鈞退了出去，熱鬧的正廳幾息之間便安靜了。

宵練端上茶水，顧嬋漪笑咪咪地看著他們。「兩位姨娘、四兄和妹妹，怎的這時過來了？」

劉氏與苗氏皆是顧硯的妾室，曾是煙花女子，即便年近四十，但她們美貌依舊，所生子女亦是不俗。

顧家四郎為劉氏所出，名喚顧長安。十七歲的少年郎君，長身玉立，溫文爾雅。

苗氏之女如今十五歲，乃顧家四姑娘，名喚顧玉清。

燈光明亮，顧玉清的臉色蠟黃，露出袖子的雙手亦是如此，然而剛剛落坐時，不小心外露的一小部分鎖骨卻是白皙細嫩。

顧嬋漪心下了然，想來苗氏母女並非蠢笨之人。

畢竟顧玉嬌容貌平平，最嫉恨長得比她好看的女子，若她知曉庶出妹妹相貌出眾，苗氏母女的日子定不會好過。

劉氏、苗氏起身，抱著匣子走到顧嬋漪身前，放下匣子，打開匣蓋。

只見劉氏淡淡一笑，柔聲道：「這些皆是往日老夫人、二老爺和二夫人賞的，妾無法分辨它們是否為宮中御製之物，三姑娘且都拿著。」

顧嬋漪目光略微一掃，這些東西多是素銀首飾，即便鑲嵌寶石與珍珠，用的也不是成色極好之物。

她將匣子推回到兩人面前。「姨娘們且安心收著，這些不是御製之物。」

王氏貪財，出手小氣；王蘊最厭惡妾室，御製之物代表的是榮耀與恩寵，她留予自家兒女尚且不及，怎會送給姨娘和庶出子女？

至於顧硯，他好美色且薄情寡義，手中若有好物，早入了花娘的首飾匣子。

劉氏與苗氏訕笑兩聲，尷尬地抱著匣子回到位置上。在場諸人均未出聲，滿室寂靜，甚至能聽到屋外的陣陣蟲鳴。

顧長安側身，對顧嬋漪道：「今日我與兩位姨娘和四妹妹夤夜來訪，是有事想求三妹妹。如今整個聽荷軒皆是三妹妹的人，說話自然無須拐彎抹角。」

聞言，顧嬋漪挑眉，眉眼含笑。「四兄且說，若在我力所能及之內，自會相助。」

話音剛落下，四人便起身對顧嬋漪行了一禮，顧長安正色道：「還請三妹妹助我等離府。」

此話一出，顧嬋漪瞠目。「四兄這話是何意？」

顧長安挺直腰背，神情嚴肅，定定道：「二夫人欺三妹妹無父母照料，將三妹妹送去寺中苦修，如此佛口蛇心之人，我等能熬到今日，皆是命大。阿姊碧玉年華，二夫人為了五萬兩銀子，不問姨娘和阿姊是否願意，便做主將阿姊遠聘給江南商戶，從此骨肉分離。

「二兄乃二房長子，卻自小癡傻，如今只能在城外莊子上過活。」顧長安深吸口氣，眼眶通紅。「若不是我自小有兩位姨娘和阿姊相護，定與早亡的三兄無異，一場風寒便能要了性命。」

劉氏與苗氏不禁以帕拭淚，小聲抽泣起來。

顧長安看了眼顧玉清，繼續道：「二夫人手段狠辣，二妹妹盡得其『真傳』，搶走四妹妹的衣裳、首飾和月錢還是好的，若二妹妹心情稍有不順，便將四妹妹叫去菊霜院責打。」

他拉著顧玉清走到顧嬋漪面前，小心地捲起她的衣袖，只見肌膚上遍布掐痕，左手臂上甚至還有一塊新鮮的燙傷。

顧嬋漪心中駭然，連忙轉頭對宵練道：「去拿一盒三黃膏。」

宵練動作極快，顧嬋漪將三黃膏塞進顧玉清的手裡，聲音輕柔。「這三黃膏乃慈空住持所配，正對妳這掐傷、燙傷的情況。現下酷暑未消，妳每晚梳洗後塗在傷處，五、六日便能大好，日後也不會留疤。」

說完，顧嬋漪便感覺手背一涼，豆大的眼淚砸了下來。

不過是短短幾句話，顧玉清便哭成了淚人，聲音細若蚊蚋。「多謝三姊姊。」

顧嬋漪不忍，抬手捏了捏顧玉清的臉頰。「石榴皮雖能掩蓋妳的膚色，但日積月累有損肌膚，日後府中有我，妳可不必再用石榴皮擦臉了。」

劉氏與苗氏詫異地看向顧嬋漪，待想明白她話中之意，頓時喜形於色。

顧長安也激動不已。「三妹妹是答應了?!」

只見顧嬋漪頷首。「嗯，我應了。」

四人鬆了口氣，苗氏更是朝顧嬋漪行了一禮，滿含感激地看著她。「三姑娘目光如炬，竟一眼認出這是石榴皮的汁所致。說起來，我們母女還要謝謝大夫人，若無她種在松鶴堂的那棵石榴樹，即便知道法子，也尋不到那麼多石榴皮。」

夜色漸深，閒話少敘。眾人回座後，顧嬋漪正色道：「離府一事不難，難的是離府後該如何。」

她偏頭看向端坐的顧長安。「四兄可有打算？」

顧長安正色道：「我與兩位姨娘商量過，離府後便去江南尋阿姊，在當地定居。」

沈思片刻後，顧嬋漪搖了搖頭。「此舉恐怕不妥，大姊姊已經嫁作他人婦，你們上門大姊姊自然歡喜，但大姊夫若得知你們離府投奔，不知有何想法。」

劉氏面色微變，低頭默默流淚。

顧長安聞言，抿唇不語。他知道三妹妹說得沒錯，當初聽聞阿姊被許配給江南商賈時，他曾反抗過，奈何人微言輕，只得看著阿姊出嫁。

可他清楚，長兄是赫赫有名的鎮北大將軍，只要長兄還在，那阿姊即便遠在江南也不會受委屈。

若是他們離府，便與鄭國公府再無瓜葛，阿姊亦非鎮北大將軍的堂妹，人心難測，日後會如何便很難說了。

顧嬋漪又道：「再說，四兄日後是否有參加科舉的打算？」

聽到她這麼問，顧長安點點頭道：「我已是童生，可礙於二夫人，並未繼續參加院試，只等離府後繼續考。」

他年幼時，兩位姨娘乘機尋父親說過他的學業，父親就隨便尋了個書院讓他去讀書。

那書院雖名氣不顯，但夫子待他極好，傾囊傳授，若不是擔心二夫人暗中下黑手，他在考中童生後便去考秀才了。

「既如此，那四兄更不該去江南了。」顧嬋漪緩緩道：「若在都城，四兄不論是考秀才還是舉人、進士，皆在京州，無須千里奔波。」

眾人皆知顧嬋漪言之有理，奈何他們想不到更好的法子。

顧長安眸光一轉。「或者……我們搬出府另住，如此是否可行？」

此舉可行，但顧嬋漪並不希望他們這麼做。即便搬出府，他們在族譜中仍是二房中人，若是王氏與王蘊所做之事被揭露，幾人定會被牽連。

見顧嬋漪沈默不語，顧長安自然明白了她的意思，他對著顧嬋漪拱手道：「三妹妹可有良策？」

顧嬋漪輕輕頷首。「我的法子是，四兄與妹妹過繼給族中旁支。如此一來，四兄與妹妹還是我的兄長與妹妹，不僅脫離了二房，還能繼續住在都城，仍是顧氏子孫。」

聞言四人皆喜，自然無異議。

時辰不早，顧嬋漪將他們送出屋門，臨走時，顧嬋漪還拉著顧玉清的手。「八月初二，忠肅伯府的老夫人過壽，我帶妳過去玩玩。」

送走東籬軒的人，宵練打水給顧嬋漪漱洗，小荷已經醉了，盛嬤嬤便進來收拾。

盛嬤嬤忍了忍，還是不禁問道：「姑娘為何要幫東籬軒的人？」

顧嬋漪拆下髮間的簪子，聞聲回眸，歪著頭笑了笑，狡黠如狐。「嬤嬤，我可不是白白地幫他們。」

天光大亮，清風捲起車簾一角，毫無聲息地鑽進去，拂過每個人的髮梢。

顧嬋漪與小荷斜靠車廂睡得東倒西歪，盛嬤嬤也在閉目養神，唯有一旁的宵練以及趕車的純鈞仍然精神抖擻。

馬車在崇蓮寺門前穩穩停下，宵練輕聲呼喚顧嬋漪，顧嬋漪身子一動，睜開眼睛，另外兩人也跟著醒了。

一行人沿著長廊到了住持所在的屋子，慈空住持見到顧嬋漪來，眸光柔和，透著慈悲憐憫，並非可憐顧嬋漪，而是對世人一視同仁的憐惜。

「返家後過得可好？功課可有落下？」慈空住持招了招手，讓顧嬋漪到她跟前坐下，柔聲問道。

顧嬋漪自然報喜不報憂，另將盛嬤嬤與宵練介紹給住持認識。

盛嬤嬤雖不懂佛法，但心中甚是崇敬慈空住持，且兩人年歲相差不大，又因慈空住持照拂自家姑娘多年，盛嬤嬤心存感激，是以兩人說起話來甚是親近，並無半點生疏。

顧嬋漪見狀，站起身來，向兩位長輩說明要去山下莊子，午前定會回來用午膳。因擔心盛嬤嬤一人在寺中會不自在，顧嬋漪特地讓小荷留在寺中，她則帶著宵練去了山下莊子。

沿著山路向下，不多時便抵達目的地，宵練上前叩門，薛婆子罵罵咧咧地打開門，瞧見陌生的姑娘，撇了撇嘴，語氣狂傲。「妳是誰啊？知不知道這莊子的東家是誰，竟敢隨隨便便敲門！」

「薛嬤嬤，別來無恙啊。」顧嬋漪從宵練身後走出來，笑咪咪地看著薛婆子。

「哎喲！」薛婆子大驚失色。「老天爺欸！」

顧嬋漪微不可察地皺了皺眉，不等薛婆子反應過來，便上前推開大門，抬步往莊子裡走。「今日來寺中上香，想起往年多虧薛嬤嬤與喜鵲照拂，特來道謝。」

嘴上是這般說辭，然而一跨進莊子，顧嬋漪便直奔楚氏所住的院子而去。

顧嬋漪走得氣勢洶洶，宛若煞神，莊子上無人敢攔她，只得眼睜睜地看著她走向楚氏的院子。

臨近楚氏的院落，薛婆子見眾人實在是攔不住她們，只好扯著嗓子往院子裡喊：「三姑娘既然來了，不如先去前院坐坐，後山的果子熟了，昨日正好摘了不少。」

說著，薛婆子便要伸手去拉顧嬋漪，然而她的手將將伸出去，便被人狠狠地抓住，扭到了身後。

「殺人啦！殺人啦！」薛婆子痛得直呼，連聲討饒。「快鬆手、快鬆手，我的手要斷了！」

宵練面無表情地瞪她一眼，狠狠地甩開薛婆子的手。「我家姑娘身分尊貴，豈是爾等粗鄙之人可以隨便拉扯的?!」

第十七章　夜訪花街

顧嬋漪踏進院門，濃濃的藥香撲面而來，她頓覺不妙，大步走進裡間。

屋內光線幽微，楚氏坐在床邊，髮髻散亂，髮間多了許多白髮，神色憔悴。

聽到腳步聲，楚氏抬頭看過來，對上顧嬋漪的視線，眼底既驚喜又慌張。「三姑娘來了？」

顧嬋漪走上前，就見顧二郎躺在床上。「二兄這是怎麼了？可有請大夫來瞧瞧？」

「自是請大夫瞧過的，只說靜養便可。」一道嬌俏女聲在顧嬋漪的身後響起。

顧嬋漪回頭，這才發現屏風邊還站著一人，她扯了扯嘴角，皮笑肉不笑。「幾日不見，喜鵲越顯富貴了。」

喜鵲笑臉盈盈地屈膝行禮，抬手撫向髮間的金釵，又意味深長地瞥了眼楚氏。「楚姨娘見婢子首飾樸素，便賞了婢子幾支金簪。」

顧嬋漪意味不明地冷哼一聲，不再理她，而是走到床邊，微微傾身，看向床上的顧二郎。

雖然光線晦暗，但顧嬋漪還是一眼便發現了異樣——顧二郎的唇色發紫，不似重病，竟像中毒。

顧嬋漪瞇了瞇眼，朝身後的宵練使了個眼色，側身讓出半步。

宵練探身細瞧，心中已經有了答案，對著顧嬋漪點了點頭。

顧嬋漪站直，右手摸向身後的鞭子，冷冷地看了喜鵲一眼，視線最終落在楚氏身上。「楚姨娘，二兄這到底是生病了，還是中毒了？」

「三姑娘這話是何意?!難道我們這些下人敢給主子下毒？三姑娘可莫要冤枉好人！」喜鵲聞言，急忙跪在地上，搖頭擺手，連連喊冤。

顧嬋漪一直盯著楚氏，只見她身子瑟縮，低頭垂眸，不停以帕拭淚，遲遲不答。

顧嬋漪見狀，直接走到喊冤的喜鵲身前，一腳將她踹得翻了個身。

喜鵲以手撐地坐起來，難以置信且目露凶光地看著顧嬋漪。「妳竟敢踢我?!」

顧嬋漪微抬下巴，傲然地看著地上的人。「我乃鄭國公的嫡親胞妹，即便是立即打殺了妳也無妨，何況是踹妳一腳？」

喜鵲氣急，手忙腳亂地爬起身，作勢便要撲上來，被宵練眼明手快地箝制住，推到了外間。

裡間僅剩楚氏母子及顧嬋漪，顧嬋漪輕嘆一聲，走到楚氏身邊，聲音輕柔，帶著淡淡的安撫。「姨娘若有難處不妨直說，二兄若是中了毒，平鄴城中有許多好大夫，還怕解不了這毒嗎？即使尋常大夫看不了這病，還能請宮中御醫。」

顧嬋漪頓了頓，在楚氏身邊蹲下，微微仰頭看著淚流滿面的楚氏。「姨娘還不知道吧，北疆大捷，我阿兄不日便能回來了。」

楚氏神情驟變，她沈默許久，咬著下唇搖了搖頭。

顧嬋漪見狀，不再相勸，起身離開。

宵練見她出來，便鬆開不停掙扎的喜鵲，快步跟了上去。

主僕二人踏出莊子，薛婆子忙不迭地關上門，生怕她們殺個回馬槍。

顧嬋漪走了幾步，回頭看向大門緊閉的莊子，轉身對著宵練道：「走，我們悄悄潛進去，看看她們到底在耍什麼把戲！」

宵練自然點頭應好。「婢子剛剛瞧了，那座院子的西側院牆正對後山，可以翻牆進去。」

因楚氏是不受寵的妾室，自請來到莊子上，是以這裡的人從未將楚氏與顧二郎視為正經主子，他們母子所住的院子也非主院。

顧嬋漪與宵練沿著院牆抵達楚氏所在的院落，院牆不高，宵練攔腰抱住顧嬋漪，起落之間，兩人便站在了院內。她們小心地躲開院內的侍婢，摸到裡間的窗戶下。

戳破窗戶紙後，顧嬋漪探頭往裡看，卻見楚氏跪在喜鵲身前，連聲哀求。

喜鵲左手揉脖子，右手高高抬起，顧嬋漪定睛一瞧，喜鵲的手上是只白瓷罐子。「還算妳識時務，並未壞了二夫人的好事，不然妳便只能等著給妳兒子收屍了！」

只見喜鵲得意洋洋，絲毫不見剛剛被宵練箝制時的狼狽。

「姑娘行行好，快將今日的解藥給我吧。」楚氏不斷地磕頭，額間已然紅腫。

喜鵲輕蔑地看著楚氏，將手上的白瓷罐子扔在地上，看著楚氏爬過去。「二夫人說了，既然妳老老實實地交代了穩婆之事，看在妳尚未釀成大禍的分上，便將解藥給妳。」

她眼冒寒光，在楚氏即將摸到罐子的碎片時，一腳踩在楚氏的手上。「但若有下次，可沒那麼簡單了。凡事三思而後行，妳且想清楚自己的主子到底是誰。」

穩婆？穩婆！

顧嬋漪氣急，當下便要衝進去質問楚氏為何要交出穩婆，卻被宵練一手捂嘴、一手攔腰地抱住了。

宵練怕顧嬋漪衝動行事，急忙帶著她翻出院牆，直到遠離莊子、再看不見楚氏的院落，宵練才鬆開手。

「妳為何要攔我！」顧嬋漪氣得臉紅脖子粗，杏眼圓睜。

宵練蹲身行禮，冷靜鎮定道：「姑娘莫慌，那穩婆雖在二夫人的手中，但另有人幫姑娘看著她，不會讓人傷她性命。」

顧嬋漪聞言，稍稍冷靜，想了片刻才明白過來，眼睛一亮，脫口而出。「可是妳家王爺?!」

在楚氏屋中，顧三姑娘讓她上前察看顧二郎是否中毒時，宵練便知這位三姑娘已知曉她的真實身分，是以剛剛見到顧三姑娘如此慌亂時，她才道出實情。

「姑娘聰慧至極。」宵練淺笑。「王爺最初便不信楚氏會堅定不移地與姑娘合作，若顧二夫人用顧二郎的性命要挾，楚氏定會反水。

「王爺知曉穩婆對姑娘來說甚是重要，是以在楚氏尋到穩婆後，王爺便立即派人前去保護穩婆。」宵練看著顧嬋漪的眼睛，溫柔且堅定道：「即便穩婆此時在顧二夫人的手中，姑娘也無須擔憂她的性命。」

顧嬋漪愣住，她垂眸看著腳下的野草，心中既歡喜又酸澀，喃喃道：「他又幫了我。」在她還是靈體時，只能看著沈嶸幫她報仇，現在重活一世，她想親手報仇，最終卻還是要麻煩他。

若無沈嶸心細如髮、暗中相助，她手中沒了穩婆這個關鍵人證，即便日後大舅母和姨母抵京，甚至是阿兄回來，也不能將王蘊繩之以法。

宵練見狀，唯恐顧嬋漪鑽牛角尖，連忙勸解。「王爺僅僅是讓姑娘輕鬆些罷了。」

顧嬋漪原以為自己重活一世，便可護著沈嶸、保護老王妃，以報答前世之恩，結果還是讓沈嶸擔心了。

是她太過傲慢，仗著知曉前世之事，行事激進，卻未想過重生後細枝末節的改變，會引起許多事的變動。

顧嬋漪沈默不語地走進崇蓮寺，回到慈空住持所在的廂房，陪住持一道用午膳。

午後，慈空住持須帶著寺中比丘尼做晚課，顧嬋漪便未多留，告辭離去。

馬車上，盛嬤嬤與小荷見顧嬋漪悶悶不樂，不禁看向宵練，可無論她們兩人如何使眼色，宵練依舊笑臉盈盈，閉口不言。

盛嬤嬤正欲張口詢問，卻聽到顧嬋漪的聲音。「嬤嬤，車上可有紙筆？」

她連忙答道：「有的，老奴這便給姑娘找來。」

盛嬤嬤從車座下方拉出木匣子，放在几案上打開，筆墨紙硯俱全。

小荷研墨，宵練鋪開紙張，顧嬋漪手執毛筆，皺眉沈思。「嬤嬤，我記得族中叔公的獨子已逝，可是如此？」

盛嬤嬤想了好一會兒，才回道：「確實如此，叔老爺的獨子僅比老爺小幾歲，將將及冠，隨友人外出遊玩時不慎跌落河中，溺水而亡。

「叔老爺中年喪子，痛不欲生，老爺當初時常去探望、開解叔老爺，他才緩過來。」想到往事，盛嬤嬤輕嘆一聲。「老爺與大少爺先後出征，叔老爺皆來府上送過。」

顧嬋漪輕輕頷首，又問道：「嬤嬤可知叔公膝下是否有孫兒？」

盛嬤嬤又思索了片刻，肯定地搖頭。「叔老爺的獨子走得早，當時尚未婚配娶妻，並無子息。眼下叔老爺與嬸老夫人住在外城，叔老爺還開了間私塾，專為幼童啟蒙。」

顧嬋漪心中有數了，她斟酌片刻，寫好一封書信。

待墨跡乾透，顧嬋漪將信紙放入信封中遞給盛嬤嬤。「還請嬤嬤辛苦一趟，將此信送至叔公手中。」

她叮囑道：「叔公乃讀書人，一身傲骨，妳到他家後，若諸事安穩便罷，若兩位老人過得艱苦，妳就尋個由頭給他們留些銀錢。」

盛嬤嬤收好書信，聞言輕笑。「老奴明白。」

顧嬋漪頓了頓，繼續道：「嬤嬤順便瞧瞧那附近可有空置的院落出售，最好是在叔公住處的隔壁。」

盛嬤嬤面露不解，但見自家姑娘不願細談，便不再追問。

馬車剛駛進定西門，盛嬤嬤便下了馬車。顧嬋漪撩起車簾一角，目送盛嬤嬤走遠，這才讓純鈞駕車繼續向前走。

走了約莫半盞茶的工夫，顧嬋漪看到街邊的成衣鋪子，連忙出聲停車。她招手讓宵練到身邊，低聲耳語了幾句。

宵練先是詫異，後只能無奈點頭，下了馬車走進成衣鋪子。

小荷坐看著自家姑娘與宵練交頭接耳，直至宵練下馬車，小荷才坐到顧嬋漪身側。「姑娘可是煩心？婢子見姑娘從莊子回來後便心事重重。」

顧嬋漪猶豫片刻，還是將楚氏背叛之事告訴了小荷。

小荷氣得咬牙。「狼心狗肺之人，竟這般對姑娘！」

顧嬋漪面露不屑。「楚姨娘此舉實乃與虎謀皮，日後定無好下場，我們且等著瞧吧。」

宵練提著包袱踏上馬車，見小荷義憤填膺的模樣，便知小荷已知曉楚氏之事。她彎腰坐下，將包袱遞給顧嬋漪。「姑娘，您要的衣裳。」

顧嬋漪解開包袱，裡面是一套少年郎君的錦袍，以及兩套侍衛的窄袖衣裳。

展開錦袍，顧嬋漪在身上比了比，大小將將合適，她點了點頭，很是滿意。「不錯，再配上一把摺扇就更好了。」

小荷瞠目結舌，難以置信地看著自家姑娘。

顧嬋漪看向呆呆的小荷，揚唇淺笑。「晚間我與小宵及小鈞出去一趟，妳在家中等嬤嬤回來，萬不可讓她知曉此事。」

小荷撇撇嘴，面露委屈。「姑娘不帶我去嗎？」

她抬手點了點小荷的鼻尖，宛若引誘林間的白兔。「回來給妳帶糕點。」

顧嬋漪放輕聲音，溫柔哄勸。「嬤嬤是妳阿娘，唯有妳才能讓嬤嬤消氣。」

小荷輕哼，低頭喃喃道：「阿娘明明最聽姑娘的話了……」

主僕三人踏進府門，說笑著往聽荷軒走，卻在廊下被王嬤嬤攔住了。

「三姑娘讓老奴好等。」王嬤嬤屈膝行禮，陰陽怪氣道。

顧嬋漪冷哼一聲，抬步便要繞開她，卻見王嬤嬤側身擋住去路，眼露凶光。「三姑娘，二夫人有請。」

見狀，顧嬋漪只是面無表情地扯了扯嘴角，連眼神都欠奉，直接轉身離開。

王嬤嬤張嘴便喊：「三姑娘若是不去，日後可別後悔！」

小荷已經抬腳走了幾步，聽到這話，猛然轉過身來，走上前去指著王嬤嬤的鼻子。「嬤嬤若無眼疾，且隨我去外面瞧瞧，門口牌匾上寫的是鄭國公府，並非王家府邸！」

她單手扠腰，跺了跺右腳，說道：「嬤嬤且低頭。」

王嬤嬤及她身後的諸僕婦下意識地低頭，小荷又道：「嬤嬤腳下踩的亦是鄭國公府的地面，此處乃先帝賜予我家老爺的宅院，大少爺與姑娘才是這裡真正的主子。」

小荷微抬下巴，傲然的神情像極了顧嬋漪。「妳算什麼東西，竟敢威脅我家姑娘，我呸！」

說完，小荷瞪了她們一眼，去追顧嬋漪了。

這讓王嬤嬤氣得臉紅脖子粗，她抬手招呼身後的僕婦，欲將她們主僕抓回來，然而她的手將將抬起，便被宵練乾淨俐落地抓住了手腕，隨即傳出一聲悶響。

王嬤嬤難以置信地低頭，看著自己的手反扭向後，便要驚呼出聲，下一瞬，又是一聲悶響，手腕接回了原處。

脫臼接上，再脫臼再接上，宵練笑咪咪地折騰了六、七回，才鬆開王嬤嬤的手。

宵練笑吟吟地看向王嬤嬤身後的一眾僕婦，溫柔道：「妳們還想去追我家姑娘嗎？」

眾人驚駭不已，紛紛向後退了半步，恨不得立刻逃離現場。

小荷躲在廊柱後面，將宵練所行之事盡收眼底，她扯了扯顧嬋漪的衣袖，訝異道：「姑娘，小宵也太厲害了！平日見她溫柔可親的模樣，婢子還以為她是水鄉出來的大姊姊，誰知出手竟如此狠絕！」

顧嬋漪聞言，心中竟有「眾人皆醉我獨醒」的爽快，前世她初見宵練拔刀殺人時，反應亦如眼前的小荷。

見宵練走到近前，小荷毫不掩飾自己對她的崇敬，連聲問她剛剛是怎麼做的，待聽聞王嬤嬤的右手此後不能再做重活，須好生養著時，小荷差點大笑出聲，連道宵練做得好。

回到聽荷軒，顧嬋漪換上錦袍，一頭青絲束起，露出姣好面容。她頭戴金冠，手執灑金摺扇，腰間佩戴貔貅雙玉環，一副富家公子的模樣。

宵練與純鈞亦換上窄袖衣裳，隨顧嬋漪繞到後門，三人毫無聲息地離開國公府。

天色漸暗，顧嬋漪偏頭看向身後的純鈞，大大方方地問道：「你可知千姝閣在何處？」

話音落下，宵練看了眼顧嬋漪，又意味深長地看向純鈞。

純鈞雙眼瞪大，眸光閃爍，不自在地抓了抓後腦勺。「姑娘這話是何意？屬下……屬下從未踏足那種地方。」

顧嬋漪「噗哧」笑出聲，摺扇輕敲手心，笑而不語地看著純鈞。

純鈞背脊發涼，額頭上冒出一層細汗，只得硬著頭皮道：「在平南門邊上的紅杏巷子裡。」

「早說嘛。」顧嬋漪轉身，大步走向平南門。

純鈞在她身後辯解。「姑娘，屬下真的從未去過那種地方，之所以知曉，也是此前曾路過。」

顧嬋漪跟在沈嶸身邊多年，自然知曉純鈞從未去過煙花之地，只是瞧見純鈞如此窘迫的模樣，忍不住想逗逗他。

出了平南門，走進紅杏巷子，遠遠便能聞到一股脂粉味，絲竹之聲隨風飄來，纏綣溫柔，真乃靡靡之音。

顧嬋漪看著巷子口的三層高樓，回頭對著身後兩人道：「我是何人？」

宵練與純鈞不愧是沈嶸身邊的得力侍衛，短短一句話便明白了顧嬋漪的意思。

兩人對視一眼，齊齊抱拳行禮。「屬下見過公子。」

顧嬋漪滿意地點了點頭，「啪」地打開摺扇，昂首闊步走向千姝閣。

行至紅燈籠下，門口迎客的龜公一眼便瞧見渾身金光燦燦的顧嬋漪，頓時兩眼發光。

「公子快請！」

大紅燈籠，輕紗帷幔，人影幢幢，歡笑嬉鬧。閣中大堂搭有小舞臺，身形婀娜的舞娘於臺上起舞，另有歌女於臺後高歌。

顧嬋漪收起摺扇，雙手背於身後，好奇地打量四周。

前世沈嶸潔身自好，從未踏足秦樓楚館，她亦未來過煙花之地，不免對所見之景心生好奇。

駐足了片刻，顧嬋漪尚未聽完曲子，龜公便將鴇兒請來了。

身穿綾羅、頭戴金簪的鴇兒走上前來，將顧嬋漪仔細打量了一圈，意味深長道：「不知公子來千姝閣是玩樂呢，還是有旁的要緊事？」

鴇兒每日迎來送往，閱人無數，顧嬋漪自知她的打扮騙不了鴇兒，便直接道明來意。

「我要見牡丹姑娘。」不等鴇兒拒絕，顧嬋漪偏過頭，朝宵練使了個眼色。

宵練立刻從荷包中拿出一小錠金元寶，遞到鴇兒面前。

鴇兒頓時心花怒放，馬上收下金子，嬌笑道：「公子且隨奴家來。」

第十八章 運籌帷幄

穿過大堂至後院，沿著長廊而行，約莫半盞茶的工夫，鴇兒帶領三人走進一清雅小院中，流水聲響，琴音悠揚，廊下懸掛的銅鈴隨風而鳴，清脆悅耳。

鴇兒上前推開屋門，朝裡面喊道：「牡丹，接客了。」

說完，她回過身，對顧嬋漪笑道：「公子請進，奴家讓廚房送些酒菜過來。」

顧嬋漪以扇止住她。「不用備酒菜，也無須侍婢近前伺候，我有話要單獨與牡丹姑娘說。」

鴇兒面露難色，但見顧嬋漪身邊跟著兩個一看便不好惹的侍衛，只得點頭答應。

待鴇兒轉身離開，純鈞便立於門前，顧嬋漪與宵練則踏進屋內。

珠簾輕響，從裡間走出一位身形窈窕的佳人，長髮散於身後，鬢間僅簪一朵牡丹花，朱唇皓齒，盡態極妍。

「姑娘尋奴家有何事？」聲音輕柔婉轉，如林間畫眉。

顧嬋漪心中暗道，牡丹姑娘果然與外間迎客的其他花娘不同，身上既有讀書人的清貴傲然，眉眼間還有武將的英氣，難怪她的「好叔叔」會對牡丹姑娘念念不忘。

前世顧硯即使被關入牢獄之中，還是不忘打點衙役，讓衙役走一趟千姝閣，讓牡丹姑娘莫要掛心。奈何落花有意、流水無情，他入不了牡丹姑娘的眼。

「請坐。」牡丹走到桌邊斟茶，一舉一動皆似畫中人。

顧嬋漪在桌前坐下，打量著牡丹的神色。牡丹一眼就看穿自己是女兒身，與她說話自然無須拐彎抹角，顧嬋漪定定地看向她，直接道：「我為顧硯而來。」

牡丹將一杯清茶放至顧嬋漪身前，聞言面露詫異。她在顧嬋漪對面坐下，掩去眸中厭惡，冷聲道：「奴家對顧硯無意，姑娘不必在奴家身上浪費精力。」

顧嬋漪莞爾。「顧硯是我的叔叔。」

牡丹挑眉，嘴角微揚，眸光頓時柔和起來。「想必姑娘便是鄭國公的胞妹了吧。」

顧嬋漪頷首。「正是。」

牡丹淡然一笑。「姑娘有話不妨直說。」

「我知叔叔心儀於妳，但妳對他無意，且妳身陷此處，有諸多無奈。」顧嬋漪神情坦然自若。「我有法子助妳脫離賤籍，隱姓埋名在他鄉重新開始。」

見牡丹面色不變，顧嬋漪笑意不減，緩緩道：「我還能助妳洗清白氏冤屈，為你們一族平反。」

話音落下，牡丹頓時站起身來，難以置信地看著顧嬋漪。「妳怎知曉?!」

牡丹本名白芷薇，乃東慶州前都督白泓之女。

三年前，東慶州刺史吳銘上奏密摺，揭發白泓勾結倭人，裡應外合，製造倭人入侵假象，貪墨軍餉近百萬。

聖上當即派遣黜陟使前往東慶州，從白泓的住所搜出軍餉帳冊，以及白泓與倭人的通信。不僅如此，還有東慶州將士告發白泓，人證、物證俱全。

白氏三族男丁處以梟首之刑，三族女子皆入賤籍，在東慶州顯赫一時的白都督，至此家破人散。

正因此事，白芷薇委身進入千姝閣，但她聰敏機智，雖成為千姝閣的頭牌，豔名在外，卻仍是清白之身。

前世，沈嶸前往東慶州巡視時，被一男子當街攔下，男子在車前大喊冤枉。

沈嶸在東慶州停留半個月，將東慶州的官場翻過來徹查之後，還了白氏清白。

真正勾結倭人之人，即是東慶州刺史吳銘。白泓察覺此人有異，正欲向上稟明，卻反被吳銘栽贓嫁禍。

沈冤昭雪後，白芷薇恢復良籍，當初從白家抄走充公之物盡數歸她。白芷薇拿著這些東西回到東慶州，與為她喊冤之人喜結連理。

當初沈嶸辦理白氏冤案時，顧嬋漪亦隨之在側，曾感嘆白芷薇命途多舛卻勇敢堅強。白家出事時，白芷薇不足十五歲，可並未因此墮落沈淪，而是不斷尋求出路，還父親清白。

白芷薇扶著桌子緩緩坐下，嘴角緊抿，正色道：「姑娘既知白氏冤屈，定然也知曉奴家是何人。」

她打量著顧嬋漪。「姑娘的兄長雖貴為鄭國公，但他此時並不在乎鄴。並非奴家看輕姑娘，而是妳無依無靠，卻說能為白氏一族洗清冤屈，如何取信於人？」

「當初黜陟使從貴府中搜出帳本，卻遲遲找不到那筆丟失的餉銀，朝中人皆言百萬軍餉被白都督揮霍一空，然而抄家之時卻未搜出貴重之物。」顧嬋漪頓了頓，嘴角含笑，慢條斯理道：「這筆餉銀，盡數藏在吳銘府中的書房內。」

沈嶸帶人查抄吳銘的府邸時，亦未尋到軍餉，正愁眉不展之時，突然察覺書房的牆壁似乎比旁處更厚些，當即喊人來砸牆。

牆面敲開，眾人險些晃瞎了眼——書房的四面牆，甚至地板磚下，皆是黃燦燦的金子。

白芷薇面色大變，既驚又喜，雙眼發光。「姑娘此言當真?!」

顧嬋漪點頭。「自然是真。」

白芷薇深吸口氣，神情不似初見時無欲無求，而是神采飛揚。「姑娘要奴家做何事但說無妨，只要姑娘能為白氏一族平反，奴家亦可豁出性命。」

顧嬋漪淡然一笑。「無須豁出性命，只要妳明日見我叔叔一面。」

見白芷薇面露疑惑，顧嬋漪繼續道：「妳告訴我叔叔，若他願意為妳贖身，便嫁予他為妾，但若妳為妾，他的院中便不能有其他妾室，亦不能有妾室所出的子女。」

白芷薇立即點頭。「此事不難，奴家答應姑娘。」

瞧白芷薇答應得如此乾脆俐落，顧嬋漪先是愣了片刻，接著歪頭笑看她。「妳不怕日後真的成了我叔叔的妾室？」

白芷薇苦笑，抬手指向四周。「奴家乃千姝閣的人，即便姑娘無法為白氏一族平反，奴家也無怨。若奴家真成了他的妾室，好歹是良籍之身，不再困於這閣樓之中，到時自有別的法子鳴冤。」

坦然自若，心性堅定，並未因一時之苦而怨天尤人，更不會因一時受難而放棄自身。這樣的人，即便鎖於囚牢，也能掙脫鎖鏈尋到出路；便是處於暗室，也仍能鑿出一抹亮光。

她不是生於溫室的嬌花，而是荒漠中的荊棘。

顧嬋漪絲毫不掩飾自己對白芷薇的讚賞，她語氣誠懇地允諾。「妳若真成了我叔叔的妾室，那也太委屈妳了。放心，只須按我說的做，我不會讓妳真嫁給我叔叔的，他那種渣滓，不配。」

天色不早，顧嬋漪起身告辭，白芷薇親自送他們至院門口。

顧嬋漪回過身，看向立於院門邊、提著一盞燈籠的白芷薇，彎唇淺笑。「妳且安心，妳所牽掛之事，我定會為妳辦妥。」

白芷薇放下燈籠，朝著顧嬋漪恭恭敬敬地行了一禮。

三人行至前院，遇上早早等候在旁的鴇兒。

顧嬋漪嗤笑一聲，隨手將一錠金子拋過去，冷聲道：「今日之事，莫要多言。」

鴇兒忙不迭地收好金子，笑得見牙不見眼。「公子放心，奴家懂規矩，自會管好自己的嘴，不該說的，一個字也不會往外蹦。」

踏出千姝閣的大門，顧嬋漪渾身放鬆，不自覺地揚起笑意，抬腳便要往前走，卻被宵練扯住了衣袖。

天光幽微，宵練抬手指了指小巷另一側，淺笑道：「姑娘，且往那處看。」

顧嬋漪聞言，順勢轉頭看過去，頓時心下一驚。

小巷深處不知何時停了輛馬車，並不顯眼，與街上的尋常馬車無異，但顧嬋漪僅憑車前懸掛的燈籠便一眼認了出來。

她不自覺地往後退了半步，躲在宵練的身後，宛若做壞事被長輩抓個正著的孩童，慌張不已，連說話都帶著顫音。「他、他怎的來了?!」

顧嬋漪輕咬下唇，猶豫片刻後，還是走了過去。

湛瀘很有自覺地往後退開了半步，顧嬋漪見狀，再次踟躕不前。

「上來。」沈嶸的嗓音低沈，既有無奈，還有淡淡的寵溺。

看起來不像生氣的樣子……顧嬋漪心中大定，踏上馬車。

車內點著燈，沈嶸坐於左側，手捧書卷，瞧她進來，方將書卷放置一旁。

顧嬋漪乖乖在右側坐好，垂首低眉，雙手緊緊地攥著摺扇，不敢直視沈嶸。

馬車緩緩行駛，蹄聲噠噠。

沈嶸側過身子提起一旁的食盒，放在兩人之間的小几案上，打開食盒，裡面是八塊精緻小巧的糕點。

「聽母妃說，妳愛吃府中做的八色糕，便給妳帶了些。」

顧嬋漪心下一鬆，她抬眸小心翼翼地看了眼沈嶸，這才伸手捏起糕點。

出發前僅在家中吃了些茶點，在千姝閣時，顧嬋漪又不敢碰裡面的茶水點心，是以眼下腹中空空。

「為何會去千姝閣？」沈嶸忽然出聲。

顧嬋漪品嚐糕點的動作頓住，突然覺得嘴裡的點心沒味道了，她垂下頭，老老實實交代清楚。「東慶州前都督白泓的女兒在千姝閣中，臣女的叔叔對她情根深種，臣女欲借她之手將叔叔的妾室及庶出子女送出府。」

沈嶸聞言詫然。他前世從未在她的墳前提及白泓貪污軍餉的冤案，她怎會知曉白泓的女兒在千姝閣？「白泓之女有勇有謀，且防備心重，她不會輕易答應妳。」

顧嬋漪抬起頭來，眉眼之間透著一絲得意。「初時確實如此，但臣女承諾會幫她洗清白氏的冤屈。」

沈嶸挑眉，好整以暇地看著她，眸光探究且好奇。「妳打算如何幫她？」

顧嬋漪咬了下唇，不安地撇開視線，聲音細若蚊蚋。「臣女知道那筆消失的軍餉在吳銘的書房中，有這筆餉銀作證，自能還白都督清白。」

當著沈嶸的面說出這些話，顧嬋漪內心忐忑不已。她乃內宅女子，如何知曉白泓貪污軍餉乃是冤案，又從何處得知餉銀下落，這些細節她皆無法說清。

顧嬋漪既怕沈嶸不信她，又怕沈嶸信了，再追問她為何知曉。然而等了好一會兒，卻遲遲不見沈嶸開口。

她試探性地抬眸，卻對上沈嶸含笑的眸子。

「可是這次的糕點不合妳的口味？」

顧嬋漪低頭看向右手，那塊菊花模樣的糕點已被她捏碎，碎渣掉在衣襬上，甚是狼狽。

她滿臉通紅，甚是羞窘，左手慌亂地摸向腰間，奈何她在換衣時並未帶上隨身的帕子。

正著急間，眼前出現了一塊天青色繡竹紋的帕子。

顧嬋漪不敢抬頭，慌張地接過帕子擦拭手指與衣襬，聲音細小。「待臣女洗淨帕子後再還王爺。」

沈嶸垂眸，少女手中僅露出帕子一角，天青色襯得她的肌膚越加白皙。再抬眸時，能清晰地看見少女紅潤的耳尖、姣好的面容。

前些時日，母妃說的話，忽然迴響在耳旁。

到嘴邊的那句「這是本王貼身用的帕子，本王拿回去清洗即可」，便換成了另一句。

「白家之事牽扯甚廣，妳莫要插手。」

擔心顧嬋漪心急，沈嶸頓了頓，又道：「但妳想借她之手，將顧硯的妾室及庶出子女送出去，並不礙事。不過事成之後，莫再如此莽撞，私下去尋她。」

顧嬋漪雖感疑惑不解，但她看向沈嶸的眼神清澈明亮，好似在說「即便你並未告訴我緣由，我也會乖乖聽話」。

沈嶸心中一動，不自在地低頭，端起面前已然變涼的茶盅，一杯冷茶下腹。「千姝閣出入複雜，還是消息集散之處，魚龍混雜。吳銘既知白泓之女在此處，怎會不使人看著她？」

怕自己的語氣太過嚴厲，沈嶸放輕了語調。「妳今日貿然前去已是打草驚蛇，若事成之後仍去見她，妳猜吳銘會如何？」

顧嬋漪順著沈嶸的話想了片刻，猛然抬起頭來，直直地看著他的眼睛，既驚又怕。「斬草除根?!」

沈嶸點了點頭，她總算想明白了。

「在白氏洗清冤屈之前，臣女定不會再去尋她了。」顧嬋漪滿臉真誠地保證道。

沈嶸莞爾，眉眼溫柔。「白家之事且交予本王。」

顧嬋漪脫口而出。「有王爺料理此事，臣女再安心不過。」

言辭之間滿是對沈嶸的信賴，沈嶸甚是欣慰，心想前世那些線香紙錢並未白燒，換得今世她這般信他。

「王爺的箭傷可痊癒了？老王妃可還好？臣女這些時日不得空，待過完忠肅伯府老夫人的壽辰，臣女再去探望老王妃。」顧嬋漪道。

沈嶸聽到前半段話，雙眉舒展，正欲作答，可聽到了後半段話，他不禁皺眉。「要去忠肅伯府拜壽？妳又想如何？」

顧嬋漪垂眸，小心翼翼地往車門邊挪了挪，她的計策太過陰險，不好說與沈嶸聽。

沈嶸見顧嬋漪這般模樣，便知她打定主意閉口不言了。他無聲輕嘆，既是如此，那他與母妃也去忠肅伯府祝壽吧，若出了事，尚且能護一護她。

「箭傷已痊癒，母妃一切安好，只是時常念叨妳。」沈嶸仍放心不下，語氣輕緩地叮囑道：「忠肅伯府老夫人壽辰，不僅朝中權貴皆會出席，沈謙亦會赴宴。」

沈嶸想起前些日子平鄴城中的流言，頓時面露不悅，語氣嫌惡。「沈謙此人舉止輕浮，妳若遇見他，遠遠躲著便是，切莫讓他傷著妳。」

顧嬋漪乖乖點頭。「臣女日後見到他，定躲出三丈遠。」

沈嶸聞言，輕笑一聲。「有本王在，倒也無須如此。」

馬車緩緩停下，湛瀘在車邊輕聲道：「爺，到國公府後門了。」

顧嬋漪從馬車上下來，轉身正欲向沈嶸道別，卻見他亦從車上下來，手上還提著兩個食盒。一個是她未吃完的八色糕，另一個卻不知裝著何物。

沈嶸將食盒遞給她身後的純鈞。「進去吧，夜色深了，早些歇息。」

已是月末，空中無月，僅有清淺星光，即便如此，仍看得出禮親王府的年少王爺俊雅清高、英氣逼人。

即便前世日日伴在他的身側，此時顧嬋漪依然呆了片刻。

沈嶸不自在地輕咳一聲，顧嬋漪猛地回過神來，脹紅著臉，連送別之言都未說，慌慌張張地跑進府中。

一路疾走，晚風拂面，直至回首時再看不見後院大門，顧嬋漪才定住腳步，抬手摸向臉頰——微燙。她深吸了一口氣，緩步走回聽荷軒。

盛嬤嬤早在院中急得團團轉，聽到腳步聲，便迅速走向院門口。

瞧見自家姑娘回來，盛嬤嬤瞬間放鬆下來，及至顧嬋漪走到近前，她便聞到濃濃的脂粉味。「姑娘去了何處，身上的味道怎的……」

盛嬤嬤的話還未說話，顧嬋漪便心虛地打斷她，邊往裡走邊問道：「嬤嬤，叔公可有回信？」

「自是有的。」兩人走進屋中，盛嬤嬤不僅遞出回信，還拿出一張房契。「叔老爺家東側的兩進院子，屋主生意上銀錢不湊手，急著出售，老奴仔細瞧過，乾淨寬敞，便做主買了下來。」

顧嬋漪展開書信細細地看完，眉開眼笑，再見盛嬤嬤買下的宅院，心中更加歡喜，當即便要起身去東籬軒。但身上的氣味委實不太好聞，只好讓盛嬤嬤幫忙準備熱水，沐浴後再過去。

此時宵練提著兩個食盒走進屋中，將東西放在桌上。

顧嬋漪打開尚未見過的食盒，上面一層放的是尋常糕點，底下一層放的是她在老王妃馬車中吃過的那八色糕。

她心頭一暖，將那盒未動過的八色糕拿出來，轉手遞給身旁的小荷。「答應給妳帶的糕點，拿去吃吧。」

當初小荷亦在馬車上，她瞧見盒中的糕點，心中甚是詫異，但礙於宵練尚在屋內，便未多問，而是喜孜孜地接過盒子。「婢子多謝姑娘。」

將身上的脂粉香氣徹底洗淨後，顧嬋漪這才趁夜去了東籬軒。

抵達東籬軒時，院門已關，除院門口掛著的兩盞燈籠外，不見其他光線。

宵練輕輕叩門，過了好一會兒，才聽到內側有響動。

不多時，劉氏與苗氏各提著一盞燈籠，結伴走到院門邊，躡手躡腳地打開門。

瞧見外面站著的人，苗氏面露喜色。「門一響，妾便知是三姑娘來了，快請進。」

顧嬋漪走進院中環顧四周，低聲詢問。「此院說話是否穩妥？」

劉氏在前方照路，苗氏點了點頭。「三姑娘放心。」

第十九章　好戲上演

三日後，顧嬋漪坐於廊下，看著手心的帕子發呆，帕子已洗好晾乾，只是遲遲未尋到時機還給它的主人。

王嬤嬤再次來到聽荷軒，她此次倒是學乖了，站在院門口，對著正在修剪花枝的小荷賠笑道：「小荷姑娘，三姑娘可在院中？二夫人有請三姑娘，說是有要事相商。」

小荷似笑非笑地看她一眼，拍掉手上的枯葉。「嬤嬤且等著。」

她大步流星地走到廊下，藉著粗大廊柱擋住身形，眉飛色舞道：「姑娘，王嬤嬤又來了，自被小宵教訓後，她現在態度可是大不同了。她說二夫人有要事相商，請姑娘過去，也不知是不是鴻門宴……姑娘，我們不去了吧？」

孰料，她話音剛落下，顧嬋漪便收起手中的帕子站起身來。「走，過去瞧瞧。」

這幾日府中風平浪靜，但白芷薇既然答應她，便不會言而無信，約莫這兩日便會有消息。

顧嬋漪帶著小荷與宵練，跟著王嬤嬤去了菊霜院。

上次大鬧了一場，王蘊在見到顧嬋漪之後，仍能像無事發生一般，對顧嬋漪笑臉相迎，如此厚顏無恥，簡直讓人嘆服。

相比王蘊，顧玉嬌的神情倒是毫不掩飾，她朝顧嬋漪翻了個白眼，扭頭看向身側的盆景。

尚未徹底撕破臉，顧嬋漪不願落下話柄，微微屈膝行了一禮，方在側位坐下。「嬸娘急著叫我過來，所為何事？」

王蘊笑臉盈盈。「今日收到忠肅伯府送來的帖子，下月初二乃他們府上老夫人的壽辰，他們請我們過去吃酒看戲。」

她頓了頓，掩去眸中寒光。「老夫人知曉妳回都城了，特地叮囑妳那日一定得去。」

即便沒有老夫人特地邀請，顧嬋漪那日也會赴宴。「既是如此，到了那日，我便隨嬸娘與二姊姊一道過去。」

說完此事，顧嬋漪狀似無意地詢問。「我回來有一陣子了，怎的從未見到叔叔？莫不是出遠門了？」

聞言，王蘊臉色不變，倒是顧玉嬌氣勢洶洶地瞪了過來。「顧嬋漪！妳是故意的，妳明知我阿父……」

「閉嘴！」

顧玉嬌的話還未說完，便被王蘊厲聲打斷，只見顧玉嬌不服氣地指著顧嬋漪，說不出話來。

端起茶杯，顧嬋漪藉著喝茶的動作，掩去嘴角的笑意。

喝完杯中茶，依然不見唱戲人，顧嬋漪只好起身準備離開。

菊霜院的主人令人噁心，連帶這座院落也讓人心生不喜，將他們趕出去後，她定要將這些院落盡數翻新。「既然無旁的事，那我便先回去了。」

「慢著。」王蘊悠悠張口。「我還有事要問妳。」

顧嬋漪聞言挑眉，又坐下了，好整以暇地看著王蘊。

王蘊扶了扶髮間的金簪。「聽說前些時日，東籬軒的人去了聽荷軒，他們因何事尋妳啊？」

原來是想打聽這事啊……

顧嬋漪暗笑，抬頭看向王蘊，眼神真摯誠懇。「哦，他們拘了些首飾過來，說是往日祖母和嬸娘賞的，不知是不是御製之物。」

她刻意頓了頓，意有所指道：「是否御製，我瞧一眼便知，他們那些皆是尋常首飾。」

王蘊驚疑不定地看向顧嬋漪，正欲出聲詢問她是如何判斷的，卻被貿然衝進來的王嬤嬤給打斷了。

「夫人，老爺回來了！」

王蘊已對顧硯心灰意冷，聽到他回府，只是淡淡地點了點頭。「回來便回來吧，何至於如此莽撞地衝進來通報？」

只見王嬤嬤面色焦急，欲言又止，權衡片刻後，她迅速走到王蘊身邊附耳低語。

王嬤嬤說完兩、三句話，王蘊驟然拍桌，氣得面紅耳赤，但見顧嬋漪還坐在廳中，她強忍怒氣，扯出一抹極難看的笑。「嬸娘這兒還有事，便不留妳用午膳了。」

顧硯好不容易回府，又瞧王蘊這般氣急敗壞，顯然是白芷薇那邊出招了，她豈會在此關鍵時刻離開？

顧嬋漪皺了皺眉，恍若聽不出王蘊話中趕人的意思。「可是叔叔遇到難事了？叔叔是我的長輩，若有困難，小輩合該幫上一幫。」

見顧嬋漪坐在椅子上不動，王蘊緊抿著唇，正欲讓僕婦將顧嬋漪「請」出去，便見顧硯急急忙忙地走了進來。

「帳上有多少銀錢，盡數取來給我。」顧硯彷彿看不到旁人，逕自走到王蘊身邊冷聲道。

三角眼、塌鼻梁，尖嘴猴腮，身形消瘦，似乎一陣強風颳過，便能將他吹上天去。他與王氏不愧是親生母子，兩人有八分相像。

顧硯站於廳中，身上濃濃的脂粉味在幾息之間便瀰漫整個廳堂。

稍稍一聞，顧嬋漪便知是千姝閣的脂粉香，其中還混雜著難以言喻的熏香，她頓時皺緊眉頭，身子往後縮了縮，儘量離顧硯遠一些。

顧玉嬌見到父親，原本滿臉歡喜，但顧硯行至眼前時，脂粉香撲面而來，她豈會不知父親是打何處而歸，表情頓時一垮。

她的眼尾餘光瞥見顧嬋漪往後躲避的模樣，頓覺屈辱難堪，臉色煞白，只得握緊椅子扶手，強挺著才未起身離去。

「老爺可知帳上有多少銀錢，開口便說要取走全部的銀子?!中秋將近，各處的節禮皆須預備齊整，哪有多的銀錢給老爺。」王蘊被顧硯的話駭了一跳，根本顧不上屋內還有兩個年少女郎，語速極快地解釋道。

顧硯連連冷笑，面露不屑與鄙夷。「若是旁人便罷了，老子豈會不知妳手中有多少東西?快些將銀子拿出來，否則老子定不讓妳好過!」

王蘊還想繼續堅持，卻見顧硯冷冷地看著她，語氣冰寒刺骨。「妳有多少把柄在老子手上，且細細地想明白，再說給還是不給?!」

王蘊皺眉沈思，見顧硯的態度與往日不同，此次顯然並非玩鬧，若是不將銀子拿出來，魚死網破之事，顧硯並非做不出來。

她轉過身，對王嬤嬤眨了眨眼，方道：「去帳房拿帳本，再將帳房先生請來，免得老爺以為我們誆騙他。」

王嬤嬤急急忙忙地退了出去，王蘊皺眉看向廳中的另外兩人，已顧不得在顧嬋漪的面前裝好嬸娘。「還坐著做什麼?長輩有話要說，妳們快回自個兒的屋子。」

顧玉嬌迅速站起身，快步走到顧嬋漪面前，伸手便要拉她起來，卻被顧嬋漪迅速地躲開，她不禁咬唇跺腳。「快跟我走!」

好戲剛開場，顧嬋漪如何捨得走？她如老僧入定般，不動如山。

見狀，顧玉嬌朝身後的侍婢使眼色，侍婢卻驚顫地盯著顧嬋漪身後的宵練，遲遲不敢上前，甚至還往後退了半步。

顧玉嬌只好自己動手，但自小嬌養的女郎，如何拉得動已練鞭一個多月的顧嬋漪？

她既急又氣，腦門上冒了一層汗，正欲斥罵兩句，便聽到一陣哭鬧聲由遠及近。

「老爺……老爺！妾做錯了何事，老爺竟狠心要將妾趕出府去?! 妾為老爺生兒育女，老爺為何要趕走妾？三郎……你去得太早了，若是有你在，老爺看在你的分上，興許不會趕妾走了！」

「老爺，妾亦為您生下一兒一女，四郎雖資質平平，但好歹是您的兒子，您竟狠心要將我們母子趕出府去？老爺，若是妾出府便罷了，可憐四郎還未及冠，此時讓他出府，教他如何活啊……」

不多時，顧長安扶著劉氏、顧玉清攙著苗氏，一起踏進屋子。四人齊齊朝著顧硯跪下，劉氏與苗氏捧心而泣，顧長安垂首低眉，顧玉清則以帕拭淚。

「老爺，妾伺候您二十餘年，您當真要將妾趕出去?!」劉氏膝行至顧硯身旁，扯著他的衣袍放聲大哭。

苗氏見狀亦道：「妾雖是花娘，但隨老爺回府時仍是清白之身，這二十餘年來安分守己，並未犯錯，老爺竟如此狠心？」

她爬至顧硯身邊，梨花帶雨，眼眶通紅。「老爺難道忘了當初替妾贖身時所說的話了嗎？」

王蘊看著面前這場鬧劇，甚是震驚，然而驚詫過後，心底卻是難以自抑的歡喜。

她厭煩劉氏與苗氏已久，奈何兩人皆育有子嗣，不得隨意發賣，她才忍至今日。如今無須她出手，顧硯便主動將他們趕出去，如何不令她歡喜？

況且顧四郎是男丁，即便是庶出，日後也會分去家財，若現下將他趕出府去，那二房的東西日後便全是她家五郎的。

想通其中關竅，王蘊高坐上首，甚至端起桌上茶盅作壁上觀。

哭鬧聲一陣高過一陣，顧玉嬌聽清傳來的話音，難以置信地看向自己的父親。

可一見到顧玉清白皙細嫩的臉龐，顧玉嬌不禁妒火中燒，隨即難以控制地揚起一抹淡笑，也不急著趕走顧嬋漪了，在旁邊安然坐下。

顧硯被她們吵得頭疼，左腳踢劉氏，右腳踢苗氏。「你們幾個若是乖乖離府，我尚能給一筆銀錢，若是繼續胡攪蠻纏，便直接打出府去！」

「孽障！」王氏大步走進屋中，舉起手中的楊杖作勢要打顧硯，卻被他側身躲過，她氣急卻無可奈何，只得以杖擊地。「真是孽障！」

顧硯一眼瞧見在門邊探頭探腦的王嬷嬷，頓時明白今日恐怕是拿不到銀錢了，他偏頭怒瞪王蘊，咬牙切齒，卻未多言。

王氏瞧見哭哭啼啼、跪了一地的人，怒問顧硯。「你這孽障又要做什麼?!」

但見王蘊垂眸走上前，攙扶王氏在上首坐下，自己則靜立在側。

顧硯站在下首，瞥了王蘊一眼，冷聲道：「兒子想將他們趕出去，府中銀錢不多，不養閒人。」

王氏驚愕不已，指尖顫抖地指著顧硯，半晌說不出話來。「你……你！你真要氣死我才甘心?!」

誰知顧硯完全無動於衷，打定主意要將他們趕出去。

王氏氣得直撫胸口，一旁的王蘊眼珠轉動，微微傾身湊到王氏耳邊小聲低語，王氏的動作漸漸頓住，眼神游移不定地看向顧長安與顧玉清。

「祖母，我倒有一法子。」顧嬋漪慢條斯理地站起身，笑臉盈盈地走上前。「他們仍是顧氏子孫，但叔叔日後在府中亦瞧不見他們。」

話音落下，在場諸人齊齊看向顧嬋漪。

「族中叔公中年喪子，膝下無孫，與嬸婆相依為命。」顧嬋漪低頭看了眼顧長安，再抬頭道：「不如將四兄和妹妹過繼給叔公。

「至於兩位姨娘，不如一道送過去，讓她們在叔公身邊孝敬，算是叔叔的一番孝心，這樣消息就算傳出去，也無損叔叔、二姊姊和弟弟的名聲。」顧嬋漪眉眼含笑。「不知祖母、叔叔、嬸娘意下如何？」

聽完這番話，王氏眉頭微皺，若有所思。

王蘊倒覺得可以一試，劉氏與苗氏到底是府中的老人，又為顧硯生兒育女，若貿然趕出府去，外人如何看待二房？既然過繼給了旁支，日後定無法再與她的五郎爭奪家財，且顧四郎生性懦弱，即便不在府中，她依然能拿捏住他。

顧硯可以不要臉，但她和她的兒女們可不能不要面子，眼見兒女們皆有好前程，她萬萬不能讓顧硯毀了他們的名聲。

聽到顧嬋漪的話，顧硯眼睛一亮，喜上眉梢，急急道：「母親，兒子覺得此法極好！」

王蘊見狀，立刻出聲應和。「兒媳亦覺此法甚妙。」

沈默了片刻後，王氏只好點頭。「去請人過來。」

屋外候著的僕婦陸續離去，或去請族老，或去請叔公。

該說的說完了，顧嬋漪回到位置上安安穩穩地坐著，甚至吃了塊點心——太乾太硬太難吃，她咬了一口，便嫌棄地放下了。

顧玉嬌坐在顧嬋漪的身側，將她的一舉一動盡收眼底，嘴角微撇。「在寺中粗茶淡飯，便吃不慣好東西了，真是沒見識！」

族老等人還未來，顧嬋漪有興致陪顧玉嬌聊聊。「這款牛乳糕，應用七分水磨糯米粉，配三分粳米粉，再加上新鮮牛乳，方能軟硬適中，乳香濃郁。」

她抬手虛虛地點了點那盤糕點，輕笑一聲。「這碟子裡的牛乳糕，水磨糯米粉與粳米粉應當是五五分，且用的並非是今日出的新鮮牛乳，是以味道並非上等，妳若不信，可讓後廚僕婦按我的方子試試。」

「妳胡說！後廚製作糕點的廚娘，可是城中知名酒樓的白案師傅，定是妳從未吃過，怕我笑話妳，便胡謅一通！」顧玉嬌冷哼，不服氣地爭論。

顧嬋漪聞言，秀眉輕輕一挑。

崇蓮寺香火鼎盛，僅比護國寺略遜一籌。寺中每日接待的香客甚眾，其中更有許多達官顯貴、世家夫人。這般寺廟，吃食怎會簡陋，自然是無所不精。

顧玉嬌卻以為她一直在山中苦修，過的日子與村中農婦無異，每日粗茶淡飯、鶉衣百結，殊不知她得慈空住持親自教導，寺中比丘尼亦友善待她。

面對顧玉嬌這般無知且可笑之人，顧嬋漪不屑再與她糾纏，只無所謂地點了點頭，敷衍道：「約莫是吧。」

大半個時辰後，叔公及眾族老前後抵達，一行人移步至後院的顧家小祠堂。祠堂門開，屋內點燃長明燈，香火繚繞，桌上擺放著顧氏列祖列宗的牌位，氣氛莊嚴肅穆。

族老們坐於左側，王氏及顧硯坐於右側，其餘女眷和小輩們則站在他們身後。

坐在左側首位的乃是現任的顧氏族長，名喚顧榮柏。五十歲上下的中年男子，下巴蓄鬚，濃眉大眼，背脊挺直，僅是安靜地坐在那兒，便有浩然正氣。

顧榮柏看向王氏，正色道：「五嬸急急忙忙地接我們這些人過來，不知所為何事？」論排行，顧嬋漪的爺爺在族內同輩男丁中行六，顧榮柏的父親則行一，因此他稱王氏為五嬸；而顧長安與顧玉清要過繼的叔公，則於同輩男丁中行七，是年齡最小的。

王氏自身心術不正，且年輕時苛待繼子，被當時的族長，即顧榮柏的父親當眾斥責怒罵，她至今記憶猶新。是以王氏對上顧榮柏便發怵，只得朝身後的王蘊使了個眼色，讓王蘊開口。

王蘊點點頭，緩步走到正中央，朝各位族老屈膝行禮，笑得很是賢良淑德。「叔叔夫妻無子孫在旁服侍，婆母便想讓四郎和四姑娘過繼給叔叔。」

顧榮柏聞言，皺眉看向垂首站立的兩個小輩，面露不悅。

他雖不在國公府，但因他妻妹宅院的後方便住著給顧長安授課的先生，是以他知曉顧長安並非愚鈍之人。

顧長安雖是顧硯的庶子，但他的親大伯乃是顧川，大堂兄更是即將凱旋的鎮北大將軍顧長策，如此身分，可比族中叔叔的嗣孫更有利於日後的仕途。

他指著顧長安道：「四郎過來，我有話問你。」

只見顧長安垂頭耷腦、畏畏縮縮地走上前。「族長。」

顧榮柏見他這般爛泥扶不上牆的樣子，便是滿肚子的火。「你祖母和父親說要將你過繼給你叔公，你自個兒是如何想的？」

聞言，顧長安抬頭，小心翼翼地看向顧硯，卻被顧硯冷冷地瞪了一眼，他頓時如受驚般身子微顫。

顧長安沈默片刻，方唯唯諾諾道：「我自是願意的。」

他們父子之間的互動自然沒逃過顧榮柏的眼睛，他沈聲問道：「你當真願意?!」

顧長安頷首，語氣堅定了幾分。「當真願意。」

既是如此，顧榮柏還有何話好說，他擺擺手讓顧長安暫退一旁，又將顧玉清叫到跟前問過，顧玉清亦是點頭應允。

第二十章　證物到手

問過兩個孩子，顧榮柏轉頭，對著身旁的老人恭敬道：「堂弟走得早，小叔叔遲遲未過繼子嗣，如今眼前便有兩個好娃兒，不如記在堂弟名下，日後讓他們兩人替堂弟在小叔叔身邊盡孝，您意下如何？」

顧嬋漪的叔公顧新開了私塾，因常年與啟蒙幼童相伴，說話的語調甚是平緩，且性子隨和、舉止文雅。

他定定地看向顧長安，又看向顧玉清，看了好一會兒，方笑著捋鬍，暗暗點頭，卻並未急著答應。

接著，顧新轉頭看向對面的王氏，緩緩出聲。「若兩個孩子記在吾兒名下，日後便是吾家孫兒及孫女，他們日後娶妻生子或選婿出閣，僅須吾與吾妻點頭應允，不容旁人置喙。」

他的語調雖然緩慢，但言簡意賅。「族譜更改，吾是他們的祖父，吾妻便是他們的祖母，吾兒更是他們的父親，其餘皆是外人。」

說著，顧新頓了頓，笑咪咪地對著王氏道：「如此，六嫂可想清楚了？」

王氏不禁有些遲疑，抿唇不語；王蘊也擔心日後顧長安等人脫離自己的掌控，面露猶豫。

顧嬋漪眼見狀況不妙，連忙偷偷扯了扯劉氏的衣袖，劉氏並不傻，很快便明白了顧嬋漪的意思。

劉氏頓時哽咽抽泣起來，聲音在肅穆的祠堂中甚是清晰，她泫然欲泣地看向顧硯，柔聲道：「老爺當真要將四郎過繼嗎？」

見她那梨花帶雨、楚楚動人的模樣，王蘊頓時怒火中燒，心底那微不可察的猶豫瞬間消失，恨不得立刻將他們母子趕出府去。

顧硯看到劉氏，便想到翹首引領等他前去贖身的牡丹，他嫌惡地偏過頭，迅速開口道：「他們兩人過繼之事，我便能做主應允。」

誰知顧新並未理會顧硯，仍舊笑咪咪地看著王氏。

王氏見兒子這般果決堅定，兒媳又未阻攔，只得點頭。「若過繼給堂弟，且族譜更改，他們日後自然是堂弟的孫輩，我又怎會再插手他們的事？」

顧新聽到這話，心中大定，這才轉頭對著顧榮柏淺笑。「那便請族譜吧。」

請族譜將諸事更改妥當，另立文書寫下過繼之事，顧榮柏執筆，特地將顧新方才所言盡數寫下來。文書傳與眾人審閱，在場諸人除了顧嬋漪、顧玉嬌、劉氏與苗氏之外，皆按下紅指印，過繼一事便塵埃落定。

顧嬋漪微微鬆了口氣，劉氏與苗氏心中大石亦落地，悄悄低頭掩下嘴角笑意。

散會後，顧嬋漪緩步踏出祠堂，如今她只須坐等顧長安上門了。

傍晚，晚霞染紅天際。

小荷在院中清掃落葉，純鈞在廊下點燈，盛嬤嬤正在小廚房交代廚娘做晚膳，顧嬋漪則在宵練的陪伴下認真練鞭子，每人臉上皆帶著笑意。

夕陽徹底落下，餘暉散去，秋風乍起，平添涼意；燭光融融，食物的清香瀰漫小院。

顧長安提著小包裹，靜靜地站在聽荷軒門外，看著裡面的諸人諸事，不由自主地彎起唇角。他定定地看了片刻，方抬步走進院中。

宵練率先發現他。「姑娘，顧公子來了。」她不知顧長安如今在族中行幾，便以「公子」稱之。

顧嬋漪邊收鞭子邊回身，看到意料之中的人出現，心下稍安，面上卻表現出詫異的模樣，恍若不知他會過來。

「長安阿兄怎的來了？」顧嬋漪眉眼含笑。「我們進屋說話。」現在顧長安已經是顧新的孫兒，顧嬋漪自然不能再稱呼他為四兄。

顧長安右手拎包裹，左手提衣袍，跟著顧嬋漪走進正廳。兩人先後在桌邊坐下，小荷端來茶水與點心，便輕手輕腳地退了出去。

男女有別，且無長輩在屋內，是以兩人並未關門，且院中盡是自己人，即便敞開門說話也無妨。

顧嬋漪率先出聲。「一切可收拾妥當了？」

顧硯堅決要將劉氏、苗氏趕出府去，且顧長安與顧玉清已經是顧新的孫子女，因此送走諸位族老後，顧硯便歸還兩人身契，又給了一筆銀錢，令她們今日出府。

這樣一看，顧硯此人著實無情無義，歡喜時便將人捧至手心，無所不依；若對方褪盡風華、青春不再，則棄之如敝屣，恍若往日的恩愛皆是過眼雲煙。

顧嬋漪最厭惡這種人，劉氏與苗氏在年華正好時成為顧硯的妾室，奈何顧硯並非長情之人。她們在後宅蹉跎歲月，現下終於脫離苦海，顧嬋漪也為她們高興，既已取回身契，顧嬋漪便稱她們為嬸娘，而非姨娘。

只見顧長安眉眼舒展，態度自信且放鬆，絲毫不像在祠堂中那般怯懦。「皆已收拾妥當，多謝妹妹提前置辦好宅院，阿娘、嬸娘和小妹已經搬過去了。此事能如此順利，皆因有妹妹在背後出謀劃策、運籌帷幄。」

說罷，顧長安站起身來，對著顧嬋漪長揖一禮，神情嚴肅，滿含感激。

顧嬋漪偏身躲過，伸手虛虛地扶了扶。「長安阿兄此話便外道了，我們本是一家人，何須言謝？」

行完禮，顧長安方回身坐下，伸手打開帶來的小包裹。

顧嬋漪的心微微一提，目不轉睛地看著他的一舉一動，雙手輕攥成拳。

布包打開，裡面是一本小冊子，以及一個巴掌大的小瓷罈。

顧長安將兩樣東西推到顧嬋漪面前，垂眸抿唇，過了片刻方道：「這小瓷罈裡面裝的是藥材，小冊子則記載了小王氏往外放印子錢的部分帳目。」

頓了頓，顧長安猶豫片刻，還是先將小瓷罈下面的小冊子拿了出來。

「自妹妹去崇蓮寺後，宮中賞賜盡數落入大小王氏手中，小王氏的胃口越來越大，竟大著膽子往外放印子錢。三年前，我阿娘前去菊霜院請安，正巧撞見小王氏行事，雖然小王氏及時遮掩，但我阿娘還是一眼看破，她除了悄悄告知我外，並未再告訴旁人，連苗嬸娘也不知。」

自古以來，印子錢這種高利放債的方式令不少窮苦人家破人亡、賣兒鬻女。大晉立國便明文規定，禁止民間私自發放印子錢，若被發現，輕則抄沒家財，重則流放千里。

「小王氏賣掉我阿姊，得五萬兩銀子仍不知足，竟膽大包天，行此禍連全族之事。」顧長安咬牙，深深地吸了口氣，氣憤之情才稍緩。

「我得知此事後，便令人偷偷監視小王氏的一舉一動，如此方找出部分拿印子錢的農戶，記在冊子上，只等長策阿兄自北疆歸來後再發落小王氏。」顧長安隨意翻開一頁，手腕輕轉，讓小冊子正對著顧嬋漪。

當顧嬋漪垂眸看清上面的字跡時，目光一凜。「九出十三歸，利息驚人，王蘊還真不怕撐死！」

萬幸，顧家大房與二房早已分家，如若不然，此事被外人揭發，御史上奏天聽，定牽連阿兄。話雖如此，顧氏一族還有許多親人，王蘊如此無所畏懼，簡直是個禍害！

顧嬋漪細細地翻看完帳本，雖然上面記載的農戶不多，但所發放的印子錢數量之巨，已能判王蘊流放之刑。

她抬頭對顧長安正色道：「長安阿兄放心，我既得知此事，定不會讓王蘊之禍牽連全族。」

顧長安淺笑著點點頭。「有長策阿兄和妹妹在，我自然安心。」

說罷，顧長安垂首低眉，定定地看著小瓷罈，片刻後方緩緩道：「這是妳出生那日，穩婆為伯母所煎之藥的藥渣。我外祖乃赤腳郎中，是以我阿娘懂幾分藥理，她懷我阿姊時，曾去過楚氏的屋中，楚氏所喝安胎藥的味道，似乎與尋常安胎藥不同。但楚氏乃小王氏的陪嫁，是以我阿娘並未有所懷疑。」

顧嬋漪死死地盯著小瓷罈，神色嚴肅地聽著顧長安訴說往事。

「我阿娘生阿姊時的穩婆，與為楚氏接生的穩婆乃是同一個，因生的是女兒，一切平安，我阿娘仍未多想。然而隨著時間過去，二郎阿兄遲遲不會行走說話，且神情癡傻，阿娘便起了疑心。因此阿娘懷我時，事事小心，不敢吃用小王氏送過來的東西。」

顧長安微微抬頭吐了口氣，他端起半涼的茶盅，仰頭喝盡。他有些用力地放下茶盅，眸光冰涼、陰鬱且憤怒。

「阿娘生產時仍是那位穩婆接生，在我落地後，穩婆端來一碗湯藥，說此藥能固本培元，乃養身子的良藥。但我阿娘以前是樓裡的姑娘，曾為樓中姊妹送過不少避子湯、絕子湯甚至落胎湯，這些湯藥中皆有紅花，她一聞便知曉裡頭有這東西，她驚慌失措之際，苗嬸娘進房看見，用力打翻了湯藥，如此方保住一命。」

顧嬋漪眸光濕潤，眼淚無聲地落下來。她小心翼翼地伸出手，想碰卻又不敢碰，怕自己一不小心便毀了這份好不容易才保存下來的物證。

「當初伯母生妳時，我阿娘瞧見進府的還是那位穩婆，放心不下，便乘機潛進了松鶴堂。」顧長安看著落淚的顧嬋漪，聲音不由自主地變輕。「奈何還是遲了一步，穩婆已餵伯母喝下了湯藥，阿娘別無他法，只好去廚房偷偷將藥渣掉包，藏了起來。」

紅花有活血化瘀之功效，然而剛剛生產後的婦人若在此時服用大量的紅花，容易導致大出血，性命難保。若不是當初顧嬋漪的父親已是朝中將領，及時請來御醫，恐怕她的母親當日便去了。

顧嬋漪胡亂抹乾淨臉上的淚水，起身屈膝，對著顧長安行禮，語帶哽咽道：「多謝長安阿兄和嬸娘，不僅將此事告知於我，還將物證保留妥當。」

前世沈嶸回到平鄴調查她的死因時，東籬軒已人去樓空，更遑論這兩樣物證。

沈嶸得知國公府諸位兒郎的異樣後，直覺府中婦人生產之事有異，恐涉及後宅陰私。

無奈沈嶸手中只有人證而無物證，且穩婆死不開口，他只得用其他罪名處置穩婆。至於王氏與王蘊，沈嶸也沒讓她們好過，皆繩之以法。

今世顧嬋漪出手幫東籬軒諸人，僅是因為劉氏及苗氏能在王蘊的眼皮子底下生下孩子並撫養長大，想來並非愚笨之人。

況且劉氏與苗氏一直待在府中，常年陪伴王氏與王蘊，手中應當會有那兩人的把柄，即便沒有把柄，也能瞧出反常之處。

她只須抓住這些把柄，或根據反常之處抽絲剝繭，便能尋到王氏和王蘊更多的罪證。層層罪名壓在身上，日後定能讓王蘊被處以梟首之刑。

顧嬋漪咬著牙，定定地看著桌面上的小瓷罈，眸光冰涼狠戾。

梟首之刑恐怕是便宜了王蘊，難消她心頭之恨！

顧長安連忙起身躲開顧嬋漪行的禮，此次換成他虛虛地抬手。「妹妹既說我們乃一家人，眼下又何須行此大禮？」

行完禮後顧嬋漪方起身，她看向顧長安的眼睛，嚴肅正經。「此物事關重大，長安阿兄當受此禮，待阿兄歸來，我們必定登門拜謝。」

兩人落坐後，顧長安從袖口處拿出一張紙箋，展開後遞給顧嬋漪。

顧嬋漪雙手接過，只見紙箋上寫的是平南門邊上的一家藥鋪。一見是藥鋪，她便明白定是那穩婆抓藥的地方。

果然，顧長安開口道：「前些時日，阿娘從聽荷軒回到東籬軒後，便將前塵往事皆告知於我，我便出府去尋那穩婆。然而穩婆不在家中，其鄰里亦說許久不見她，我便打聽到她素日在這間藥鋪抓藥。」

顧長安停頓片刻，面帶羞窘。「我找上門去，藥僮和掌櫃卻不願將十六年前的帳本拿給我看。」

點點頭，顧嬋漪妥帖地收好紙箋。顧長安見狀，心中大石落下，既然諸事已交代齊整，他便起身告辭。

顧嬋漪送他到院門口，將燈籠遞給他。「長安阿兄日後定高中榜首，前程似錦，青雲直上。」

雖然是美好祝願，但她的語氣甚是篤定，原因無他，前世的顧長安便是透過科舉成為朝中棟梁。

聞言，顧長安愣了愣，彎唇淺笑。「多謝妹妹吉言。」

聽荷軒的書房，燭火亮了整夜。

盛嬤嬤晨起時看見書房內的燈亮著，頓時一驚，快步走到廊下。

小荷倚柱而眠，身上蓋著披風，睡得臉頰泛紅；宵練則是雙手抱臂，坐在小荷旁邊閉目養神。

宵練聽到腳步聲，猛然睜開雙眼，眼眸銳利，看清來人後，她的眼神變得柔和，低聲道：「嬤嬤。」

盛嬤嬤皺眉指向書房，面露擔憂。「姑娘一直在裡面嗎？」

宵練頷首。「昨日用過晚膳後，姑娘便進去裡頭，整夜未出。」

聞言，盛嬤嬤眉頭緊鎖，她踟躕片刻，走到書房外輕輕叩門，喚道：「姑娘，寅時未了，回屋歇歇吧。」

盛嬤嬤側耳細聽，書房內卻無絲毫聲響，她心中越發著急，正想推門而入，房門便剛好打開。

顧嬋漪站在書房內，眼底青黑，眼中帶著血絲，顯然一夜未睡。

盛嬤嬤見狀，急急道：「姑娘可是遇到了難事？不如說與嬤嬤聽，嬤嬤雖老了，但腦子還使得動。」

顧嬋漪搖搖頭，從書房內走出來，沿著長廊慢慢走向寢屋，換下衣裳，在床上躺下。

與顧長安談完話，顧嬋漪徹夜未眠，將王蘊所做之惡事一一寫下理清，她已等不及將王蘊扭送見官，然而當務之急卻是要將二房趕出府去。

她必須養精蓄銳，待天色大亮，才有足夠的精力收拾他們。

思及此，顧嬋漪閉上雙眼，緩緩入睡。

雞鳴天亮，聽荷軒內其他人陸陸續續醒來，得知自家姑娘昨夜未睡，此時尚在休息，眾人做事時皆不由自主地放輕動作，不敢發出半點聲響。

剛剛到辰時，聽荷軒的院門便被人重重拍響。「開門，快開門！」

盛嬤嬤柳眉倒豎，連手上的擀麵棍都來不及放下，氣勢洶洶地從小廚房內衝出來，直奔院門而去。

瞧見門外的王蘊等人，盛嬤嬤嘴角勾了勾。「不知二夫人大清早就來聽荷軒，所為何事？」

王蘊面色冰涼，嘴角緊繃，並未作答，而是偏頭看向王嬤嬤。

只見王嬤嬤先探頭瞄向院內，並未瞧見宵練，這才挺著胸膛走上前。「三姑娘在何處？我家夫人有事問她。」

說罷她作勢便要往裡面衝，卻被盛嬤嬤伸手攔下。

既然對方來者不善，盛嬤嬤也不願給她們留臉面了，她扯扯嘴角，口吻不屑。「我家姑娘不得空，二夫人不如改日再來。」

遠處的小荷見勢頭不妙，連忙轉身去尋宵練，當她急急忙忙地衝進屋內時，卻見宵練已起身，臉上不見絲毫疲憊。

宵練隨手將長髮束起，大步往外走。「走，去瞧瞧她們到底要做什麼。」

小荷笑得眉眼彎彎，喜孜孜地抄起門邊的兩把掃帚，追上宵練。「拿去，一人一把。」

王嬤嬤一邊推著盛嬤嬤，一邊高聲喊道：「我家夫人眼下便要見她，讓我們進去！」

說著，她回頭朝身後的眾僕婦喊道：「妳們都是死人嗎?!還不快將她拉開！」

盛嬤嬤左一杖、右一杖，用力揮向四周，將擀麵棍使得虎虎生風，無奈雙拳難敵四手，很快便落居下風。

王嬤嬤用力一推，盛嬤嬤險些摔倒在地，萬幸宵練及時趕來，穩穩地撐住她的腰。

看清宵練的臉後，王嬤嬤頓時嚇得後退兩步，將雙手背在身後。

那日她的右手被宵練所傷後，曾找大夫瞧過，大夫說她日後無法再幹重活，手已半廢。

宵練扶著盛嬤嬤站好，笑臉盈盈地看向王嬤嬤。「看來王嬤嬤的記性委實算不得好，此地乃鄭國公府，我家姑娘乃國公府的正經主子，她想見便見，她不想見，誰也不能逼她見。」

王嬤嬤退到王蘊身後，既驚又怕，不由自主地壓低聲音。「夫人，上次傷老奴右手之人，便是眼前賤婢。」

聞言，王蘊眸光一凜，抬步走至宵練身前，語氣輕蔑。「妳一個小小侍婢，竟敢攔我？還不快滾開！」

宵練將掃帚往地上一立，動也不動，宛若山上的磐石。

小荷見狀，站在宵練左側，亦將掃帚立於身前，好似門神一般。

王蘊微微瞇起雙眼，正欲讓身後的僕婦上前動手剷除障礙，卻聽到一道清脆嗓音——

「嬸娘此時便來我院中，還鬧出如此大的動靜，目的為何？」

朝聲音看過去，只見顧嬋漪抬頭挺胸地站在廊下，背後還別著長鞭，氣勢傲然。

第二十一章　針鋒相對

王蘊皺了皺眉，似乎今日才重新認識顧嬋漪。

明明六年前送她上山時，她還是個萬事不知的懵懂小姑娘，諸事皆由她這個嬸娘做主，似精心呵護的嬌花，禁不起風吹雨打。

這六年來，她只有前一、兩年偶爾上山，那個小姑娘並無絲毫改變，仍是乖乖地住在山中唸經吃齋。後來，她不去了，只讓喜鵲與薛婆子盯著。

佛歡喜日，她在崇蓮寺中見到幾年未見的顧嬋漪，十六歲的女郎已然長開，眉眼之間越發像那個女人，她見了便心生厭煩。

顧嬋漪自幼性子怯懦，因此即便顧嬋漪回府，她也未特別放在心上，誰知竟是小瞧了她。

初時，她還以為顧嬋漪身後有高人指點，可靜候多日，卻遲遲不見幕後之人現身。

王蘊瞇眼看向不遠處的女郎，她既已無法掌控顧嬋漪，便不能再留著她了。「我有話要問妳。」

「哦？」顧嬋漪挑眉，抬手指向王蘊身後的僕婦，嗤笑一聲。「嬸娘這般陣仗，不似來問話，倒像是來抄家的。」

王蘊聞言，輕蹙眉頭，只得向後揮揮手，身後僕婦盡數往後退了半步。

顧嬋漪這才輕笑道：「小宵，請嬸娘進屋喝茶。」

得到了顧嬋漪的指令，宵練與小荷方才拿起掃帚，讓開路來。

王蘊走進屋中，逕自在上首坐下，開門見山道：「我且問妳，東籬軒之事，妳可有插手?!」

顧嬋漪施施然在側位坐下，自顧自地倒了杯清茶，她慢條斯理地喝完杯中茶，方轉頭看向王蘊。「有又如何，沒有又如何？」

王蘊冷哼一聲，心中已然明瞭。

前些時日，東籬軒諸人夜訪聽荷軒，她便起了疑心，但東籬軒的人向來聽話，從未鬧過事，她便未多加留意，孰料他們竟和顧嬋漪走到了一塊兒。

眼下她只知顧嬋漪助東籬軒眾人離開國公府，卻不知其中緣由，許多事便如霧裡看花，並不真切。

「妳意欲何為？」王蘊冷冷問道。

顧嬋漪聽到這話，直接笑出聲來。他們二房欺她無父無母，占她家財，欺上瞞下，卻還問她為何要助東籬軒的人？

她理了理裙襬，眼波流轉，巧笑嫣然。「長安阿兄自幼聰穎，卻為了活命，不得不裝傻充愣，事事不敢出頭，生怕比過妳的親生子，遭妳迫害。」

事已至此，顧嬋漪不打算再給王蘊什麼尊重了。

王蘊心中翻起滔天巨浪，她竟不知唯唯諾諾、指東不敢往西的庶子，心思竟如此深沈，欺她瞞她十幾年。

顧嬋漪見王蘊這般驚詫，心中甚是痛快。「顧玉嬌因相貌平凡，從小到大甚是嫉妒貌美之人。顧玉清長相似其母，清秀可人，為遮掩美貌，不得不以石榴皮汁洗面，卻還是時常遭到顧玉嬌的打罵。」

她眸光銳利，直直瞪著王蘊。「妳說，我為何要幫他們？若是不幫，他們日後還有出頭之日嗎？

「我出手相助，他們便欠我人情，日後我有事，他們定會回報。」顧嬋漪頓了頓，嘴角的笑意溫柔卻又暗藏殺機。「如此穩賺不賠的買賣，我為何不做？嬸娘，妳說是吧。」

王蘊薄唇緊抿，死咬著後槽牙，是她低估了東籬軒的人，更小看了顧嬋漪。

但那又如何？眼下顧長策尚未回來，偌大的鄭國公府皆在她的掌控之中，府門一關上，她要取聽荷軒諸人的性命，簡直易如反掌。

王蘊站起身來，對上顧嬋漪的眸子。「好……很好！」說罷，她將桌上的茶盅狠狠地往地上一砸。

門外候著的僕婦聽到脆響，立刻衝入屋內，唯有王嬤嬤快步走到院門邊，朝著外面喊道：「還不快快將此院落圍住！」

話音落下，從院牆兩側竄出數十小廝，皆手持長杖與麻繩，顯然有備而來。

盛嬷嬷與小荷見狀，頓時慌了。雖然她們回府後，盛嬷嬷買了些僕婦與小廝，但因僅供聽荷軒內使喚，總共不到十人，根本抵擋不了。

顧嬋漪環視四周，穩穩地坐在側位上，嘴角甚至還帶著笑意。「嬸娘這是何意？莫不是要砸了我的聽荷軒？」

王蘊連連冷笑，她踱步至顧嬋漪身前，右手用力地捏住顧嬋漪的下巴。「妳長得太像妳母親，同樣令人噁心！只恨當初我不該心慈手軟，留妳一命！」

顧嬋漪細思王蘊此話，心中驚疑不定。難道當初王蘊害她阿娘，還有其他隱情？除了阿娘生產那日讓她喝下有紅花的湯藥，王蘊還對阿娘做過什麼?!

她面色發白，死死地盯著王蘊道：「我阿娘與人為善，從未害過旁人，妳為何要那般對她?!」

王蘊神情驟變，她猛地鬆開捏住顧嬋漪下巴的手。「妳知道什麼？」

顧嬋漪左手扶著椅子緩緩站起身來，右手抽出身後的鞭子，眼神冰涼，語氣滿含恨意。「該知道的，不該知道的，我盡數知曉。」

王蘊往後退了幾步，嘴角上勾，口氣得意且狠戾。「無憑無證，妳能奈我何?!」

她定了定神，不再後退，反而迎著顧嬋漪走去。她微微偏頭，湊到顧嬋漪的耳邊，聲音輕柔卻如索命惡鬼。

「妳們好不容易尋到的穩婆，早在三日前便下地獄了。」王蘊直起身來，得意洋洋。「唯一的人證也沒有了。」

顧嬋漪嗤笑，上回她去崇蓮寺尋楚氏時，便已得知穩婆有沈嶸的人在看著，既是如此，穩婆定安然無虞。

王蘊見顧嬋漪不為所動，頓時皺緊眉頭。「難道妳還有後手？」

不等顧嬋漪回話，王蘊咬牙道：「無論是否有後手，都留不得……」

話未說完，「啪」的一聲脆響，王蘊的手臂上瞬間多出一條深深的鞭痕。

自從嫁入顧家，王蘊便一直養尊處優，這重重一鞭子打在身上，讓她痛得跳腳，咬牙切齒道：「妳竟敢打我?!」

王蘊扶著手臂，猛然回過頭大喊：「妳們都是死人嗎?!」

眾僕婦趕忙圍上前來，宵練見勢頭不妙，馬上揚起手中掃帚，兩三下將身前的僕婦們掃跌在地。她跨步走到顧嬋漪身邊，眉頭緊鎖。「姑娘可還好？」

顧嬋漪死死地盯著王蘊，眼中已無旁人，她再次揚起鞭子，纏繞住王蘊的手腕，狠狠一甩，王蘊頓時摔倒在地，髮髻散亂，甚是狼狽。

只見顧嬋漪緊緊地攥著鞭子，面無表情地走到王蘊面前，抬腳踩在她的手臂上，用力地踩了踩。

王蘊強忍痛意，大笑出聲。「哈哈哈，盛瓊寧那個賤人生下妳又如何，為人子女卻不能為母報仇，這滋味可好受？」

這挑釁如此明顯，顧嬋漪並未跳入王蘊的圈套，她屈膝下蹲，慢慢地收起長鞭。「弒親乃大罪，妳如今尚在國公府內，我自不會要妳性命，免得髒了我阿兄的府邸。」

顧嬋漪用鞭子抵住王蘊的下巴，眼睛泛紅。「我且留妳多活幾日，讓妳天天提心弔膽，日後再血債血還！」

說完，顧嬋漪狠狠一踩，借勢起身，王蘊吃痛，從喉嚨深處發出一聲悶哼。

「顧家大房與二房早已分家，阿父和阿兄仁善，繼續收留二房住在府中，未料竟養出了白眼狼。」顧嬋漪環顧四周，視線一一掃過那些僕婦。「妳們可是要為虎作倀？」

眾僕婦被顧嬋漪這般架勢震懾住，完全不敢再上前，紛紛搖頭，瑟縮在角落。

王蘊氣急，伸出手指著她們，半晌說不出話來。

顧嬋漪緩緩收回腳。「小宵，將這瘋婦綁了。」

宵練尚未轉身，小荷便捧著一卷麻繩走上前，笑容滿面。「姑娘，剛剛來了一群小廝圍院子，還好小鈞來得快，及時將他們撂倒，不然我與阿娘定攔不住。」

小荷將麻繩遞到宵練手上，垂眸看著地上的人，單手扠腰。「多謝二夫人『好心』差人送來麻繩，不然婢子一時之間可尋不到這麼多。」

王蘊聞言險些氣得吐血，奈何外面的小廝全被人撂倒，院內的僕婦們也無人可用。

情急之下，王蘊奮力掙扎，然而不知這賤婢用了什麼方法綁她，她越掙扎，麻繩反倒捆得越緊。

顧嬋漪一瞧便知這是軍中捆綁細作的法子，乖乖受綁便罷，勉強掙扎只會越來越緊。像王蘊這般不認命，只須半盞茶的工夫，便會皮開肉綻。

她扯了扯嘴角，轉身對著宵練道：「帶上她，我們去菊霜院。」

宵練點點頭，拉起王蘊便外走，顧嬋漪則是走進裡間，將分家文書拿了出來。

她還未踏出屋門，便聽到王氏扯著嗓門大喊道：「賤婢！竟敢以下犯上，捆綁主家?!來人，還不速速將這賤婢捆起來?!」

顧嬋漪眉頭一皺又舒展開，她走出去打量起王氏以及她身後的王嬤嬤，偏頭對著王蘊道：「嬸娘還真是養了一條好狗。」

「婆婆，救我！」王蘊邊掙扎邊朝王氏喊道。

王氏一雙三角眼冷冷地盯著顧嬋漪，宛若深山裡的毒蛇。「她是妳的嬸娘，妳竟這般待她，這些年妳學的佛法皆學到狗肚子裡去了嗎?!」

顧嬋漪倚在門框上，右手上的鞭子有一下、沒一下地敲著左手心，她揚起唇角，肆意散漫。「祖母可莫要與我談論佛法，我怕佛祖聽了都嫌髒了耳朵。」

「妳……妳這孽障！」王氏氣得手抖，指著顧嬋漪罵道。

顧嬋漪將長鞭別在身後，拿出袖子裡的文書，輕輕地展開道：「祖母可知這是何物？」

王氏已年邁，耳不聰、目不明，又站在臺階下，儘管努力瞇著眼想瞧仔細，卻還是看不清。

然而王蘊站在顧嬋漪身側，一眼便認了出來，忍不住驚呼出聲。「妳怎麼有這東西？當初顧長策去西北時，不是將這份文書帶走了嗎?!」

顧嬋漪挑了下眉，將文書仔細地收好，方轉頭看向王蘊。「嬸娘還真是好記性，這確實是我阿兄帶去西北的分家文書。」

阿兄清楚顧家二房心懷鬼胎，但西北乃北疆，危機重重且甚是艱苦，自然不會帶她一道前往，只能將她留在平鄴交由二房照顧。

由於阿兄擔心她受二房挑唆，在他去西北後私自將分家文書交給二房，因此當年離開時特地將此文書帶在身上。

王蘊機關算盡，卻未算到阿兄會請人千里迢迢將文書送回來。

「祖父在世時，大房跟二房便已分家，如今祖父不在，我亦無父無母，此處更是先帝賜予我阿父的宅院……」顧嬋漪抬頭看了看王氏，又偏頭看著王蘊。「既是如此，叔叔與嬸娘是否應該搬離國公府了？」

不等王氏出聲斥責，顧嬋漪又笑著看向她。「祖母安心，您雖是我祖父的填房，但我與阿兄皆喚您一聲祖母，您若想繼續住在府中，我與阿兄自然會奉養您；您若想跟著親兒子過活，我與阿兄亦不阻攔。」

顧嬋漪抬頭看了眼天色，秋日高懸，晴空萬里，她滿意地點點頭。「今日這般好天氣，合該叔叔與嬸娘喬遷新居。」

「新居？我們的新居在何處？何來喬遷之喜？」王蘊連聲問道。

此時的顧嬋漪已耗盡耐心，她朝宵練使了個眼色，宵練會過意，當即推了王蘊一把。

王蘊被捆成了粽子，被人從後面一推，登時踉踉蹌蹌地走下臺階。

顧嬋漪嘴角的笑意散去。「既然嬸娘也同意了，那其他人便一道去菊霜院幫忙搬家吧。」

被晾在一旁的王氏不禁高聲喝斥。「我乃府中老夫人，看誰敢妄動！」

「您看我敢不敢！」陌生的聲音從外頭傳來，不多時，一群人簇擁著兩位衣著華麗的婦人踏進院中。

一人身穿暗紫繡萬壽藤褙子，頭戴紅寶石金簪，身形挺拔，面容與顧嬋漪有三分相似，此乃顧嬋漪的姨母，即豐慶州別駕夫人盛瓊靜。

另一人身穿碧青繡團花紋褙子，頭上簪著翡翠簪，身形比高䠷的宵練還要高上半個頭，這便是顧嬋漪的大舅母，新昌州刺史夫人江予彤。

在盛瓊靜與江予彤看來，顧嬋漪僅在年幼時見過自己，記憶應當不深刻。然而顧嬋漪前世成為靈體後曾見過她們，是以她馬上便認出了兩人。

她雙眸明亮，真情實意地笑著喊道：「姨母，大舅母！」

盛瓊靜與江予彤先是面露驚詫，隨即滿臉驚喜，齊齊應聲。

此時從盛瓊靜的身後竄出兩個身穿錦袍的少年郎，他們長得一模一樣，與顧嬋漪亦有四分相似。

兩位少年郎齊聲問道：「妳可知我們是誰？」

顧嬋漪心中忍笑，明知他們的身分，卻蹙眉搖了搖頭，故意道：「難道是姨母家的表兄？」

不等他們回話，盛瓊靜便抬手拍了兩人的腦袋一下。「先辦好眼前事。」

江予彤回頭看了雙胞胎一眼，雙胞胎立即轉身，將院外捆成一團的小廝們提了進來。

因身高之故，江予彤垂首低眉方能看著王氏。「不知親家老夫人因何在此處？」

她抬手指著滿院子的僕婦，又指向身後那些小廝們，皺眉道：「竟如此興師動眾。」

王氏比江予彤矮上許多，即便江予彤垂首，她仍須仰頭方能對上江予彤的眸子。

江予彤雖面帶笑意，但眸光冰涼，王氏對上她的眼睛，不知怎的，猛然想起當年盛瓊寧出殯之日，王蘊頭戴紅珊瑚簪子，被江予彤當眾搧了一耳光這件事。

王氏往後退了半步，不自覺地握緊手中枴杖，稍稍定神，方指向正前方。「妳且瞧瞧她，王蘊好歹是她的嬸娘，她怎能如此待她，這像話嗎?!」

江予彤輕笑，視線掃過顧嬋漪，落在王蘊身上。

她似笑非笑地轉頭看向王氏，語氣帶著興師問罪的咄咄逼人。「我也想問問親家老夫人，王蘊身為我家小姑的妯娌，卻在她出殯之日頭戴紅珊瑚簪子，這般行事，便是您王家的家教？」

王氏頓時噎住，不敢再出聲。

見狀，江予彤緩步走向顧嬋漪，盛瓊靜理了理衣襟，亦跟了上去。

看著顧嬋漪那張與盛瓊寧極其相似的臉，盛瓊靜頓時眼睛一酸，宛若看到自家小妹未出閣時的模樣。

江予彤眉眼柔和，抬手揉了揉顧嬋漪的頭，很是感慨。「上次見妳，妳還是個奶娃娃，如今竟這般大了。」

顧嬋漪屈膝行福禮，態度溫婉恭敬。「阿媛給姨母和大舅母請安。」

盛瓊靜連忙伸手扶起她，強忍著淚道：「可是受委屈了？妳放心，有我和妳大舅母在，定不會讓旁人欺辱妳。」

江予彤側身盯著王蘊，將她從頭看到腳，這才對著顧嬋漪很是讚賞地點了點頭。「阿媛做得不錯，對待這種人，便應該如此。」

「盛瓊寧那個賤人入土十四年，骨頭都化成灰了，竟還能讓妳們這般為她出頭?!」王蘊被五花大綁，卻仍舊梗著脖子罵罵咧咧。

江予彤「嘖」了一聲，面露不耐。「將她的嘴堵上，免得髒了諸位的耳朵。」

說著，江予彤笑臉盈盈地對著王氏說道：「看來多年過去，王家的家教一如往昔。」

盛瓊靜看向王氏，眉頭微蹙，似是回憶般。「我記得顧家二房有位嫡出的姑娘，若是養在她親娘的身邊，恐怕……」

這話並未說完，然而在場眾人皆明白盛瓊靜話中的意思。

盛嬤嬤與小荷委實忍不住，輕笑出聲。

小荷大著膽子道：「姨夫人好記性，二夫人確實有位嫡出的姑娘，由二夫人親自教導，性子亦隨了她。」

盛瓊靜聞言，冷笑一聲，輕蔑地看了眼王蘊，並未多言。

此時無聲勝有聲，眾人紛紛看向王蘊，眼底或嫌惡，或嘲諷，或不屑。

第二十二章　當面對質

感受著來自四面八方的視線，王蘊怒火中燒。奈何婆母無能，她自己帶來的人不是被嚇成鵪鶉，就是被綁成一團，簡直無用武之地。

王蘊已被堵住了嘴，仍嗚嗚喊叫，左衝右撞，狀如瘋婦。眼見王蘊要衝上臺階，便有兩位面生的婆子快步走上前，將王蘊牢牢控制住。

江予彤回頭，捏捏顧嬋漪的臉頰。「阿媛莫慌，這些皆是我特地從新昌州帶來的僕婦，身強力壯，定能制住這瘋婦。」

顧嬋漪聞言，乖巧地點點頭。有大舅母和姨母在，自己行事便無須再瞻前顧後，思慮再三。

她直接將分家文書拿出來遞給大舅母和姨母，理直氣壯道：「嬸娘大早上便帶人來我院中喊打喊殺，要將我趕出府去，我實在不知自己何處做錯了，只得請嬸娘出府另住。」

江予彤接過文書，看清上面的內容後，她嘴角輕揚，回身對盛嬤嬤說：「嬤嬤，我與阿靜多年未回平鄴，不知顧家族老如今住在何處，煩請嬤嬤跑一趟，將他們盡數請來。」

聽到要請族老，王氏頓時慌了。「剛剛妳還說我等興師動眾，如今倒是親家興師動眾了，何至於要請族老？」

她拄著枴杖走上前。「此事定有誤會，不妨坐下來細商。」

江予彤瞥了盛嬤嬤一眼，盛嬤嬤心領神會，立即轉身去請族老。

王氏追不上盛嬤嬤的步子，其餘僕婦看著江予彤帶來的人馬，亦不敢上前阻攔，只得眼睜睜地看著盛嬤嬤走遠。

「我記得妹妹與妹夫還在時，顧家大房跟二房便已分家，只是當時親家老太爺身體康健，便分家不分府。」盛瓊靜將文書摺好，遞還給顧嬋漪。「親家老夫人，我可有記錯？」

外人不知顧家是何模樣，但盛家乃顧家的姻親，豈會不知內裡底細。

當初顧川與顧硯各自成婚後，顧家老太爺便做主讓兩房分家，只因當時長輩尚在，而顧川在軍中任職，顧硯亦在準備科舉，唯恐此事傳出後有礙兩人仕途，是以並未廣而告之、分府另過，盛家眾人也是在盛瓊寧生下長子，他們來府中探望時，方知曉此事。

當初父親欲將小妹嫁予顧川，母親與她皆不同意，只因顧家並非世家望族，且府中還有位難纏的繼室婆母。

小妹自幼便被他們捧在手心，父親授以詩書、母親教之女紅，如此十八載，琴棋書畫、詩書禮樂、女工針黹，小妹無所不精，且她相貌出眾，不論是王公貴族的王妃，抑或是世家望族的宗婦，小妹皆擔得起。

孰料父親偏偏選中了顧川，而自家小妹見過顧川後又芳心暗動，兩人彼此有意。既是如此，她們未再相勸，小妹風風光光地嫁進了顧家。

得知顧老太爺做主令兩房早早分家，盛家人皆道顧老太爺明事理。不僅如此，顧川對小妹關懷備至，專情不二，彼時她們才不得不承認，父親委實目光如炬。

王氏心虛地躲開盛瓊靜的視線，聲音細小。「並未記錯。」

盛瓊靜輕笑，下巴微抬。「那便是了。」

「如今顧家大房僅剩我家小姑的骨血，二房確實應當搬出府去另住，叔叔、嬸娘和姪子、姪女擠在一塊兒，也不怕人笑話。」江予彤冷嗤一聲，隨即面帶淺笑。「但我與大姑不宜插手此事，只得請顧氏族老前來，親家老夫人，您說是不是這個理？」

此話有理有據，王氏壓根兒想不到反駁的理由。江予彤現下雖是面帶笑意，但若真惹惱了她，當眾搧巴掌尚是小事，只怕還會鬧到京兆府中。

王氏只得抿唇不語，過了好一會兒，才底氣不足地張口。「既然要請族老，那還是先給老二媳婦鬆綁吧，她好歹是府中的二夫人，讓人瞧見她這副模樣，總歸不太好看。」

只見江予彤笑咪咪地看著王氏，語氣甚是親和。「多年未見親家老夫人，您身體可還康健？」

王氏不知江予彤葫蘆裡賣的是何藥，但見她這般和婉，定然不是真的牽掛自己的身體。王氏頓覺不妙，抿了抿唇，並未應答。

果然，江予彤並不在意她的回答，眉眼彎彎道：「俗話有言，不癡不聾，不作家翁。親家老夫人已有春秋，合該頤養天年，兒孫自有兒孫福，何必為那些孽障氣壞身子。」

盛瓊靜眼珠一轉，面色嚴肅，正色道：「顧二爺可在府中？分家另居乃是大事，顧二爺必定要在場，不然此事傳出去，豈不顯得我家阿媛欺負二房？」

王氏眉頭頓時一皺。知子莫若母，她自然知曉那孽子定是在哪家花樓醉生夢死，盛家人忽然提到他，事情定不尋常。

盛瓊靜的口氣多了些好奇與探究。「剛剛進城時，平南門邊的小巷堵上了，我久未回平鄴，便使人前去打探一番，似是顧二爺為了某位花娘當街撒潑，以致本便狹小的巷子越發堵塞，也不知是不是真的。」

王氏氣得臉紅脖子粗，偏偏江予彤和盛瓊靜將話說得甚是漂亮，明面上完全挑不出錯處。

她回過頭，對著身後的王嬤嬤道：「還不快去尋妳家老爺，府中出了此等大事，他能躲著曬日頭嗎?!」

王嬤嬤被噴了一臉唾沫，連忙彎腰躬身，灰溜溜地鑽了出去。

此時的王氏既羞惱又窘迫，若不是形勢所迫，她定然拂袖而去，怎會繼續留在這院中受辱？

盛瓊靜看著院中擠了不少人，不禁皺緊眉頭，側眸看向王氏。「顧氏族老稍後便到，親家老夫人是否應當收拾好祠堂？這些僕婦皆在此處，何人去灑掃祠堂，備好茶果點心？」

聽到這話，顧嬋漪「噗哧」一笑出聲來，開口道：「姨母初至平鄴，恐怕不知府中的小祠堂昨日才灑掃妥當。」

「哦？」盛瓊靜詫異。

各世家皆有祠堂，講究些的人家還會在府中後方單獨撥出院子作為小祠堂。若無要緊之事，祠堂平常不會灑掃，以防擾了先祖的清淨，尋常每日只需要點線香、添燈油即可，唯有除夕前會徹底清理，以便大年初一時全家祭祖。

是以，盛瓊靜與江予彤一聽這話，便知昨日顧家發生了大事，甚至還請了宗親。但她們並非顧家人，即便好奇，卻未主動追問。

此事乃顧硯所為，丟的是二房的臉，況且大舅母與姨母也非外人……顧嬋漪輕咳兩聲，將昨日之事交代清楚。

盛瓊靜與江予彤聽完皆是瞠目結舌，難以置信，回頭看向王氏。

江予彤道：「親家老夫人真是養了個好兒子啊。」

盛瓊靜亦道：「尋常人家也教養不出這樣的好兒子，還是親家老夫人有本事。」

王氏聞言面紅耳赤。「我且去祠堂瞧瞧。」

說罷，王氏與她帶來的那些人手先後離開聽荷軒，來時氣勢洶洶，眼下卻是落荒而逃。

目送一干人等走遠，顧嬋漪沒忍住，笑出聲來。她看也不看面色青紫的王蘊，轉身對盛瓊靜與江予彤道：「姨母、大舅母，請進屋喝茶。」

三人一道踏入屋內，雙胞胎亦跟了進去。

小荷端來茶水，宵練則是端上盛嬤嬤製作的點心招待客人。

「妳這丫頭，出了那麼大的事，卻未給我去信，妳可知曉我與妳大舅舅收到妳阿兄的信時有多心急，恨不得插上翅膀立刻飛回平鄴。」江予彤尚未坐下，便將顧嬋漪拉到身邊，上上下下、前前後後好一番察看，確認她一切無虞後，方鬆了口氣。

「剛剛在城外碰巧遇到妳姨母，得知妳送信去了豐慶州，我便越發難受了。」江予彤佯裝生氣的模樣。「妳尚在襁褓時我便抱過妳，如今妳有難事卻不知尋我，簡直傷透了我的心。」

她連茶都顧不上喝，既生氣又透著無奈的寵溺，細細地數落顧嬋漪。

盛瓊靜好整以暇地端起茶盅，嘴角帶著一抹得意的淺笑，慢條斯理地品茶。

不過一日，眾顧氏宗親再次齊聚顧家小祠堂，見對面坐著兩位面生女眷，而王蘊不僅被麻繩捆綁，還被破布堵住嘴，皆面面相覷。

顧榮柏皺眉看了片刻，方記起兩位女眷的身分。當初顧川迎娶盛家幼女時，他曾遠遠地見過，多年過去，她們的容貌並無太大改變。

他站起身來，看向右上首的王氏，沈聲問道：「不知五嬸因何喊我們前來？」

王氏手拄枴杖，佝僂著脊背。「並非我喊你們。」

江予彤施施然起身，面帶淺笑。「這位便是顧氏族長吧？小婦人有禮。」

話雖如此，江予彤卻未行福禮，僅微微頷首欠身。她乃刺史夫人，在場諸人中，她的地位最高。僅因今日她是以顧嬋漪的大舅母身分出席，方如此客氣。

顧榮柏當即彎腰行半禮。「見過盛大夫人。」

江予彤挑眉，見他識得自己，便未再細說自身身分，而是緩聲道：「還請顧族長稍等片刻，顧二爺尚未到場。」

顧家宗親見這般陣仗，心底便有數了，恐怕今日亦有大事發生。既是如此，他們只得耐心等顧硯回來。

約莫等了半個時辰，純鈞與顧硯的小廝才扶著顧硯走進小祠堂。

他一進門，頓時傳來濃濃的脂粉香以及酒氣，連祠堂中經年累月的檀香都壓不住這味道。

顧榮柏面色鐵青，撇過頭去，簡直沒眼看他。

王氏又急又臊得慌，用枴杖敲擊地面。「先扶下去醒醒酒，換身衣裳再來，這般酩酊大醉，如何談事?!」

純鈞扭頭看向顧嬋漪，見她微不可察地點了下頭，他才扶著顧硯退下去。

又等了兩刻鐘，顧硯重新出現在小祠堂中。

顧硯逕自在王氏下方的空位處落坐，他環顧四周，不僅瞧見族老，還看到面生的兩位女子，他的女兒在後面站著，而妻子卻被麻繩捆住，嘴甚至被堵起來。

他頓時眉頭一豎，指著王蘊道：「可是這毒婦又做了什麼缺德事？還讓人打上門來了！」

顧玉嬌聞言，眼淚簌簌往下落，從後面衝到顧硯身邊，屈膝跪下。「顧嬋漪要阿娘的命，還請阿父救救阿娘吧！」

話音落下，眾人皆驚，顧榮柏蹙眉看向顧嬋漪，嚴肅道：「姪女，可是如此？」

顧嬋漪面色不變，緩緩走到祠堂正中間，屈膝行禮。「還請諸位長輩聽我一言。昔日阿父上戰場時，將我與阿兄託付給叔叔及嬸娘，但阿兄與我仍舊住在松鶴堂。後來阿兄亦去了北疆，我便住在嬸娘的菊霜院。」

她緩緩偏過頭，看向王氏與顧硯，他們或垂眸、或低頭，皆不敢直視她的眼睛。

顧嬋漪在心底冷笑，繼續道：「然而，嬸娘欺我無父無母，阿兄亦不在身側，於六年前的二月初一將我送至崇蓮寺中，山下有僕婦與侍婢日夜看守，名為祈福，實為軟禁。然而，在平鄴城中，嬸娘卻宣揚我去了江南外祖家。」

她回過身，眸光銳利地看向王蘊，接著響亮地拍了拍手。

宵練推著薛婆子、小荷拉著喜鵲，四人走進祠堂內，宵練與小荷用力一推，薛婆子和喜鵲便齊齊跪倒在地。

「諸位長輩，這兩位便是在山下看守我的人。」顧嬋漪頓了頓。「至於嬸娘謊稱我去了江南一事，平鄴城中不少世家夫人皆聽過此言，若長輩們不信，我亦可將御史中丞的夫人請來。」

顧榮柏盯著跪在地上的人，眼睛微瞇，他看了王蘊一眼，並未問她，而是轉頭對著王氏道：「五嬸可知此事？」

王氏垂眸不言，嘴角緊繃。

顧榮柏見狀，心如明鏡，當即對著王蘊冷聲道：「身為親嬸，卻未善待姪女，按照家規，杖二十，欺上瞞下，再杖二十。」

江予彤與盛瓊靜聽到這話，面上怒色暫消。

顧嬋漪暗自點了點頭，族長是個明是非、講公道之人，如此她便可放心地繼續往下說了。

「我離開平鄴前，嬸娘藉著諸多莫須有的罪名，將我身邊的盛家僕婦盡數趕走，或驅至城外別院，或趕至鄉間莊子，然而因他們的身契仍在我手中，是以並未發賣出府。」

顧嬋漪指著門邊的盛嬤嬤。「王蘊以我的性命安危，脅迫盛嬤嬤交出大房的庫房鑰匙，以及諸人的身契，妄想侵占大房的家財。」

聞言，顧榮柏神情越加冰冷。「小王氏，可有此事?!」

顧嬋漪以眼神示意宵練，宵練隨即轉身走到王蘊身前，拿走堵嘴的破布。

王蘊喘了口大氣，重重地「呸」了一聲。「她胡說八道！」

盛嬤嬤躬身走上前，屈膝向顧榮柏行禮，於祠堂正中央跪下。

她朝上方的顧氏先祖俯首跪拜，隨後直背起身。「老奴可以當著顧氏的列祖列宗起誓，以下所言句句屬實。大少爺離開後，二夫人將我家姑娘接到菊霜院中，吃穿用度處處苛待。姑娘彼時尚小，便問二夫人為何吃得這般簡陋，二夫人回答阮囊羞澀，只得粗茶淡飯度日。

「姑娘心生不忍，便打開大房的庫房，借給二夫人不少銀錢。後來二夫人欲出門赴宴，直道尋不到合適的首飾，姑娘又開庫房，借給二夫人和二姑娘不少東西。」盛嬤嬤面無表情，語氣甚是平靜。

坐著的眾宗親聞言紛紛皺眉，看向王蘊的眼神既輕蔑又鄙夷。

王蘊尚未出言反駁，跪在顧硯腿邊的顧玉嬌倒是惱了，她伸出手指著盛嬤嬤。「妳這刁奴血口噴人！我阿娘何曾要過大房的東西?!」

盛嬤嬤偏過頭，定定地看向顧玉嬌，片刻後，視線落在顧玉嬌的髮間。她扯了扯嘴角。「若老奴未看錯，二姑娘頭上的那支翡翠蝴蝶牡丹釵，乃我家夫人的陪嫁之物。」

顧玉嬌下意識地摸向髮間，面色微變。

江予彤立即朝顧玉嬌看了過去，雙眼微瞇。「將她頭上的髮釵取來讓我瞧瞧。」

話音剛落，江予彤身後的壯婦立即走上前，顧玉嬌雙手撐地，連連後退，搖頭躲閃。

壯婦輕而易舉地按住顧玉嬌的肩，將那支髮釵取了下來，回到江予彤的面前，雙手遞予她。

江予彤細細地看了看那支髮釵，轉手遞給身邊的盛瓊靜。「我瞧著像是小姑出閣前所戴的，大姑似有一支同樣的髮釵？」

盛瓊靜接過來，看向牡丹的花蕊處，頓時怒極反笑。「妳既說妳阿娘未拿顧家大房的東西，那我便要問問了，我們盛家的髮釵，怎的戴在妳頭上？」

不等顧玉嬌辯駁，盛瓊靜將髮釵遞給身後的僕婦。「這支翡翠蝴蝶牡丹釵，我與小妹各有一支，小妹在閨中時甚是喜愛，時常插戴，後成陪嫁之物，隨小妹來到顧家。」

僕婦雙手捧著髮釵，走到顧榮柏的身前，將髮釵奉上。

盛瓊靜緩緩道：「諸位請細看這支髮釵的花蕊處，上面用小篆刻了『盛』字，盛家女郎的出閣陪嫁之物，皆有此徽記。」

仔細看過花蕊處後，顧榮柏面色鐵青，僕婦拿著髮釵移步，其餘宗親皆一一審視。

顧榮柏拍了下椅子扶手，怒斥顧玉嬌。「妳尚未出閣，便謊話連篇！

「顧硯，你便是如此教導子女的嗎?!」顧榮柏氣急。「整日只知流連花叢，疏忽對子女的管教，不像話！」

顧榮柏又指著王蘊。「小王氏，妳貪墨了大房多少東西，盡數交出來。」

王蘊咬牙，緊閉雙唇，絲毫無悔改之意。

顧嬋漪輕笑，並不著急，仍舊直直地站著。

下一瞬，盛嬤嬤從袖口處拿出一本冊子，轉身遞到顧榮柏的面前。「二夫人從大房『借走』多少東西，又是何時所『借』，老奴盡數寫在此冊中，還請族長一閱。」

顧榮柏接過冊子，詳細地翻看一遍後，遞給其他宗親道：「各位也瞧瞧。」

眾宗親看過後皆點點頭，一位長輩道：「記得如此詳細，且有髮釵為證，想來並未冤枉。」

「小王氏，人證、物證皆在，妳還有何話好說？」顧榮柏冷冷地看著王蘊。

第二十三章　清理門戶

王蘊嗤笑，眸光狠戾地盯著顧嬋漪。「這些東西皆是當初顧嬋漪送予我的，並非我出手搶奪，她如今反口，我該如何辯白？只得任人宰割！」

「阿媛年幼，不知人心險惡，出於好心幫妳、助妳，妳卻將她送去崇蓮寺苦修六年！」江予彤站起身來，便要衝上前去給王蘊一耳光，卻被盛瓊靜按住。

礙於顧氏宗親皆在，不好將場面鬧得太難看，江予彤理了理衣襟，坐回位置上，端起茶盅抿了一口，方壓制住心底的怒氣。

盛瓊靜冷笑。「阿媛年幼不知事，我家小妹的東西，日後皆是阿媛的陪嫁，我們盛家的人沒點頭，怎能算是送予妳的？」

「好好好，我說不過妳們，只得認了這項莫須有的罪名。」王蘊咬牙切齒、目露凶光地看著她們幾人，似要將她們撕咬成肉塊。

「說到送禮，我又想起一事。」顧嬋漪語速不疾不徐。「自阿兄離開後，兩位舅母和姨母送來的節禮，甚至是阿兄從北疆送來的東西，我均未收到。」

顧嬋漪對著王蘊的臉扯了扯嘴角。「今日趁著諸位長輩皆在，我想問問嬸娘，這些年節禮品，是否被嬸娘妥當收著？」

王蘊一愣，顯然忘了這件事。

盛家兄妹每年均會往平鄴送禮，顧長策更是將戰場上搜羅到的好東西全送回來，這些禮品皆被王蘊收入囊中。因盛家知曉顧嬋漪一個小姑娘獨自待在平鄴，難以應對年節往來，是以皆未討要回禮。這樣一來，王蘊收禮便收得毫無負擔，更未想過有朝一日會被人當眾戳破。

「那些俗物便罷了，但兩位舅母和姨母，以及阿兄寫來的家書，嬸娘能否還我？」顧嬋漪淡淡道。

江予彤忍無可忍，憤憤地指著王蘊。「妳竟敢如此行事！」她回過頭對著顧榮柏道：「此事還請顧家給個交代，為何我們送給阿媛的節禮，盡數進了她王蘊的庫房！」

盛瓊靜急急地追了一句。「還有我們的家書，難怪這六年來我從未收到阿媛的回信！」

過了一會兒，王嬤嬤捧著四個半尺長的匣子，背著陽光快步走進來，她先行至顧榮柏身前，然而顧榮柏並未打開察看，而是擺了擺手。

王嬤嬤腳步微頓，轉身走到顧嬋漪身前。「三姑娘，書信全在此。」

顧嬋漪身後的宵練上前一步將四個匣子接了過來，誰知下一瞬，王嬤嬤的右手竟詭異地往下垂。

見狀，顧榮柏面露驚詫，僅是捧幾個匣子，手便脫臼了？

位。

「妳這是……」顧榮柏的話未說完，便見王嬤嬤用左手握住右手，駕輕就熟地讓手腕復位。

不僅顧榮柏，在場其餘人皆面色微變，難以言喻地看向王蘊。不知王蘊私下是如何殘害王嬤嬤的，那好歹是她的陪嫁嬤嬤，她竟如此苛待她，簡直蛇蠍心腸。

王蘊見狀，惡狠狠地啐了一口。「你們皆道她孤苦無依，怎知她的心腸有多歹毒，我前些時日請她來院中，她非但目無尊長，還讓人將王嬤嬤的右手扭殘！」

眾人扭頭看向那傲然挺立的女郎，顧榮柏輕咳一聲，轉移注意力道：「姪女且瞧瞧這些書信是否有錯漏。」

顧嬋漪一一打開，上面三個匣子是姨母和兩位舅母的書信，並未拆開，仍好好地放著，最底下的匣子是阿兄寫的家書，卻盡數被拆開閱過。

她頓時皺緊眉頭，拿著拆開過的書信，快步走到王蘊身前，冷冰冰地質問。「妳拆閱我阿兄寫來的書信，後又讓人以我的口吻回信，是不是?!」

前世她死後，在北疆看到阿兄收到「她」寄去的書信時有多歡喜，她在阿兄身側便有多憤怒。奈何彼時的她毫無辦法，只得眼睜睜地看著阿兄受騙。

顧嬋漪捧著書信，轉身對著顧榮柏道：「嬸娘以我之名欺瞞我阿兄，族長，這該如何處置？」

在此之前，顧氏一族從未發生這等惡事，是以顧榮柏並未立即回答顧嬋漪，而是看向身側的族老們。

眾人商談片刻後，顧滎柏正色道：「小王氏侵占大房節禮，當杖二十；私拆他人信件，且假冒他人回以書信，再杖二十。」

顧嬋漪在心底算了算，四項罪名加起來，總需杖責八十。這八十杖打下去，非死即殘，如今已看過幾日的好戲，她還得留王蘊一命，八十杖夠了。

正當顧嬋漪欲拿出分家文書，徹底將二房趕出府去時，宵練忽然走到她的身後低聲耳語。

顧嬋漪挑了下眉，對著顧滎柏道：「族長，我還有一事要問問嬸娘，但在那之前，還需請幾個人來。」

不多時，純鈞推著三個中年男子走了進來，他們的雙手皆被麻繩捆住，頭髮散亂、賊眉鼠眼、尖嘴猴腮，一瞧便知不是好人。

顧滎柏指著他們問道：「這些是什麼人？」

但見顧嬋漪態度落落大方，並無絲毫難為情。「不知前些時日，諸位長輩是否聽過某些關於我的流言？」

江予彤與盛瓊靜今日方到平鄴，聞言面露不解，她們身後的小荷連忙低聲說明。

聽完小荷的話，江予彤瞋目切齒，死死地瞪著那三人；盛瓊靜亦面色難看，雙手攥拳，抿唇不語。

顧嬋漪嗤笑，指著那些人道：「這三人乃是華蓮山下橋西村的村民，我從崇蓮寺回來後，嬸娘暗中聘請他們在城中散播謠言，欲毀我清白。」

王蘊驚疑不定，眸光閃躲，卻仍梗著脖子喊道：「胡說八道！」

顧嬋漪並未理會她，而是對著那三人道：「你們瞧瞧這祠堂內可有當初給銀子請你們做事之人？若實話實說，便不送你們去京兆府；若拒不交代，便只能讓京兆府尹來查了。」

當日在酒樓那幾人並非謠言的源頭，扣除沈嶸刻意放出去散播精怪一說的人，這三名男子才是受二房指使者。多虧沈嶸幫助，才能揪出他們。

三人聞言身子發顫，先後抬起頭來，環視四周。

顧嬋漪尚未喝完杯中茶，其中一人便指著王嬤嬤道：「是她！是她給了我們三百兩銀子，讓我們進城說顧三姑娘在崇蓮寺時與寺中香客居士行苟且之事！」

王嬤嬤駭然，連忙側身躲避，卻被江予彤帶來的壯婦一把抓住。王嬤嬤在祠堂正中俯首而跪，身子止不住地顫抖。

顧榮柏板著一張臉，過了好半晌才指著王蘊道：「即便是大房的孩子，那也是妳的親姪女，怎可如此行事?!這是要逼死她！若姪女清譽有損，即便姪子戰功赫赫，回到平鄴後亦會被御史彈劾！」

其餘宗親聞言，紛紛點頭表示贊同。

顧川與顧長策乃顧氏砥柱，先有顧川捨身救駕，又有顧長策征戰沙場的功勛，族中子弟只要讀書習武，經年累月下來，顧氏定能成為世家望族。

然而，王蘊卻因一己之私，意圖侵占大房的家財，損害顧嬋漪的清譽，即便顧長策回朝後，並未因此事而被彈劾，但他若知曉自己遠在北疆時，嫡親胞妹卻在平鄴城中被這般欺辱，定會與宗親產生嫌隙，又如何會護佑族中子弟？

顧榮柏並不蠢笨，此事瞧著似是國公府中兩房之爭，可若是處置不好，影響的將是顧氏一族，他心中已有了決斷。

罵完王蘊，顧榮柏扭頭看向王氏。「五嬸，這便是你們王家養的好閨女！」

王氏嘴唇動了動，不敢應答，權當未聽見。

顧榮柏氣得咬牙，瞪向顧硯。「顧硯，我且問你，這種惡婦，你可還要她?!若還要她，那便開大祠堂敬告列祖列宗，日後你顧硯及子孫另立門戶，與我漳安顧氏不再同宗同源！」

這是要將顧硯這一房徹底驅逐出顧氏宗族了，王氏與顧硯皆面色大變，王氏忙道：「何至於此?!」

顧硯雙手攥拳，沈默了好一會兒，才悶悶出聲。「她為我阿父守過孝，乃三不去，我……我不能休她。」

話說得這般漂亮，然而除了跪在地上的那三個村民外，在場何人不知顧硯的底細。

他一無功名在身，二無養家餬口的本事，之所以能花天酒地、胡作非為，靠的便是家裡的老母和媳婦。若是讓他休妻，便是絕了他的銀袋子，還如何在外養花娘？

顧榮柏原本對顧硯尚抱有一絲幻想，此時聽到這話，不禁扯著嘴角冷笑了一聲。「我已將話說明白了，你既不願意休妻，明日便大開祠堂，你這一房另立門戶。」

此舉正中顧嬋漪的下懷，王蘊之事暴露後，必定牽連顧氏全族，如今族長發話，將顧硯一房驅逐出去，那日後無論他們惹出何等禍事，均與顧氏無關。

顧嬋漪心下一鬆，將早已準備好的分家文書拿出來，遞到顧榮柏面前，聲音輕緩。「族長請看，這是阿爺在世時立下的分家文書，大房與二房各持一份，叔公亦有一份。」

自進祠堂後便從未出聲的顧新此時站了起來，從身上拿出兩張泛黃的紙張遞給顧榮柏。

「六兄說要分家時，因他與六嫂尚在，便未請族長，只邀吾過府。

「這是當初的分家文書，此間宅院乃是先帝賜予大房的，自然歸大房所有，漳安的祖宅亦給大房，外城定南門邊上的那座三進宅院則是二房的。」顧新指著那份文書。「其餘金銀財物、田產農莊如何歸置，上面寫得清清楚楚。」

顧榮柏及宗親們一一閱過文書，其中並無爭議之處，又有顧新作保，且大房、二房皆有此文書，那便奏效。

「既然如此，不如趁著今日我們都在，順道處理了吧。」顧榮柏先是看著顧嬋漪，又看向顧硯。「你們兩房可有話說？」

顧嬋漪笑臉盈盈。「阿兄尚未回來，阿媛自然聽諸位長輩的安排。」說完，她瞥了右上首的王氏一眼。

隨著顧嬋漪的視線看過去，顧榮柏這才發現自己竟然忘了大王氏。「五嬸乃顧硯的親生母親，既然顧硯要出宗，那五嬸自然不能再留在國公府了。」

王氏聽到這話，枴杖連連敲擊地面，發出悶響。「我雖是填房，但也是他們大房的祖母，如何不能繼續留在這國公府中?!」

定南門邊上的那座三進宅院是顧川年輕時置辦的，那時他身上並無多少銀錢，只能在外城靠城門的地段置房。

王氏以前去瞧過，宅院雖是三進，但實際上並不大，且靠近城門，整日鬧烘烘的，來往的皆是販夫走卒，如何比得上御賜的內城大宅邸？

只見王氏拄著枴杖站起身，淚眼婆娑地看著上首的牌位。「老爺，您且瞧瞧他們，趁您不在便如此欺我，我活著還有何意思，不如早早去陪老爺！」

江予彤直接翻了個白眼，盛瓊靜端起桌上的茶盅，顧嬋漪依舊臉上帶笑，宛若在瓦舍看戲。

眾宗親或扶額、或垂眸，或品茶、或吃點心，皆未將王氏的號哭放在心裡。

顧榮柏冷著一張臉站起身來，雙手背在身後。「五嬸還是莫再哭了，您既然知曉自己的身分，便應搬出國公府。顧硯乃是您的親生子，若您留在這裡，他卻在外城另住，此事傳揚出去，豈不是說他為人子女卻不贍養老母，委實不孝？」

王氏噎住，愣愣地看著顧榮柏，半晌說不出話來。

顧榮柏打鐵趁熱。「五嬸和顧硯現在便去收拾行裝吧，待時辰再晚些，可不好僱人、僱車了。」

菊霜院內的早菊已然綻放，清淡幽香沁人心脾，然而眼下整個院子卻瀰漫著淡淡的血腥味。

顧嬋漪面無表情地站在廊下，看向院中趴在長凳上的王蘊。

「啪啪」悶響，行刑的是江予彤從新昌州帶來的壯婦，下手極有技巧，即便八十杖打下去，也能留王蘊一命。

王蘊被破布堵住了嘴，聽不見她的哀號，只能瞧見豆大的汗水沿著她的下巴滴落，長凳前的青石板濕了大片，她的臀部也滲出了血跡。

顧嬋漪冷冷地勾起嘴角，今日並非終結，僅是開始。

「阿娘！阿娘！」顧玉嬌抬手要去攔那壯婦，卻被另一名壯婦拉走。

顧玉嬌只好提著裙襬跑到王氏與顧硯面前。「祖母、阿父，救救我阿娘吧，再這樣打下去，阿娘會沒命的！」

見王氏抿唇不言，顧玉嬌只好扯住顧硯的衣袖，滿臉淚痕。「阿父，救救阿娘吧！」

顧硯皺眉，揮了下手，將衣袖抽了回來，逕自走向院子的另一側。

長廊下，江予彤手持盛嬤嬤給的冊子，盛瓊靜則拿著剛剛從菊霜院搜出來的帳冊，兩人身旁還站著顧榮柏與顧新。

陸續有僕婦和小廝抬著箱籠從屋內出來，將東西擺在廊下，由盛嬤嬤帶著小荷一一清點。

顧硯渾身散發著陰鬱之氣，大步走到顧榮柏身旁，沈聲問道：「還需清點多久方能搬離？」

盛瓊靜嗤笑一聲。「顧二爺還得再等上一會兒，當初『借走』的金銀首飾、擺件布疋，才剛清點了四、五成。我們盛家每年送來的節禮，還有我那外甥差人千里迢迢送來的各色皮毛物件，均尚未清點妥當。」

江予彤拍了拍手上的冊子，毫不遮掩面上的輕蔑。「你與其催促我們，不如去問問你夫人為何胃口如此大，便是山上的野豬都沒她這麼能吃，也不怕撐死。」

盛瓊靜聞言忍笑，她輕咳一聲，側身對著顧榮柏，輕聲細語地解釋。「旁的倒是不礙事，只是盛家的東西皆有徽記，眼下若不盤點清楚，日後顧二爺另立門戶，屆時再查出他府上有我們的物品，那便說不清了。」

說著，盛瓊靜看向顧硯，笑臉盈盈。「顧二爺，你說是與不是？」

不等顧硯回她，顧榮柏便皺眉看向顧硯。「那座宅院久未住人，你還不快差人過去灑掃，再雇些人來將被褥之類的物品先搬過去？」

目送顧硯走遠，江予彤與盛瓊靜盤點得越加仔細，唯恐落下什麼東西，讓自個兒的外甥跟外甥女吃虧。

有她們盯著，顧嬋漪自然放心得很，見王蘊暈死過去，她便準備轉身離開。

「顧嬋漪！」顧玉嬌一聲高喊，猛地朝顧嬋漪衝了過來。

顧嬋漪下意識地側身躲過，摸出身後的鞭子，眸光冰冷地看向她。

但見顧玉嬌將頭上的翡翠蝴蝶牡丹釵摘下來，雙手捧至顧嬋漪的面前，哭得上氣不接下氣。「我將髮釵還妳，妳快讓她們別打了，我阿娘受不住！」

顧嬋漪神色漠然，無動於衷，定定地看了顧玉嬌幾眼，方轉身離去。

向西的斜陽落在顧嬋漪的背上，她的右手攥緊長鞭，指甲因太過用力而泛白。

無人知曉，她前世在崇蓮寺中最後幾年是如何過的。

初時有小荷相伴，她們相依為命，只要熬到阿兄回來便能下山。後來，王蘊先接她們回去了，卻強逼她剃度為尼。

她跪在王蘊的面前苦苦哀求，額頭都磕破了，王蘊卻無動於衷，甚至用盛嬤嬤和小荷的性命威脅她。最後她在菊霜院中，在王蘊的屋子裡，被王嬤嬤按住身子，任由顧玉嬌削了她的長髮。

滿頭青絲盡數落地，她成了崇蓮寺的比丘尼，不料王蘊卻未信守承諾，小荷死在了那一日，她連為小荷收殮屍身都做不到。

從那以後，崇蓮寺中的小院僅剩她一人，每日在院中看著日頭升起再落下，聽著山中蟲鳴鳥囀，盼著阿兄歸來。

已經到了這個地步，王蘊卻仍不願放過她，她死在了深秋寒夜中。

第二十四章　昭告天下

在北疆的那幾年，顧嬋漪一直想不通，她步步退讓，為何王蘊還要殺人滅口。直至沈嶸回到平鄴徹查真相，她才得知王蘊這些年來貪了多少東西，若是她還活著，待阿兄回來，定饒不了二房。

王蘊之所以等到她十七歲的深秋才動手，便是因為自那年年初開始，北疆偶有捷報傳入京中。雖非大捷，但小捷頻傳，王蘊摸不準阿兄回都城的具體日子，便使人以她的名義寫信給阿兄。

阿兄回信有言，他久未歸家，如今北疆雖偶有小股北狄軍騷擾邊境，但冬日冰天雪地，難以行軍，他已請旨回都城過年。

王蘊接到信後，嚇得難以入眠，是以痛下殺手。

然而，那一年的秋天，北狄起了山火，燒毀許多來不及收割的糧食，饑寒交迫的北狄人，在初冬時節大舉入侵。

她沒有等到阿兄，鄭國公府的松鶴堂亦未等到它的主人。

如今她得了機緣重活一世，自要算清這些帳，她與王蘊之間是死仇，僅僅八十杖，怎能還清。

今日顧玉嬌哭著求她，她無動於衷，貌似冷漠無情，可前世顧玉嬌手持剃刀時，她又是如何苦苦哀求她放過自己的？

不僅她的仇，還有阿娘的仇，她盡數謹記於心，不敢遺忘。

顧嬋漪沿著長廊，背對著日光，毫無聲息地離開菊霜院。

宵練與純鈞最主要的差事是保護好顧嬋漪，是以他們並未隨盛嬤嬤一道清點，而是快速跟上顧嬋漪的腳步。

顧嬋漪在松鶴堂的院牆下駐足片刻，隨手摘了三顆已熟透的石榴，拋了其中兩顆給身後的兩人。

撥開徹底熟了的新鮮石榴，果粒大且飽滿多汁，甜香撲鼻，沖淡縈繞鼻尖的血腥味，顧嬋漪的心情這才稍稍好轉。

顧嬋漪行至前院，卻見府門兩側的便門大開，只見顧硯站在臺階上，正在指點小廝與僕婦搬運東西。

穿過便門，大街上正在探頭探腦的人個個衣著整齊，顧嬋漪一瞧便知是住在同一條街上的各家小廝。許是聽到鄭國公府的動靜，卻不知緣由，便派小廝前來打探。

顧嬋漪看了片刻，挑了下眉，沾染石榴汁的手向後招了招。

宵練與純鈞隨即上前，一左一右立於她身側。

顧嬋漪微抬下巴，朝大門的方向點了點，對著純鈞道：「你且去找一面銅鑼來，好好和他們說說國公府分家之事。」

純鈞馬上明白過來了，笑呵呵地點了一下頭。「姑娘放心，小的必將此事料理得妥妥當當，今日太陽下山前，定讓平鄴城中所有人都知道。」

宵練細心體貼，從門房處搬來一張凳子，好讓顧嬋漪坐著看戲。

顧嬋漪笑咪咪地坐下，邊吃石榴，邊看向大門。

隨著顧硯搬家的動靜越來越大、馬車一輛接一輛來，門外湊過來的小廝也越來越多。

等了小半刻鐘，純鈞終於提著銅鑼出現在大門口。他環顧四周，在顧硯的另一側站定。

純鈞輕咳兩聲，清了清嗓子，用力敲響手中的銅鑼。

銅鑼響亮的聲音貫穿了整條街，不論是搬東西的小廝或僕婦，還是在外面看熱鬧的各府下人，甚至連拉車的馬兒也看向了純鈞。

純鈞眉飛色舞地將今日之事盡數道來，用詞之精湛、言語之精妙、語氣之恰當，可謂引人入勝，令聽眾恍若置身於顧氏小祠堂中。

顧嬋漪聽得津津有味，朝身後的宵練道：「純鈞這嘴皮子堪比城中的說書先生，當個小廝委實大材小用了。」

「你快閉嘴！」顧硯氣得直跳腳，連忙招呼自己的小廝去拉純鈞。

純鈞若是能被這些人拉住，便不會被沈嶸派至顧嬋漪身邊了。他身形靈巧，即便被四、五人圍攻，仍能尋到空隙突圍，甚至還能邊躲避、邊活靈活現地繼續講述。

外面圍觀者甚多，見狀忍不住大聲喝采，彷彿純鈞的忠實擁護者。

顧嬋漪亦是眉眼帶笑，瞧顧硯與其小廝如陶罐中的蛐蛐，上躥下跳卻無可奈何的模樣，著實令人感到有趣。

吃完石榴，顧嬋漪拍拍手站起身來，正欲轉身回菊霜院，身子卻頓住了。

「姑娘？」宵練喚她。

顧嬋漪睜大眼睛，指著門外道：「妳且瞧瞧，在那兒站著的可是湛瀘？」

宵練順勢轉頭，還未尋到人，便聽顧嬋漪斬釘截鐵道：「定是他，妳過去問問，妳家王爺是否也來了。」

宵練只得暫且放下手中的凳子，去了街上。

不多時，宵練回到了顧嬋漪身側，她笑著點頭，低聲道：「湛瀘說爺在後門的馬車上。」

顧嬋漪喜形於色，轉身快步走向後門。

穿過長廊，行至後門，宵練抬起門閂，緩緩打開門。

一踏出門檻，顧嬋漪一眼便瞧見在馬車邊站立的人，長身玉立、溫文儒雅。

顧嬋漪忍不住笑彎了眉眼，走到他身邊。「王爺怎的過來了？」

說著，她下意識地摸向袖口，面色頓時微紅，透出少女的嬌羞。「您的帕子臣女已洗乾淨了，但來得匆忙，未帶在身上。」

「無妨。」沈嶸垂眸，微不可察地將她從頭看到尾，輕聲問道：「可有受傷？」

顧嬋漪搖頭，漂亮的杏仁眼笑成了小月牙，宛若背出千字文後向先生討賞的幼童。「臣女今日可威風了！不僅光明正大地打了王蘊那個毒婦，還名正言順地將他們趕了出去。」

十六歲的女郎笑得猶如春日百花、初夏驕陽般明媚燦爛。看到她這般歡快且安然無恙，沈嶸心中稍定。

今日他得知王蘊忽然出手，便顧不得手邊之事，連忙差人將橋西村的三名涉案男子帶回都城，又命人在城門口等候別駕夫人盛瓊靜。

各項事宜盡數交代下去，沈嶸卻還是放心不下，既怕那三人趕不及，又怕盛瓊靜並非今日抵達。他左思右想、坐立難安，到底還是過來了。

沈嶸轉身從車邊提下一個小食盒。「今日來得匆忙，府中廚子來不及做糕點。聽聞外城于氏糕點鋪的桂花糕味道尚可，便讓湛瀘去買了一些。」

顧嬋漪伸手去接，沈嶸卻微微側身躲過，她眨了眨眼，面露不解地看著他。「王爺還有話要說？」

沈嶸沈默片刻，方定定地看著她，忽然問道：「妳可知楚氏是何人？」

顧嬋漪詫異，蹙了蹙眉。「她是顧硯的妾室，除此之外還有其他身分嗎？」

沈嶸聞言，眸光幽深地看著顧嬋漪，心中驚疑不定。

前世他查清真相後，曾親筆寫下祭文，並在墓前誦讀焚燒，她若是一直困於墓中，理應收到此祭文才是，為何不知楚氏身分？

最初顧嬋漪尋求楚氏的幫助時，尚且能說她在崇蓮寺中無依無靠，不得不拉攏楚氏。然而那日她目睹楚氏的背叛，卻甚是遺憾，顯然不知楚氏的底細。

沈嶸深吸氣，如今他們對彼此皆有隱瞞，他不好直言，只得叮囑她。「楚氏城府極深且視子如命，不可輕易信她。」

顧嬋漪皺了皺眉。前世她與楚氏從未有過接觸，除了她們皆被喜鵲與薛婆子看管之外，便無其他相似之處。不過沈嶸顯然話中有話，她一時之間想不清楚其中關竅，便乖乖點頭。「好，臣女日後定離她遠些，她不來尋臣女麻煩，臣女便不再見她。」顧嬋漪很是鄭重地說道。

沈嶸眸光柔和。「如此便好。」

「如今顧硯與大小王氏皆被臣女趕出府了，千姝閣的白家女是否安好？」顧嬋漪已答應沈嶸不會插手白家之事，可是白芷薇幫過她一次，她委實放心不下白芷薇的安危。

「昨日夜間，顧硯攜十萬兩銀票前往千姝閣贖人，聲勢浩大，然而千姝閣不願放人。」沈嶸語氣平靜，淡淡道：「顧硯在千姝閣大鬧了一場，天色未亮便被人趕了出來，可他卻不依不饒，在外頭鬧了好半晌，直至清晨。」

顧嬋漪「噗哧」笑出聲，可惜她昨晚待在書房，並未聽聞此消息，不然她定要喬裝一番，跑去外城看熱鬧。原來姨母所言竟是真的，看來今日整個平鄴城的人都會認識顧硯了。大清早時，顧硯為了花娘而當街撒潑；午後，顧硯的生母與夫人因苛待鄭國公的胞妹，被人趕出國公府。日後在平鄴城中，顧硯必定遭人唾棄，再難立足。

微涼的清風吹起，拂過兩人衣袖。沈嶸見顧嬋漪身上並無披風，蹙了下眉，卻很快舒展開。「已然入秋，晚間風涼，妳且回去吧，再晚些，妳的大舅母跟姨母便該尋妳了。」

顧嬋漪垂眸盯著腳尖，耳朵微紅，過了片刻，沈嶸才聽到她悶悶又不安的聲音。「臣女今日行事，王爺是否覺得太過狠辣？」

沈嶸輕笑，挑了下眉，想伸手揉揉她的頭，手抬至半空時卻停住了——大庭廣眾之下，此舉未免唐突。

他的手頓了頓，最終還是緩緩放下，背在了身後。

「雖然主使之人乃小王氏，但顧硯與其生母並不無辜。」沈嶸微微彎腰，語氣透著淡淡的安撫。「妳今日所為，本王只覺得輕了，又怎會覺得狠辣？」

顧硯是王蘊的丈夫，平日花費皆由王蘊負責，可王家並非世家更非勛貴，是以王蘊的嫁妝並不豐厚。在外養花娘是筆不小的開支，這些錢從何而來，顧硯自己心知肚明。

至於王氏，她是王蘊的婆母，更是王蘊的姑姑，雖在國公府中分住兩間院子，但王氏怎會讓王蘊脫離她的掌控？

對於王蘊所行之事，王氏定然知曉，但王氏比王蘊聰明一點，她本人並不出手，而是讓王蘊在前方「衝鋒陷陣」，她只需坐享其成。

「日後若是再受委屈，在這平鄴城中，妳盡可還回去，不必忍氣吞聲。」沈嶸直起身子，眉眼含笑，語氣卻甚是傲然篤定。「本王護得住妳。」

此刻，顧嬋漪雙頰泛紅，暈陶陶地走在長廊下，若不是宵練及時拉住她，她險些撞上廊柱。

顧嬋漪嘴角不住上揚，渾身熱呼呼的，她不由得定住腳步，站在廊下皺眉沈思。

沈嶸剛剛那句話是何意思？

若是前世，他受阿兄的臨終囑託，為她重新收殮並查明真相，屬信守承諾之舉，乃君子之道。

今世卻截然不同，眼下阿兄平安無事，過些時日便會回到都城，沈嶸為何還會說這種話？難道阿兄寫給沈嶸的信中，曾拜託他照顧她？

顧嬋漪扶著廊柱坐下，搖了搖頭——還是不對。

若阿兄真的寫信請沈嶸護著她，以他的性子，一得知她在崇蓮寺，便會立即想法子將她接回都城才是。

顧嬋漪的手指不自覺地繞起自己的長髮，尚未等她想明白，便被人拍了拍肩。

她的身子微顫，猛地回過神來，眼睛明亮，臉上還透著羞色，甚是明豔動人。

「怎麼了？」顧嬋漪微微抬頭看向宵練。

宵練稍稍頓了頓，豎起食指指向天空。「天色不早了，姑娘還是先回屋吧，外面風大。」

不知何時，太陽已然下山，暮色四合。顧嬋漪愣住，自己只是坐了片刻，怎的天便黑了？

兩人回到聽荷軒，尚未走近，便聽到裡面鬧烘烘的，江予彤與盛瓊靜站在院中急得團團轉，連聲讓人去尋她。

顧嬋漪急忙提著裙襬快步走進去。「大舅母、姨母，阿媛安好無恙。」

院內燈火通明，顧嬋漪一現身，眾人齊齊鬆了口氣。

江予彤與盛瓊靜走上前，一左一右地站在顧嬋漪的兩側，見她確實沒事，盛瓊靜這才道：「方才去了何處？我與妳大舅母清點完後發現妳不見了，擔心王蘊那毒婦留有後手，心都快蹦出來了。妳若有個好歹，我們如何向妳九泉之下的父母交代？」

顧嬋漪愧疚不已，垂首低眉乖乖認錯。「阿媛突然想吃于氏糕點鋪的點心，便去外城購買。阿媛知道錯了，日後若是出門，定使人告知大舅母與姨母，不再讓長輩擔心。」

「無礙，知道錯便好，改了就是。」江予彤輕笑。「阿媛既喜歡吃糕點，明日大舅母便做些新昌州的點心，讓阿媛與大姑嚐嚐鮮。」

三人走進屋子，江予彤與盛瓊靜高坐上首，小荷抱來蒲團，主僕朝著上首兩人行跪拜之禮。

午前王氏與王蘊大鬧聽荷軒，午後眾人又忙著與顧氏宗親料理二房之事，是以顧嬋漪遲遲未向兩位長輩行禮。

行過禮，那兩位長得一模一樣的雙胞胎隨即走上前來。

盛瓊靜朝顧嬋漪招招手，顧嬋漪便走至她身側。

握住顧嬋漪的手，盛瓊靜指著身穿雪青窄袖長袍的少年，笑道：「這是妳小舅家的兒郎，族中行三，名喚銘懷，妳可稱他三表兄，或是懷表兄。」

兩人打過招呼，尚未行完禮，雙胞胎的另一人即竄了出來，笑臉盈盈。「我乃盛家兒郎盛銘志，剛剛姨母說得不對，我才是三表兄！」

「欸。」江予彤抬手，虛虛地點了點他。「這猴兒又瞎說，你明明後出生，怎會是三表兄，應當是四表兄才對。」

盛銘志抬了抬下巴。「伯母此話差矣，醫者有言，雙生子在腹中時，靠上的胎兒最先長成，應當是兄長才對。」

「這恐怕又是你杜撰出來的吧。」盛瓊靜莞爾。「阿媛不必管他，他自會說話起便吵著要當兄長。」

「怎是杜撰，我特地問過醫者……」話未說完，盛銘志的頭便被盛銘懷敲了一下。

顧嬋漪忍住笑，行禮喚他四表兄。

盛銘志的表情很是歡喜，回完禮後，解釋道：「大伯家的是兩位兄長和阿姊，大姨母家有兩位表兄，小姨母家的長策表兄一樣年長於我，我是家中最小的兒郎，是以我總想要當兄長。」

他不好意思地摸摸後腦勺。「年幼時，我每次鬧脾氣，阿娘便對我說，平鄴城中有位比我小的妹妹，我是妹妹的兄長，我聽後便不鬧了。」

盛銘志邊說邊偷偷看向顧嬋漪，顧嬋漪頓時明白了他的意思，又喚了聲。「四表兄！」只見盛銘志開心地原地蹦了兩下，惹得盛瓊靜與江予彤大笑不止。

盛銘懷雖與盛銘志是同胎所出，但性子與盛銘志截然不同，舉止甚是穩重。

「阿娘為小表妹準備了不少南邊時興的布疋和首飾，還有女郎們喜歡的小玩意兒。」盛銘懷停頓片刻，解釋道：「阿娘本想一道北來，但她素有喘疾，平鄴的秋冬太過寒冷，會加重病情，是以阿父便讓她留在家中。」

顧嬋漪前世曾見過這位小舅母，小舅母的身子柔弱，卻在得知她的死訊後不顧一切動身北上。即便她此次未來，顧嬋漪仍舊心懷感激。

「我幼時便聽盛嬤嬤說過，小舅舅與小舅母鶼鰈情深，因小舅母有喘疾，故小舅舅特地調任安仁府，只因安仁府四季如春，適宜養病。」顧嬋漪眨了眨眼。「小舅母身子安好才是最要緊的事，我又怎會生氣。」

盛銘志拍了下手，笑得見牙不見眼。「我與三兄亦準備了不少安仁府的好東西，但物品還在路上，過些時日便能到平鄴，屆時一一教妳如何玩。」

及至此時，顧嬋漪才知曉這是怎麼一回事。

原來姨母離開豐慶州之前便派人往安仁府送信，但小舅舅是安仁府的折衝都尉，身為武官，無令不得私離駐守之地，小舅舅只得讓兩個兒子北上。

時間緊迫、路途遙遠，雙胞胎兄弟唯恐誤了大事，便棄車騎馬，一路快馬加鞭，兩人在京州的石西鎮遇到同樣北上的姨母，雙方結伴來到平鄴。

大舅母在收到阿兄的書信後，立即動身南下，不敢耽擱過多時間歇息，最後在都城門外遇到姨母及兩位表兄。

如此巧合，簡直是老天相助。顧嬋漪心想，若無兩位長輩，今日必定不會如此順利！

第二十五章 另有內情

夜深，顧嬋漪獨坐在寢屋，僅在梳妝檯上留了盞燈。

左側是從王蘊手中拿回來的家書，四個匣子皆打開，在她面前擺成一排。她拿起盛家親眷寄來的家書，細細地檢查，每一封家書皆完好，並無撕開的痕跡。

顧嬋漪微微蹙眉，甚感怪異。

王蘊並未拆閱這些信，也從未讓人以她的名義回覆，那她留著這些東西做什麼？還有，王蘊白日裡罵阿娘的那些話，又是什麼意思？

顧嬋漪眼睛微瞇，她出生時，阿父雖然立下不少戰功，但並非鄭國公，阿娘亦只是普通官家夫人。

彼時顧家家底並不豐厚，皆是祖父年輕時走商積攢下的家底，如若不然，他也不會為顧硯聘娶王蘊。至於外祖之所以將中年所得的幼女嫁給阿父，僅是因為看重阿父的人品性情，而非家世。

況且，若王蘊在年輕時便生出占有大房之物的心思，那在阿娘懷有阿兄時，王蘊便會動手。

顧嬋漪眉頭一皺，手上的書信被抓出了皺痕。

或者……王蘊那時已下手了?!

要麼王蘊彼時並非意圖奪取阿娘性命，而是用了旁的陰損招數；要麼王蘊打定主意要阿娘的性命，卻被阿娘無意躲過。

無論如何，無人察覺王蘊的行動，阿父與阿娘也未對王蘊心生防備，是以阿娘生她時，王蘊再次動手。

不管阿娘懷有阿兄時，王蘊是否下過毒手，顧嬋漪唯一能肯定的，便是王蘊與阿娘並非單純的妯娌關係，定有她不知曉的內情。

思及此，顧嬋漪起身快步走向屋門。

盛嬤嬤與阿娘自小相伴長大，後又隨阿娘來到顧家，阿娘的事情盛嬤嬤定然知曉。

顧嬋漪打開屋門，卻見小荷笑咪咪地站在門外，攔著不讓她出去。

見狀，顧嬋漪挑眉，雙手抱胸。「怎的？不讓妳家姑娘出門？」

小荷笑臉盈盈，用力地點了點頭。「阿娘說，姑娘昨日徹夜未眠，白日又未好好睡一覺，切莫仗著自個兒年輕便如此不知輕重，今夜即便是天塌下來，姑娘也得乖乖待在屋內好好休息。」

她側身指了指廊下的鋪蓋。「阿娘擔心姑娘不聽話，特地讓婢子在廊下看著，姑娘若不就寢，婢子亦不能睡。」

只見小荷雙手合十，可憐兮兮地眨巴著眼睛。「姑娘，且疼疼婢子吧，早點歇息可好？」

顧嬋漪失笑，也罷，這些年都等過來了，也不差這一晚上的工夫。

她打開屋門道：「抱著妳的鋪蓋進來吧，入秋了，妳還敢睡在這廊下，也不怕染上風寒。」

小荷手腳俐落地捲好鋪蓋，忙不迭地走進屋內，關上門，將鋪蓋鋪在顧嬋漪的床榻邊。

顧嬋漪重新在梳妝檯前坐下，打開阿兄寄來的書信。

阿兄駐守北疆六年，時有北狄、西戎入侵，阿兄忙於軍務，平日不得空，三、四個月才會寫一封家書，問她在平鄴城中過得可好、之前送的皮毛可有製成冬衣、他在北疆諸事安好，無須擔心等等。

顧嬋漪抽了抽鼻子，淚水無聲地往下滑落，若她前世並未飄去北疆，她便真的信了。

初至北疆時，若不是瞧見那根長命縷，她險些未認出阿兄。

皮膚黝黑粗糙，全然不似離開平鄴時的細嫩白皙，雙手滿是凍瘡，裂開的瘡口往外冒血，卻因太過寒冷而迅速結凍。身上穿著厚重的盔甲，眉梢、眼睫結著冰，如此冰天雪地，營帳中卻僅有一個炭盆。

在平鄴時，阿兄也是被捧在手心長大的兒郎，即便阿父在練武、讀書方面對阿兄甚是嚴格，也從未讓他過得這般艱苦。

阿兄在北疆受苦受累，在戰火中廝殺，九死一生，得來的賞賜卻盡數被顧硯與王蘊收入囊中。

顧嬋漪越想越可恨，不禁怒拍了一下桌面，恨恨道：「今日僅是將人趕出去，委實太便宜他們了！」

小荷在旁邊緩緩出聲。「姑娘莫氣，小王氏行完杖刑後，婢子悄悄在金瘡藥裡加了味蠍子草。」

蠍子草的藥性極為特殊，它雖是止血良藥，然而若是未受損的肌膚觸碰到此草，便猶如被蠍子螫傷，周邊肌膚紅腫搔癢，很是難受。

顧嬋漪先是錯愕，隨即輕笑出聲，很是讚賞地點點頭。「幹得漂亮！」

小荷得意洋洋。「婢子問過小宵，她說此藥特殊，婢子趁著嬤嬤們行刑，特地去外面買了半包。姑娘，莫氣了，明日還要去大祠堂看著族長將他們驅逐出宗呢。」

顧嬋漪點了點頭，收好阿兄的信件，打開裝有大舅母信件的匣子。「我看完這些書信便睡。」

姨母與兩位舅母最初時常來信，許是從未收到她的回信，這兩年的書信便少了許多。即便如此，仍有滿滿三匣子，她一封封打開來看。

大舅家的大表兄已經當了父親，在外任職；大表姊也生了寶寶，丫頭已經八歲，成日鬧著要習武，小子卻是安靜的性子。

二表兄已及冠，大舅母催他成婚，他卻說要去遊歷，甚至一聲不響地離開了新昌州，氣得大舅母直跳腳，不斷在信中叮囑她，萬萬不能學二表兄。

顧嬋漪輕笑出聲，大舅母盼望二表兄能早早成家立業，恐怕是不行了。若她未記錯，前世二表兄喜愛山水，不喜世俗拘束，他踏遍大晉河山，寫下不少知名遊記，成為大家。

後來，大舅母信中表達的擔憂越來越明顯。問她為何從未回信，派去送節禮的小廝怎未見到她的面？又問她如今可安好，王蘊是否有虧待她？

隨著時間流逝，她皆未回信，且送禮的小廝均未見到她，眾人心中疑竇漸生。

大舅母又來信詢問，新昌州距離北疆不遠，她寫信給她阿兄時，為何不順便差人送信去新昌州？

兩位舅母與姨母從阿兄的信中得知她在平鄴「過得很好」，便猜測她養在王蘊身邊後，對盛家人有了距離，不似幼時那般親密，如此她們的來信便少了，但節禮卻未減薄。

顧嬋漪哭得眼腫鼻堵，難怪大舅母和姨母得知王蘊扣下她的信時那般生氣。她深呼吸了幾次，將每封書信妥善放好，這才熄燈躺下。

昨日整夜未睡，今夜又哭了許久，顧嬋漪挨著枕頭便睡了過去。

小荷直直豎著耳朵，聽到自家姑娘的氣息漸漸綿長，總算鬆了口氣。

翌日清晨，天色微亮，顧嬋漪便醒了。

昨日一夜好眠，顧嬋漪精神甚是抖擻，今日顧硯這房要另立門戶，她自然不能缺席。

此乃顧家之事，大舅母和姨母不好陪著她去大祠堂，正好菊霜院與蘭馨院的物品尚未清點完，是以她們留在府中繼續忙碌，她則提著大舅母早起做的點心吃食，帶著小荷與宵練前往大祠堂。

出了定北門，向西南而行，約莫兩個時辰，便抵達京州漳安。

顧氏本漳安小族，因族中出了顧川與顧長策，族中之人便極為重視孩童的啟蒙與習武，經年累月下來，顧氏也算得上是漳安的大族了。

漳安顧氏祠堂乃上上任族長所修，距今約有百年，在顧川被追封為鄭國公後，曾有族人提出翻修祠堂一事，卻被當時的族長，即顧榮柏的父親攔下。

雖然顧川逝世後顧長策得以襲爵，但他年幼且無軍功，若此時貿然翻修祠堂，恐會有御史彈劾顧長策。

顧榮柏的父親深謀遠慮，不僅反對翻修祠堂，還更加嚴苛地約束族人，唯恐顧氏族人仗著顧長策之勢在外耀武揚威。因此顧氏雖是漳安大族，卻與在地百姓相處和睦。

從馬車上下來後，顧嬋漪見到許多從未謀面的宗親，她並未躲閃，而是嘴角含笑地看向眾人，舉止落落大方。

終於在人群中發現熟悉的身影，顧嬋漪快步走上前，蹲身行禮。「叔公安好。」

顧新轉過身，見是顧嬋漪，捋著鬍子笑出聲。「吾還說路途遙遠，妳不一定會來，長安卻說妳定會來。」

說著，顧新故意皺起眉頭。「看到妳，吾便知要輸一兩銀了。」

顧嬋漪莞爾，過了片刻後，正色道：「昨日之事，還要謝過叔公。」

只見顧新眸光柔和。「都是一家人，何須言謝？」

說罷，顧新微微傾身，壓低音量，眉梢眼角帶著笑意。「要說謝，吾還得謝謝妳，若不是妳，吾怎能得到兩個好孫兒？妳不知，妳嬸婆瞧見兩個孩子時有多歡喜。」

他頓了頓，又道：「長安說，劉氏與苗氏住的那間院子也是妳幫忙買的？」

見顧嬋漪乖巧地點頭，顧新頷首，眼神越加慈愛，笑著說道：「妳嬸婆讓妳有空便來家裡用膳。妳嬸婆的手藝乃一絕，她平日甚少下廚，妳若來，吾也能沾沾妳的光。」

顧嬋漪淺淺一笑。「好。」

日上中天，顧榮柏領著族中男丁上香祭祖，諸女眷立於後側，唯有顧嬋漪站於顧硯的身側。她的祖父與父親皆已仙逝，兄長遠在北疆，是以即便她是女郎，此時也能站於族長身後。

顧榮柏捧出族譜，毛筆蘸墨，劃去顧硯這一支的所有人，從此漳安顧氏再無顧硯此人，更無顧硯之妻兒，日後他們的人生是福是禍，皆與漳安顧氏無關。

儀式完畢，顧硯倉皇而逃，眾人皆散後，顧嬋漪獨自跪於牌位下，仰頭看向上方的顧氏先祖，小荷與宵練則在外頭等候。

她心道：顧硯與大小王氏皆是禍害，若留下他們，勢必牽連全族。我並未做錯，相信各位先祖定不會怪罪我，若覺得我做錯了，便降罪於我，切莫遷怒阿兄。

表達完心中所想，顧嬋漪三拜而起，走出了大祠堂。

迎著當空秋陽，顧嬋漪心中大石落下，她勾起唇角。「走吧，回家去，大舅母和姨母還在等我們。」

回到家中已是午後，顧嬋漪剛從馬車下來，便見盛嬤嬤站在門口。

她心頭一凜，急急走向前問道：「嬤嬤可是在等我？難道府中又出了事？」

盛嬤嬤打量著顧嬋漪的神色，搖了搖頭，邊往裡走邊道：「姑娘走後沒多久，忠肅伯府的人便送帖子過來了。」

顧嬋漪腳步微頓，疑惑不解。「前兩日不是剛送過，為何又送？所為何事？」

盛嬤嬤不疾不徐地回道：「同樣是為了忠肅伯府老夫人的壽宴。前兩日送來的帖子，寫的是小王氏的名諱，請的是姑娘和她閨女。」

她輕笑出聲，眼角顯露細紋。「但昨日姑娘讓小鈞在府門口說了半日，忠肅伯府得到消息，大早上的便差人送新帖子過來了。」

顧嬋漪挑眉，如此看來，忠肅伯府中倒是有聰明人。「帖子上僅請了我嗎？」

盛嬤嬤立刻聽懂了顧嬋漪的意思，笑道：「還請了大舅夫人和姨夫人。」

顧嬋漪點點頭，隨即示意盛嬤嬤隨她進書房。

聽荷軒書房，門窗緊鎖，盛嬤嬤垂首低眉，心中有些忐忑。「姑娘讓老奴過來，可是有事要問？」

顧嬋漪眉眼彎彎，指向側邊的椅子。「嬤嬤請坐，我確實心有疑惑，想請嬤嬤為我解答。」

盛嬤嬤挨著椅子邊緣坐下。「姑娘有話不妨直說，老奴定知無不言。」

顧嬋漪靜靜看向她，右手不自覺地撫摸左手腕上的長命縷，她沈默片刻，忽然出聲問道：「我阿娘與王蘊是否不睦？」

前世若不是沈嶸見微知著、抽絲剝繭，徹查國公府，否則無人知曉阿娘之死另有緣故，眾人皆以為阿娘在生她時傷了根基，才會纏綿病榻。

今世她回來後，曾尋楚氏相助，可她並未向盛嬤嬤說過，自己懷疑阿娘的死因。

話音剛落下，盛嬤嬤當即變了臉色，顧嬋漪心下一緊——果然被她猜對了，確實有她不知道的內情。

盛嬤嬤抬眸看向顧嬋漪，正色道：「姑娘可是聽了底下的人亂嚼舌根？」

當顧硯全家搬走以後，盛嬤嬤便令人將外面的盛家僕婦盡數接了回來。六年未見，若是其中有人不安分，在顧嬋漪面前說些不該說的，盛嬤嬤可不會客氣，絕對不講往日情面。

顧嬋漪眯了下眼，坦誠相告。「並無旁人在我面前多言，昨日拆閱信件時，我著實想不通，王蘊為何要留著姨母和兩位舅母的信件，若是不想留下把柄或證據，便應早早毀去。」

盛嬤嬤沈思許久，不得不將當年的往事緩緩道出。

彼時顧川剛剛及冠，顧老太爺與王氏正為顧川相看女郎。恰好王氏有一姪女，比顧川小五歲，此人便是王蘊。

王氏欲將姪女嫁予顧川，可顧老太爺並未應允，只因顧川乃武將，且所娶之人是宗婦，須謹慎思考。

由於王家無人在朝中任職，王氏的姪女亦非知書識禮之人，是以顧老太爺欲從平鄴城的武將之家中，為長子擇一合適的對象。奈何王氏不依不饒，顧老太爺頓時陷入兩難。

恰好此時，鴻臚寺少卿盛淮託人過來探口風，顧老太爺大喜過望，當即便將此事告知顧川。

翌日，顧老太爺與顧川前往盛家，顧川與盛瓊寧隔著池塘遠遠相見，雙方一見傾心，彼此有意，不多時，顧、盛兩家的婚事便定了下來。

顧川與盛瓊寧成親一年後，顧老太爺為顧硯定下王蘊為妻。

婚後大家同住一個屋簷下，日子一久，盛瓊寧便察覺到王蘊對她懷有敵意。她先是不解，待次數多了，便放在了心上。

某日顧川下朝返家，見盛瓊寧悶悶不樂，追問之下，方知王蘊出言不遜，惹惱了她。

顧川思索良久，方道出實情。

盛瓊寧此時才知，原來王蘊差一點成了顧川之妻。如今顧川乃正四品忠武將軍，而顧硯卻是白身，兩人明明是同父兄弟，前程卻天差地別，王蘊心有怨氣也是正常。

然而，隨著日月流轉，盛瓊寧漸漸察覺到不對勁，王蘊對她並非普通的妒恨。逢年過節、初一十五的家宴，盛瓊寧不只一次瞧見王蘊在偷看顧川，她身為人婦，怎會瞧不出王蘊眼中的情意？

王蘊是他人婦，卻惦記旁人的丈夫，萬幸顧川滿心滿眼皆是盛瓊寧，從未將王蘊放在眼中，更不要說旁的了。

憶起往事，盛嬤嬤仍舊憤憤不已。「夫人察覺到小王氏的齷齪心思後，便主動遠著小王氏，除了家宴，平日甚少再見她。」

原來是這樣……顧嬋漪眸光幽深。

盛嬤嬤頓了頓，打量著顧嬋漪的臉色，又道：「小王氏年輕時便總是照著夫人的裝扮來打扮自己，昨兒清點東西，老奴發現夫人的那些首飾，小王氏並未送予旁人，皆在她與她閨女的首飾匣子裡。

「王家小門小戶，王氏不識字，小王氏沒讀過多少書，她們娘家平日與顧家來往不多，遑論書信問候。」盛嬤嬤面露怒容。「兩位舅老爺外任後，時常寫信給老爺與夫人，小王氏曾因此事在家宴中陰陽怪氣，王氏甚至罵了夫人幾句，老爺氣得連筷子都未動，直接拉著夫人離席。」

顧嬋漪頷首，總算了解其中的緣故。

王蘊愛慕阿父，有意為難阿娘，阿父偏偏當著眾人的面維護她，王蘊肯定氣瘋了吧。不僅如此，王氏不識字，王蘊沒有文采，瞧見她的阿娘會作詩寫文，還有來自親眷的家書，定是心存嫉妒。

怨恨阿娘有阿父的深情，嫉恨阿娘被兄弟姊妹愛護牽掛，而自己卻什麼都沒有。

王蘊對舅母們與姨母寫來的家書沒有興趣，只放在匣子裡，偶爾拿出來看看信封，幻想她們收不到她的回信，會是如何焦急擔憂。

就這樣，王蘊日夜對著阿娘的那些首飾，還有姨母跟舅母們寫的家書，慢慢地發洩心中的嫉恨。

此人此舉，著實令人噁心。

顧嬋漪皺眉，面色越加凝重，若王蘊曾愛慕她的父親，甚至知曉王氏曾撮合過他們兩人的婚事……

摸長命縷的動作一頓，顧嬋漪的眼神驟然變冷，嘴角緊抿。

——未完，待續，請看文創風1176《一縷續命》下

2023年6月出版

金玉釀緣

文創風 1167～1168

前生在沙漠做奴隸，沒有機會以家傳酒譜開啟新生，
所以老天大發慈悲，讓她穿越到一座物產豐饒的寶島，
這裡的海產隨便撈，水果甚至還多到不值錢！
她靈機一動，發展釀酒，可不就把果物變黃金了？

家傳酒藝，醇情如意 ／元喵

南溪一睜眼，發現自己穿越成十五歲的小村女，
明明原身命苦，父母雙亡，弟弟又半身不遂需要醫藥費，
面對這款人生，她非但不覺得悲劇，反而還喜孜孜地留了下來。
在四季如春的瓊花島，有數不清的水果和海產、用不盡的水源，
眼下窮歸窮，但只要她自個兒手腳勤快點，也不至於活活餓死，
何況她還有家傳酒譜的前世記憶，打算以釀酒絕活來大顯身手，
正巧原身的娘親祖上也是製酒的，她對外展現這項天賦也順理成章。
孰料，她把自個兒日子過得越來越好，竟成了不少人眼中的香餑餑？
這廂她打著酒水事業的算盤，那廂則有人打起了她的主意；
先有一個欲納妾的路家少爺，後又來一個想說親的童生阿才哥，
縱使她瞧不上這些弱不禁風又敗絮其中的紈袴子和讀書人，
無奈只要她一日還名花無主，婚事就會遭人各種惦記，
看來看去還是能吃苦又強壯的鄰家大哥最合眼緣了，
只不過，她想速速斬斷爛桃花，他卻要攢夠聘禮再說親啊！
既然借他銀子的方法行不通，路不轉人轉，她拋下矜持道：
「我花十兩買你這個人，下半輩子都得賣給我！」

為流浪貓狗加油 和貓寶貝 狗寶貝 廝守終生(一定要終生喔！)的幸福機會

對人來說，貓寶貝狗寶貝只是生活的一部分，但妳（你）對牠們來說，卻是生活的全部，領養前請一定要考慮清楚——

▲ 喵系活力美眉——肉鬆

性　　別：女生

品　　種：米克斯

年　　紀：約1歲半

個　　性：害羞、容易緊張，熟悉之後很愛撒嬌

健康狀況：已結紮，已施打八合一和狂犬疫苗

目前住所：花蓮縣壽豐鄉（中途愛媽家）

本期資料來源：鍾小姐

第344期推薦寵物情人

『肉鬆』的故事：

當時還是幼崽的肉鬆，被狗園救援收容，之後因結紮需要照顧，所以先暫時帶回家，但相處下來發現肉鬆脾氣非常好，認為牠值得擁有專屬自己的家。

不要看肉鬆瘦瘦的，牠的力氣很大，爆發力十足，跑步、跳高都難不倒牠！出外溜達時最好抓緊牽繩，以免牠到陌生的地方會因緊張而暴衝。已學會坐下、握手、趴下的基本指令，而且超愛撒嬌，喜歡在人身後當個跟屁蟲，也很親狗，甚至可以把到口的食物讓給其他狗狗，不過可別以為牠不愛吃，要說最不挑食又愛吃的狗狗，絕對非牠莫屬！

肉鬆是個十分享受家庭生活的毛小孩，會自己找個安全的角落當牠的窩，收放牠的娃娃和玩具，還會趁人不注意偷走沒收好的小物件。因為還是個小朋友，所以很喜歡耐咬的寶特瓶和娃娃，也會像貓咪一樣窩在紙箱裡，無論箱子多小都想塞進去，甚至連洗衣籃也可以跳進去玩樂。

如果您家的毛孩子還缺個玩伴，就讓肉鬆美眉加入吧，保證全家歡樂翻倍。手機輸入Line ID：wendy5472或直撥0910220008，鍾小姐很樂意為您介紹肉鬆之樂在何處！

認養資格：

1. 認養人須有責任心，為肉鬆定期施打預防針、心絲蟲預防藥和驅蟲。
2. 不放養、不鍊養，出門務必上牽繩，不餵食人類的廚餘和骨頭。
3. 須同意簽認養寵物切結書，並植入晶片。
4. 須同意送養人日後之追蹤家訪，半年內偶爾回傳照片，對待肉鬆不離不棄。

來信請說明：

a. 個人基本資料：姓名、性別、年齡、家庭狀況、職業與經濟來源等。
b. 想認養肉鬆的理由。
c. 過去養寵物的經驗，及簡介一下您的飼養環境。
d. 若未來有結婚、懷孕、出國或搬家等計劃，將如何安置肉鬆？

love.doghouse.com.tw 狗屋誠心企劃

1175

一縷續命 上

國家圖書館出版品預行編目資料

一縷續命 / 鍾白榆著. --
初版. -- 臺北市 : 狗屋出版社有限公司, 2023.07
冊 ; 公分. --（文創風 ; 1175-1176）
ISBN 978-986-509-436-2（上冊 : 平裝）. --

857.7　　112008676

著作者　鍾白榆
編輯　連宓均
校對　沈毓萍
發行所　狗屋出版社有限公司
地址　台北市104中山區龍江路71巷15號1樓
電話　02-2776-5889～0
發行字號　局版台業字845號
法律顧問　蕭雄淋律師
總經銷　知遠文化事業有限公司
電話　02-2664-8800
初版　2023年7月
國際書碼　ISBN-13　978-986-509-436-2

本著作物由北京晉江原創網絡科技有限公司授權出版

定價280元
狗屋劃撥帳號：19001626
網址：love.doghouse.com.tw　E-mail：love@doghouse.com.tw
版權所有．翻印必究　倘有倒裝、缺頁、污損請寄回調換